E-Z DICKENS SUPER-HERÓI LIVROS UM E DOIS

ANJO TATOO: OS TRÊS

Cathy McGough

Stratford Living Publishing

Dedicação

PARA A DOROTHY QUE ACREDITOU

Sumário

LIVRO UM

ANJO TATOO

PRÓLOGO

A primeira criatura voou para o peito de E-Z e aterrou, com o queixo para a frente e as mãos nas ancas. Gira uma vez, no sentido dos ponteiros do relógio. Gira mais depressa, e do bater das suas asas emana uma canção. A canção era um gemido baixo. Uma canção triste do passado, que celebrava uma vida que já não existia. A criatura inclinou-se para trás, com a cabeça encostada ao peito de E-Z. A rotação parou, mas a canção continuou a tocar.

A segunda criatura juntou-se a ela, fazendo o mesmo ritual, mas rodando no sentido contrário ao dos ponteiros do relógio. Criaram uma nova canção, sem os bip-bipes e os zoom-zooms. Porque quando cantavam, a onomatopeia não era necessária. Enquanto que na conversa quotidiana com os humanos era. Esta canção sobrepôs-se à outra e tornou-se uma celebração alegre e aguda. Uma ode ao que está para vir, a uma vida ainda não vivida. Uma canção para o futuro.

Um jato de pó de diamante irrompeu das suas órbitas oculares douradas quando se viraram em perfeita sincronia. O pó de diamante salpicou dos seus olhos para o corpo adormecido de E-Z. A troca continuou, até o cobrir com pó de diamante da cabeça aos pés.

O adolescente continua a dormir profundamente. Até que o pó de diamante lhe perfurou a carne - então abriu a boca para gritar, mas não emitiu qualquer som.

"Está a acordar, bip-bip."

"Levanta-o, zoom-zoom."

Juntos levantaram-no enquanto ele abria os olhos vidrados.

"Dorme mais, beep-beep."

"Não sintas dor, zoom-zoom."

Embalando o seu corpo, as duas criaturas aceitaram a sua dor dentro de si.

"Levanta-te, beep-beep", ordenou ele.

E a cadeira de rodas levantou-se. E, posicionando-se debaixo do corpo de E-Z, esperou. Quando uma gota de sangue desceu, a cadeira apanhou-a. Absorve-a. Consumiu-a - como se fosse um ser vivo.

À medida que o poder da cadeira aumentava, ela também ganhava força. Em breve, a cadeira conseguia segurar o seu dono no ar. Isto permitiu que as duas criaturas completassem a sua tarefa. A sua tarefa de unir a cadeira e o humano. Ligando-os, para toda a eternidade, com o poder do pó de diamante, do sangue e da dor.

Enquanto o corpo do adolescente tremia, as perfurações na sua pele saravam. A tarefa estava completa. O pó de diamante fazia parte da tua essência. Assim, a música pára.

"Já está feito. Agora estás à prova de bala. E tem super força, beep-beep."

"Sim, e é bom, zoom-zoom."

A cadeira de rodas volta para o chão, e o adolescente para a sua cama.

"Não te vais lembrar, mas as suas asas verdadeiras vão começar a funcionar muito em breve, beep-beep.

"E os outros efeitos secundários? Quando é que vão começar, e serão perceptíveis, zoom-zoom?"

"Isso eu não sei. Pode ter alterações físicas... é um risco que vale a pena correr para reduzir a dor, beep-beep".

"Concordo, zoom-zoom."

CAUSA

Todas as famílias têm desentendimentos. Algumas discutem sobre tudo e mais alguma coisa. A família Dickens concordava com a maioria das coisas. A música não era uma delas.

"Anda lá, pai", disse E-Z, de doze anos. "Estou aborrecido e estão a passar um fim de semana só de Muse no satélite."

"Não trouxeste os teus auscultadores?" perguntou a sua mãe Laurel.

"Estão na minha mochila, na mala do carro." Ele suspirou.

"Podemos sempre parar e ir buscá-los..."

Martin, o pai do rapaz que ia a conduzir, verificou as horas. "Gostava de chegar à cabana nas montanhas antes que escureça. A Musa está bem para mim. Além disso, estaremos lá em breve."

Laurel rodou o botão do sistema de satélite no seu novo descapotável vermelho. Ela hesitou por um momento no Classic Rock. O locutor disse, "A seguir é o hino dos Kiss, I Wanna Rock N Roll All Night. Não toques nesse botão".

"Espera, essa é uma boa canção!", gritou o rapaz.

"O quê, não tens mais Muse?" Laurel perguntou, mantendo a mão no mostrador.

"Depois de Kiss, está bem?"

"Então é Kiss", disse Martin, enquanto ligava os limpa para-brisas. Ainda não estava a chover, mas os trovões ribombavam. Os galhos e outros detritos estavam a entrar e a sair do veículo enquanto eles subiam a montanha.

Laurel espirrou e colocou um marcador na sua página. Cruza os braços, a tremer. "Este vento está mesmo a uivar. Importas-te que subamos a capota?"

"Eu voto sim", disse E-Z, tirando os galhos do seu cabelo loiro.

E-Z DISSE, TIRANDO OS GALHOS DO SEU CABELO LOIRO.

Não tiveste tempo para gritar - quando a música acabou.

Os ouvidos do rapaz ainda estavam a zumbir por causa do som, juntamente com a explosão de quatro airbags. O sangue escorre-lhe pela testa quando toca no que está sobre as suas pernas: uma árvore. O sangue acumulou-se dentro e à volta do intruso de madeira. Passa o dedo pelo tronco da árvore. Parecia pele; ele era a árvore, e a árvore era ele.

"Mãe? Pai?", choramingou ele, com o peito a arfar. "Mãe? Pai? Por favor, responde!"

Precisava de pedir ajuda. Onde estava o telemóvel? O impacto do acidente tinha-o atirado para longe. Conseguia vê-lo, mas estava demasiado longe para o alcançar. Ou será que não? Ele era um apanhador, e alguns diziam que o seu braço de lançamento era como borracha. Concentrou-se, esticou e esticou até conseguir.

O sinal era forte quando os seus dedos ensanguentados carregaram no 9-1-1 e depois desligaram. Para o encontrarem, tinha de usar o novo serviço melhorado.

Digita E9-1-1. Isto deu permissão às autoridades para acederem à sua localização, número de telefone e morada.

"Serviços de Emergência. Qual é a tua emergência?"

"Ajuda! Precisamos de ajuda! Por favor, ajuda-nos. Os meus pais!"

"Primeiro diz-me, que idade tens? Como é que te chamas?"

"Tenho doze anos. Chamam-me E-Z."

"Por favor, verifica a tua morada e o teu número de telefone."

E ele disse.

"Olá, E-Z. Fala-me dos teus pais. Consegues vê-los? Estás consciente?"

"Eu, eu não os consigo ver. Caiu uma árvore em cima do carro, em cima deles e das minhas pernas. Ajuda-me. Ajuda-me. Por favor."

"Estamos a receber a tua localização agora."

E-Z fechou os olhos.

"E-Z?" Mais alto, "E-Z!"

O rapaz acordou. "Eu, desculpa, eu."

"Estamos a enviar um helicóptero. Tenta ficar acordado. Tenta ficar acordado. A ajuda vem a caminho."

"Obrigado," os seus olhos fecharam-se, ele forçou-os a abrir. "Tenho de ficar acordado. Ela disse para te manteres acordado." Tudo o que ele queria fazer era dormir, dormir para acabar com toda a dor.

Acima dele, duas luzes, uma verde e outra amarela, piscam diante dos seus olhos. Por um segundo, julgou ver pequenas asas a bater enquanto os dois objectos pairavam.

"Ele está mal", diz a verde, aproximando-se para o ver mais de perto.

"Vamos ajudá-lo", disse o amarelo, pairando mais alto.

E-Z levantou a mão para bater nas luzes que piscavam. Um som agudo feriu-lhe os ouvidos.

"Concordas em ajudar-nos?", cantavam as luzes.

"Aceito. Ajuda-me."

Depois ficou tudo preto.

EFEITO

Sam, o tio de E-Z, estava no hospital quando ele acordou. O rapaz não fez a pergunta - onde estavam os seus pais - porque não queria ouvir a resposta. Se não soubesse, podia fingir que eles estavam bem. Que eles iriam entrar no seu quarto e abraçá-lo a qualquer momento. Mas no fundo da sua mente ele sabia, de facto acreditava que eles estavam mortos. Imaginava-o na sua mente, como ele atiraria as cobertas para trás e correria para eles e eles se juntariam num abraço de grupo e chorariam sobre a sorte que tinham. Mas espera um minuto, porque é que ele não conseguia mexer os dedos dos pés? Tenta outra vez, concentrando-se muito, mas nada acontece.

Sam, que estava a observar, disse: "Não há uma maneira descomplicada de te dizer isto", enquanto ele lutava contra um soluço.

"As minhas pernas", disse E-Z, "não as consigo sentir".

O tio Sam apertou a mão do sobrinho. "As tuas pernas..."

"Não me digas. Não me digas nada. Não me digas.

Liberta a mão do tio. Tapa a cara, criando uma barreira entre ele e o mundo, enquanto as lágrimas lhe escorrem pelas faces.

O tio Sam hesitou. O sobrinho já estava a chorar, já estava de luto e, no entanto, ele tinha de lhe falar dos pais. Não havia uma maneira fácil de o dizer, por isso ele disse-o sem rodeios: "Os teus pais. O meu irmão e a tua mãe... não sobreviveram."

Saber e ouvir as palavras eram duas coisas diferentes. Uma tornava-a um facto. E-Z atirou a cabeça para trás e uivou como um animal ferido, a tremer e com vontade de fugir, para qualquer lado. Apenas para longe.

"E-Z, estou aqui para ti."

"Não! Não é verdade. Estás a mentir. Porque me estás a mentir?" Ele debatia-se, fechando os punhos e batendo com eles no colchão, enquanto se enfurecia sem dar sinais de parar.

Sam carregou no botão perto da cama. Tentou acalmá-lo, mas E-Z estava descontrolado, a debater-se e a praguejar. Chegaram duas enfermeiras; uma introduziu a agulha enquanto a outra, com Sam, tentava mantê-lo quieto e sussurrava baixinho que tudo ia ficar bem.

Sam olhava, enquanto o seu sobrinho, na terra dos sonhos ou onde quer que estivesse agora, esboçava um sorriso. Aprecia esse sorriso, pensando que ainda vai demorar algum tempo até voltar a ver um no rosto do sobrinho. Ia ser um caminho longo e difícil. O teu sobrinho teria de enfrentar de frente o dia em que a sua vida se desmoronasse. Quando o fizesse, poderia lutar e, juntos, poderiam construir uma vida nova. Nova - diferente - não a mesma. Nada voltaria a ser o mesmo.

Tudo porque estavam no sítio errado à hora errada. Vítimas da natureza: uma árvore. Uma árvore que se tornou a arma da natureza devido à negligência humana.

A estrutura de madeira estava morta, as raízes acima do solo disputando atenção há anos. E quando lhe disseram que tinha sido marcada com um X para ser cortada na primavera - ele quis gritar.

Em vez disso, chamou o melhor advogado que conhecia. Queria que alguém pagasse - que pagasse a conta de duas vidas ceifadas demasiado cedo, e das pernas e da vida despedaçadas do seu sobrinho.

Mas qual era o objetivo? Nada podia mudar o passado - mas no futuro ele ajudaria o seu sobrinho a encontrar o seu caminho. Nesse momento, Sam formulou um plano.

Sam assemelhava-se a uma versão adulta de Harry Potter (menos a cicatriz). Como único parente vivo de E-Z, assumiria os cuidados do sobrinho. Um papel que tinha negligenciado no passado. Tentaria ser como o seu irmão mais velho, Martin, e não substituí-lo.

Sacudiu as desculpas, que borbulhavam por dentro. Tenta fazer com que ele use o trabalho para o aliviar de responsabilidades. Afastava-se, apagava todas as obrigações. Então podia parar de se recriminar. Odiar-se por todo o tempo perdido.

Enquanto o sobrinho dormia, liga para o diretor-geral da sua empresa de software. Como programador sénior, no topo da sua área, esperava que chegassem a um compromisso. Diz-lhes o que queria fazer.

"Claro, Sam. Podes trabalhar à distância. Não mudas nada. Fazes o que tens a fazer. Nós estamos contigo. A família em primeiro lugar - sempre."

Quando desligou, voltou para junto da cama do sobrinho. Por agora, mudava-se para a casa da família, para que E-Z pudesse ficar perto dos amigos e da escola.

Juntos, voltariam a juntar as peças e reconstruiriam a sua vida. Isto se ele não se passasse completamente. Afinal de contas, como solteiro, tinha pouca ou nenhuma experiência com crianças - quanto mais com adolescentes.

✳✳✳

Depois de saírem do hospital - obrigados pelo destino - não tiveram outra hipótese senão criar um laço que ia para além do sangue.

E-Z resistiu, em negação, pensando que podia fazer tudo sozinho. No final, não teve outra escolha senão aceitar a ajuda que lhe foi oferecida.

O Sam deu um passo em frente - estava lá para ele - quase como se soubesse o que o sobrinho precisava antes de ele pedir.

E esteve lá para o E-Z no segundo pior dia da sua vida - quando lhe disseram que nunca mais voltaria a andar.

"Entra", disse o Dr. Hammersmith, um dos melhores cirurgiões neurologistas ortopédicos.

Na sua cadeira de rodas, E-Z entrou, seguido por Sam.

Hammersmith era famoso por consertar o que não tinha conserto e ele ia consertá-lo. Em consultas anteriores, tinha prometido ao jovem que ele voltaria a jogar basebol.

"Desculpa", disse Hammersmith. Após alguns segundos de silêncio desconfortável, preencheu-o baralhando alguns papéis.

"O que é que lamentas exatamente? E-Z perguntou, empurrando com todas as suas forças para avançar no seu lugar. Não conseguindo realizar a tarefa, ficou onde estava.

"O que ele pediu", disse Sam, avançando sem esforço no seu lugar.

Hammersmith limpou a garganta. "Esperávamos que, como tudo estava a funcionar normalmente, a paralisia pudesse ser temporária. Foi por isso que te mandei fazer mais exames e sugeri alguma fisioterapia. Agora não há dúvida, lamento dizer-te E-Z, mas nunca mais vais andar".

"Como é que lhe podes fazer isto? perguntou Sam.

A finalidade das suas palavras afundou-se em ti. "Tira-me daqui, Tio Sam!"

"Espera", disse Hammersmith, incapaz de os olhar nos olhos. "Eu pedi ajuda a colegas de todo o mundo. A conclusão deles foi a mesma."

"Muito obrigado."

"E-Z, está na altura de seguires em frente. Não te quero dar mais falsas esperanças. "

Sam levantou-se, pondo as mãos nos punhos da cadeira de rodas.

"Vais ter uma segunda opinião, uma terceira e uma quarta!"

"Podes fazer isso", disse Hammersmith, "mas nós já o fizemos. Se houvesse alguma coisa nova, lá fora - qualquer coisa que pudéssemos explorar - então fá-lo-íamos. As coisas podem mudar durante a tua vida, E-Z. O campo da investigação das células estaminais está a fazer progressos. Entretanto, não quero que vivas a tua vida em função dos "ses" e dos "talvez".

Depois dirige-se ao Sam,

"Não deixes o teu sobrinho desperdiçar a vida dele. Ajuda-o a reconstruir-se e a voltar à terra dos vivos. Oh, e detesto falar nisto, mas vamos precisar da cadeira de rodas em breve - parece que temos um pouco de falta. Se não te importares de fazer outros arranjos."

"Tudo bem", disse Sam, enquanto saíam do escritório de Hammersmith sem falar. Ele colocou a cadeira de rodas na bagageira, apertou os cintos de segurança e ligou o carro.

"Vai correr tudo bem.

E-Z, que tinha lágrimas a rolar pelo rosto, limpou-as. "Desculpa-me.

"Nunca tens de me pedir desculpa, miúdo, por mostrares os teus sentimentos."

Sam bateu com os punhos no volante e saiu do lugar de estacionamento a guinchar os pneus.

Conduziram sem falar durante alguns momentos, depois ele aproximou-se e ligou o rádio. Isso quebrou o silêncio entre os dois e deu a E-Z a oportunidade de chorar sem se sentir consciente.

Quando entraram na garagem de casa, estavam calmos e com fome. O plano era ver alguns programas e encomendar uma pizza.

Alguns dias depois, chegou uma cadeira de rodas novinha em folha.

$$* * *$$

Duas luzes, uma amarela e outra verde, piscaram perto da nova cadeira de rodas de E-Z.

"Esta não serve, bip-bip".

"Concordo, não serve de todo. Precisas de algo mais leve, mais forte, à prova de fogo, à prova de bala e absorvente, zoom-zoom.

"Tu-sabes-quem disse que não devíamos perder tempo - por isso, vamos a isso, antes que o humano acorde, beep-beep."

As luzes dançaram à volta da cadeira de rodas. Um substitui o metal e o outro os pneus. Quando terminaram o processo, a cadeira parecia a mesma de antes, mas não era.

E-Z sussurrou enquanto dormia.

"Toca a sair daqui! Bipa, bipa!"

"Mesmo atrás de ti! Faz zoom!"

E assim fizeram, enquanto o jovem continuava a dormir.

✳✳✳

Um ano mais tarde e, agora, para E-Z, parecia que o Tio Sam tinha estado sempre lá. Não que ele tivesse substituído os seus pais. Não, ele nunca seria capaz de o fazer, na verdade nem tentaria - mas eles davam-se bem. Eram amigos. Eram mais do que isso, eram família. A única família que o rapaz de treze anos tinha deixado no mundo.

"Quero agradecer-te", disse ele, tentando não ficar com os olhos cheios de lágrimas.

"Não tens de me agradecer, miúdo."

"Mas eu tenho, Tio Sam, sem ti, teria atirado a toalha ao chão."

"És mais forte do que isso."

"Não sou. Desde o acidente que tenho medo, quero dizer, muito medo. Tenho tido pesadelos."

"Todos nós ficamos assustados; ajuda se falares sobre isso. Quero dizer, se quiseres falar comigo sobre isso".

"Às vezes acontece à noite - quando estás a dormir. Não te quero acordar."

"Estou aqui ao lado e as paredes não são assim tão grossas. Grita por mim e eu estarei lá. Não me importo."

"Obrigado, espero não precisar de o fazer, mas é bom saber."

Voltaram a ver televisão e nunca mais falaram do assunto.

Até que uma noite, quando E-Z acordou aos gritos e Sam, como prometido, estava lá.

Acende a luz. "Estou aqui. Estás bem?"

E-Z estava agarrado à beira da cama, como alguém que está prestes a cair num penhasco. Ajuda-o a voltar para o colchão.

"Já estás melhor?"

"Sim, obrigado."

"Apetece-te falar sobre isso? Posso fazer-te um cacau.

"Com marshmallows?"

"Nem é preciso dizer. Volto já."

"Está bem." E-Z fechou os olhos por um segundo, e os ruídos agudos recomeçaram. Tapa os ouvidos e observa as luzes amarelas e verdes que dançam diante dos seus olhos. Tira as mãos, ouvindo os pés descalços do tio a baterem no corredor.

"Aqui tens", disse Sam, colocando uma caneca de cacau quente na mão do sobrinho. Sentou-se na cadeira de rodas, onde bebeu um gole e suspirou.

Com a mão esquerda, E-Z bateu no ar, quase entornando a bebida.

"O que estás a fazer?"

"Não ouves? Não consegues ouvir?

Sam escutou atentamente, mas nada. Abana a cabeça. "Se estás a ouvir algo estranho, porque é que estás a tentar afastá-lo?"

E-Z concentrou-se na sua bebida quente, depois engoliu um mini-marshmallow. "Então não consegues ver as luzes?"

"Luzes? Que tipo de luzes?"

"Duas luzes: uma verde e outra amarela. Do tamanho da ponta do teu dedo. Aqui, de vez em quando, desde o acidente. Fura-me os ouvidos e pisca à frente dos meus olhos. Irrita-me."

Sam foi até a cabeceira da cama e olhou do ponto de vista do sobrinho. Não esperava ver nada - e é claro que não via - o esforço era para se tranquilizar. "Não, mas conta-me mais, para eu perceber melhor como começou.

"No acidente, vi duas luzes, amarela e verde e, não te rias, mas acho que falaram comigo. Por isso é que tenho tido pesadelos."

"Que tipo de luzes? Queres dizer, como as luzes de Natal?"

"Não, não como as luzes de Natal. Não é nada. Já se foram embora. Provavelmente é stress pós-traumático, ou um flashback.

"TEPT ou um flashback são duas coisas muito diferentes. Pergunto-me se não deverias falar com alguém. Quero dizer, alguém, para além de mim."

"Queres dizer, como os meus amigos?"

"Não, quero dizer um profissional."

POP.

POP.

Voltaram a aparecer. Pestanejavam à frente do nariz dele e faziam-no ficar vesgo. Contém-se. Tentou não os afastar. Enquanto Sam pegava na chávena com uma mão e apalpava a testa com a outra, deu uma palmada no ar. "Afasta-te de mim!

Sam ficou a olhar enquanto o sobrinho congelava, como uma escultura de gelo no Festival de inverno. Sam estalou os dedos à frente dos olhos, mas não houve qualquer reação. E-Z suspirou e recostou-se, respirou fundo e, em segundos, estava a ressonar como um soldado. Sam puxou os cobertores para cima. Dá um beijo na testa do sobrinho e depois volta para o seu quarto. Acabou por adormecer.

No dia seguinte, Sam sugeriu que E-Z escrevesse os seus sentimentos, talvez num diário. Entretanto, perguntava-lhe se queria marcar uma consulta com um profissional.

"Queres dizer um psiquiatra?

"Ou um psicólogo. E, entretanto, escreve tudo. Quando os vires, como é que eles são - regista as aparições."

"Um diário, quero dizer, com quem me pareço, com a Oprah Winfrey?"

"Não," disse o Sam. "Miúdo, estás a ter pesadelos, a ouvir ruídos agudos e a ver luzes. Pode ser um sinal de, como disseste, PTSD ou algo médico. Preciso de investigar e falar com o teu médico, pedir-lhe conselhos. Entretanto, escrever os teus pensamentos, manter um diário, pode ajudar. Muitos homens escreveram diários ou mantiveram um diário."

"Diz algum cujo nome eu reconheça?"

"Deixa ver, Leonardo da Vinci, Marco Polo, Charles Darwin."

"Refiro-me a alguém deste século."

"Já mencionaste a Oprah."

$$* * *$$

A saúde mental de E-Z melhorou depois de algumas sessões com uma terapeuta/conselheira. Ela era simpática e não julgava o adolescente, como ele receava que ela fizesse. Em vez disso, ofereceu sugestões e estratégias específicas para o acalmar e ajudar. Ela, tal como o seu tio Sam, também sugeriu que ele escrevesse tudo - num diário.

Em vez disso, escreveu um conto para um trabalho escolar inspirado na ave preferida da sua mãe: uma pomba. Depois de ter recebido um A+ no seu trabalho, a professora inscreveu a sua história num concurso de escrita a nível provincial. No início, ficou aborrecido por ela ter inscrito a sua história sem lhe perguntar. Mas quando ganhou, ficou incrivelmente feliz. Desde então, a professora inscreveu a sua história num concurso a nível nacional.

Enquanto o seu sobrinho se dedicava à arte da escrita, Sam estava a dedicar-se a um novo hobby: a genealogia. Uma noite, quando estavam a jantar, ele disse:

"Agora que já escreveste um conto e tiveste algum sucesso, talvez devesses tentar escrever um romance".

"Eu? Um romance? Nem penses".

"Tens sangue de escritor", revelou o Tio Sam. "Ao traçar a nossa história, descobri que tu e eu somos parentes do primeiro e único Charles Dickens."

"Talvez devesses escrever um romance, então. Ele riu-se.

"Não sou eu que tenho um conto premiado."

As luzes verdes e amarelas piscaram por cima do teu prato. Pelo menos não ouvia aquele barulho agudo com o Tio Sam a falar.

".... Afinal de contas, tu e eu somos primos no tempo de Charles Dickens. Olha para tudo o que já ultrapassaste. És um miúdo fantástico - o que tens a perder?"

O teu nome é Ezekiel Dickens e esta é a sua história.

CAPÍTULO 1

Durante os primeiros treze anos da sua vida, foi conhecido por vários nomes. Ezekiel, o seu nome de nascimento. E-Z, a sua alcunha. Apanhador da sua equipa de basebol. Escritor de contos. Filho dos teus pais. Sobrinho do teu tio. O teu melhor amigo. Agora tinham um novo nome para ele.

Não que ele se importasse com a palavra "c". Na verdade, algumas das alternativas eram as que menos lhe agradavam. Como os comentários que algumas pessoas diziam, porque achavam que eram politicamente correctos. "Olha o miúdo que está confinado a uma cadeira de rodas." Diziam isto enquanto apontavam para ele - como se pensassem que ele também era deficiente auditivo. Ou diziam: "Tive pena de saber que agora andas de cadeira de rodas". Isso fazia-o estremecer. Mas o que o fez passar dos limites foi "Oh, agora és o miúdo que usa cadeira de rodas". Ver alguém, especialmente uma pessoa mais nova, numa cadeira de rodas fazia com que algumas pessoas se sentissem desconfortáveis. Se se sentiam assim, porque é que tinham de dizer alguma coisa?

Isto despertou uma memória de há muito tempo. Uma recordação dos seus pais, a ver o filme Bambi na televisão, numa tarde chuvosa de sábado. A mãe fazia as suas famosas bolas de pipocas. Comeram refrigerantes, M&Ms, marshmallows e os Twizzlers preferidos do pai. O coelho Thumper disse: "Se não podes dizer nada de bom, não digas nada". Quando a mãe do Bambi morreu, foi a primeira vez que ele viu a sua mãe e o seu pai chorarem por causa de um filme. Como estava tão chocado com o comportamento deles, ele próprio não derramou uma lágrima.

Alguns dos idiotas da escola chamavam-lhe "rapaz da árvore - o aleijado". Alguns eram colegas atletas que o admiravam quando ele era o rei atrás da base. Odiava mais a referência ao rapaz da árvore do que o comentário do aleijado. Não tinha pena de si próprio (na maior parte das vezes) e também não queria que ninguém tivesse pena dele.

Quando chegou a altura de regressar à escola, nesse mesmo dia, fê-lo com a ajuda dos seus amigos. PJ (diminutivo de Paul Jones) e Arden apoiaram-no e empurraram-no, conforme necessário. Rapidamente ficaram conhecidos como The Tornado Trio. Principalmente porque, onde quer que fossem, o caos instalava-se. Foi aí que E-Z aprendeu a esperar o inesperado.

Por isso, quando os amigos apareceram uma manhã para o ir buscar à escola, uns meses mais tarde, e depois disseram que não iam, ele não ficou muito surpreendido. Quando lhe disseram que tinham de vendar os olhos - isso não era esperado.

No banco de trás, pergunta. "Onde é que vamos?" Não responde. "Vou gostar disto?"

"Sim", disseram os teus amigos.

"Então porquê a capa e o punhal?"

"Porque é uma surpresa", diz o PJ.

"E vais gostar mais quando lá chegarmos."

"Bem, eu não posso fugir." Ele zombou.

A mãe de Arden estacionou. "Obrigado, mãe", disse ele.

"Liga-me quando precisares que te vá buscar", disse ela.

Os dois amigos ajudaram E-Z a entrar na cadeira de rodas e partiram.

"Sou só eu, ou esta cadeira parece mais leve cada vez que a tiramos da cadeira?" perguntou Arden.

"És tu! respondeu PJ.

Enquanto atravessavam o terreno desnivelado, E-Z sentia o cheiro de relva acabada de cortar. Quando os amigos lhe tiraram a venda - estava no campo de basebol. As lágrimas brotaram-lhe nos olhos quando viu os seus antigos colegas de equipa, a equipa adversária e o treinador Ludlow. Estavam de uniforme completo, alinhados ao longo da linha de base acabada de riscar com giz.

"Bem-vindo de volta!", aplaudiram.

E-Z escovou as lágrimas com a manga enquanto a cadeira se aproximava do campo de jogo. Desde que o acidente lhe tinha tirado o sonho de jogar basebol profissional, tinha evitado o jogo. Com um nó na garganta, estava tão emocionado que não conseguia recuperar o fôlego.

"Não tem palavras", diz PJ, dando um empurrão a Arden com o cotovelo.

"É a primeira vez que o fazes."

"Obrigado, malta. Não te enganaste quanto a ser uma surpresa.

"Espera aqui", dizem os amigos.

E-Z ficou sozinho a apreciar a vista do campo de basebol. O sítio que em tempos tinha sido o seu lugar preferido na Terra. Volta a chorar, vendo a relva verde a brilhar à luz do sol. Limpou-as quando os amigos voltaram com um saco de equipamento.

Arden inclinou-se: "Surpresa, amigo, hoje vais apanhar!"

"O que queres dizer com isso? Não posso jogar com isto!", diz ele, batendo com as mãos nos braços da cadeira de rodas.

Toma, vê isto, enquanto te equipamos", disse PJ, entregando-lhe o telemóvel e carregando no "play".

E-Z observava, espantado, os jogadores como ele a entrarem no campo de basebol. Olha com mais atenção para as suas cadeiras, que tinham rodas modificadas. Um jogador aproximou-se da base, pegou na bola e fez zoom à volta das bases.

"Uau! Isto é espetacular!"

"Se eles conseguem, tu também consegues!" disse Arden, enquanto colocava as joelheiras nas pernas do amigo e PJ colocava o protetor de peito. No caminho para o campo, os amigos atiraram-lhe a máscara de apanhador e a luva.

"Toca a bater!" diz o treinador Ludlow.

O lançador lançou a primeira bola rápida mesmo na zona e ele apanhou-a.

O segundo lançamento foi um "pop up". E-Z foi atrás dela, aproximando-se, levantando-se. Alcança-a. Até se surpreendeu a si próprio quando a apanhou. Eles não tinham reparado, mas ele tinha-se levantado. O seu rabo tinha saído do assento da cadeira e ele não fazia ideia de como o tinha feito.

"Ena," disse PJ, "apanhaste-a muito bem."

"Sim, provavelmente terias falhado, se não fosse a cadeira."

E-Z sorriu e continuou a jogar. Quando o jogo acabou, sentiu-se bem. Normal. Agradece aos rapazes por o terem feito voltar ao ritmo das coisas.

"Para a próxima, bates tu", disse PJ.

E-Z zombou enquanto a mãe de Arden os levava ao drive through e depois de volta à escola. Se se apressassem, chegariam a tempo da aula seguinte. Os alunos enchiam os corredores, enquanto ele se dirigia para o seu cacifo. Os seus colegas ouviram o som dos pneus a bater no chão de linóleo - e abriram caminho.

E-Z tinha sido o primeiro miúdo a precisar de acesso a uma cadeira de rodas na sua escola, mas já era uma lenda antes de ter perdido o uso das pernas. Foi preciso muito para ele pedir ajuda, mas assim que o fez, conseguiu-a. Já tinha o respeito deles como atleta, tinha ganho uma série de troféus sozinho e como parte da equipa. Precisava de ganhar o respeito deles novamente como o seu novo eu.

Depois do jogo, regressam à escola e terminam o dia. Como só tinha sido meio dia, E-Z estava bastante cansado quando a mãe de Arden e os seus amigos o deixaram na escola.

Depois de lhes agradecer, vai para dentro.

"Já estou em casa, tio Sam.

"Estou a ver, tiveste um bom dia?", diz Sam.

"Sim, foi um bom dia. Estica-se e boceja.

"Anda. Tenho uma coisa para te mostrar. Tenho uma coisa para te mostrar, uma surpresa.

"Outra não," disse E-Z, enquanto seguia o tio pelo corredor. Passa primeiro à direita, o quarto dos pais - destinado a ser um quarto de hóspedes um dia. Até lá, estava exatamente como o tinham deixado - e assim ficaria até E-Z decidir o contrário.

De vez em quando, o tio Sam oferecia-se para o ajudar a arrumar o quarto, mas o sobrinho dizia sempre a mesma coisa.

"Eu faço-o quando estiver pronto."

Sam concordou com relutância. Estava decidido a que o sobrinho seguisse em frente. Este era o primeiro passo para atingir esse objetivo. Desde então, tinha falado com a sua conselheira, que disse que Sam devia encorajar E-Z a falar mais sobre os pais. Ela disse que torná-los parte da sua vida quotidiana o ajudaria a curar-se mais rapidamente. Continuaram pelo corredor, passaram pela casa de banho e pararam na caixa ou na arrecadação.

"Toca a andar!" disse o Tio Sam enquanto o empurrava para dentro.

E-Z ficou sem palavras ao ver o escritório recém-transformado. No centro, em frente à janela que dava para o jardim, estava uma secretária. Em cima dela, estava um PC de jogos e um sistema de som novinhos em folha. Deslizou a cadeira para debaixo da secretária - encaixou perfeitamente - passando os dedos pelo teclado. Perto estava uma impressora, empilhada com papel e um caixote do lixo - tudo planeado ao alcance do braço.

À esquerda dele estava uma estante. Aproxima-se mais. A primeira prateleira continha livros sobre escrita e clássicos. Reconhece alguns dos favoritos dos seus pais. A segunda contém troféus, incluindo o prémio pela sua escrita. A terceira e a quarta contêm todos os livros preferidos da tua infância. As duas prateleiras de baixo estão vazias. Os seus olhos correram para o cimo da estante, teve de recuar a cadeira para ver o que estava lá em cima.

Sam entrou na sala ao lado dele. Põe uma mão no ombro do sobrinho.

"Não sabia se era demasiado cedo. I..."

A pièce de résistance: uma fotografia de família. Uma lágrima desceu-lhe pela face quando se lembrou do dia da sessão fotográfica. Foi num pequeno estúdio de fotografia no centro da cidade. Estavam todos bem vestidos. O pai com o seu fato azul. A mãe com o seu novo vestido azul e um lenço vermelho atado ao pescoço. Ele com o seu fato cinzento - o mesmo que tinha usado no funeral.

Contém um soluço, recordando o cenário do estúdio do fotógrafo. O estúdio continha tudo o que era natalício - apesar de ser apenas julho. Sorriu, pensando nas decorações de Natal foleiras e na lareira falsa. Semanas mais tarde, o postal chegou com o correio, mas para os seus pais esse Natal nunca chegou. Vira a cadeira para a saída e dirige-se para o corredor com o tio atrás.

"Eu sei que vai levar tempo. Desculpa se fui longe demais demasiado cedo, mas já passou mais de um ano e nós, eu e o teu conselheiro, achámos que estava na altura".

E-Z continuou a andar. Queria fugir. Fugir para o seu quarto e fechar o mundo, mas depois ocorreu-lhe uma coisa. Algo crucial. O teu tio não podia saber a história da fotografia. Se soubesse, não a teria posto lá. Depois de tudo o que tinha feito por ele, devia-lhe uma explicação. Pára.

"Nunca a usámos, era para o nosso postal de Natal, mas nunca chegaram ao Natal."

"Desculpa-me. Não sabia."

"Eu sei que não sabias, mas isso não faz com que doa menos."

Exausto, tanto física como mentalmente, aproximou-se do seu quarto. O seu diálogo interior continuou com um reforço positivo. Lembrando-lhe que tudo ficaria melhor de manhã. Porque quase sempre o faziam.

"Foi feito para ser um lugar para escreveres. Lembra-te, agora és um autor premiado, e tens sangue de escritor."

Estava quase no seu quarto - porque é que o tio não o tinha deixado fugir? O seu temperamento exaltou-se.

"Escrevi um conto, mas isso não significa que possa ou queira escrever mais. Dizes que tenho sangue de Charles Dickens a correr-me nas veias, mas o que eu quero é ser um apanhador dos L.A. Dodgers. Só porque me chamam rapaz da árvore - o aleijado, não quer dizer que tenha de me contentar. Porque é que tenho de me conformar?"

"Gostava que não usasses a palavra com "c"."

"Aleijado, aleijado do caraças", disse ele enquanto se virava abruptamente e batia com o cotovelo na parede. O teu não tão engraçado osso engraçado doeu como um louco.

"Estás bem?"

E-Z respondeu com um grunhido e continuou para o seu quarto. Tencionava bater com a porta atrás de si. Em vez disso, ficou meio preso e meio fora da porta. Depois, as rodas da sua cadeira bloquearam.

"FODA-SE!"

Sam soltou a cadeira sem dizer uma palavra. Fecha a porta quando sai.

E-Z agarrou em alguns objectos inquebráveis e atirou-os contra a parede. Para se acalmar, visualiza os pais a dizerem-lhe como estavam orgulhosos dele. Tinha saudades disso. Mas, se o pai estivesse aqui agora, repreendia-o por ser um fedelho. A mãe também o repreenderia, mas de uma forma mais gentil e amável. Limpa as lágrimas. Sentiu a picada da vergonha e o seu corpo caiu de exaustão na cadeira de rodas.

O tio Sam perguntou através da porta fechada: "Estás bem?"

"Deixa-me em paz!" respondeu E-Z. Apesar de precisar da ajuda dele. Sem ele, não conseguia vestir o pijama nem ir para a cama. Teria de dormir na cadeira, com as suas roupas. No fundo, sempre soube a verdade. Se ele deixasse de se preocupar, todos os outros deixariam de se preocupar também. Então, estaria verdadeiramente sozinho.

Leva a cadeira até à janela e olha para o céu noturno. A música. Era a única coisa que os unia verdadeiramente como família. Claro, tinham as suas diferenças de géneros musicais, mas quando uma boa canção tocava na rádio, punham-na de lado.

Um gato preto sarnento atravessou o relvado. A mãe dele sempre quis que eles fossem a Nova Iorque ver o Cats na Broadway. Desejava que tivessem ido juntos. Criado uma memória. Agora nunca mais iriam. Aquela canção, algo sobre memórias fê-lo pegar no telemóvel. Escolheu um hino de hard rock, aumentou o volume. Usou os punhos para bater o ritmo nos braços da cadeira enquanto delirava e gritava a letra.

Até que o rock foi tão forte que ele rolou da cadeira e caiu no chão. No início, ao ver o seu quarto de baixo para cima, teve vontade de chorar. Em vez disso, começou a rir e não conseguiu parar.

"Estás bem aí dentro?" perguntou Sam.

"Uh, dava-me jeito a tua ajuda." O estômago doía-lhe de tanto rir.

A reação inicial de Sam foi de alarme - quando viu o sobrinho no chão a segurar a barriga. Quando se apercebeu que ele estava a segurar a barriga de tanto rir, deixou-se cair no chão ao lado dele.

Mais tarde, quando Sam se ia embora, disse: "Vais ficar bem, miúdo."

"Vais ficar bem."

Foi então que fizeram um pacto para fazerem tatuagens.

CAPÍTULO II

"**D**esculpa, mas hoje não posso jogar basebol com vocês."

"Anda lá", disse Arden. "Não foste assim tão mau da última vez.

"Desaparece", respondeu E-Z. Acelera para ir ter com o tio e choca com Mary Garner, a chefe da claque.

"Oh, desculpa, Mary."

Era a primeira vez que a via desde o acidente. Olha para cima, enquanto o cabelo dela cai como uma cortina sobre os seus olhos: cheirava a canela e a mel.

"Idiota," disse ela. "Vê por onde andas."

Recua e afasta-se. Segue-o a sua comitiva.

Ele sorriu, esticou o pescoço para a ver afastar-se. Os seus amigos aproximaram-se e fizeram o mesmo. Arden assobiou.

Olhou por cima do ombro e fez um gesto de reprovação na direção deles.

"Meu Deus, ela é fantástica", disse PJ.

"É uma brasa", disse Arden.

"Muito."

Ao saírem da escola, PJ perguntou: "Então, diz-nos porque é que não queres jogar hoje."

"Sim, ajuda-nos, compreende", diz Arden, fazendo uma careta e cruzando os olhos. "Somos inúteis sem ti."

"Olha, o Tio Sam e eu fizemos um pacto. Olha, o Tio Sam e eu fizemos um pacto de fazer algo juntos - algo importante - depois da escola, hoje.

Os amigos cruzaram os braços, bloqueando o caminho da cadeira dele.

"Continuas a querer excluir-nos - e nem sequer nos dizes porquê?", disse o PJ ruivo.

"És mesmo um idiota."

"Nós nunca te faríamos isso."

Afastaram-se, acelerando o passo.

E-Z acelerou, mas não foi suficiente. "Espera! Estamos a fazer tatuagens!"

Os amigos pararam no caminho.

"Vou fazer uma tatuagem em memória da minha mãe e do meu pai - asas de pomba, uma em cada ombro."

"Nós vamos contigo!"

"Pensei que vocês pudessem pensar que eu era um pouco piegas."

Continuaram a andar sem falar durante um bocado.

"O tio Sam vai ter comigo ao sítio das tatuagens."

CAPÍTULO III

Quando Sam viu o sobrinho com os amigos, ficou surpreendido.

"Pensava que este pacto era entre nós, ou seja, um segredo?"

"Os rapazes queriam levar-me a um jogo - tive de lhes dizer.

"Está bem, é justo. Mas eu não tenho por hábito substituir os pais deles ou dar autorização em nome dos pais deles." Depois, para o PJ e o Arden: "Não me importo que vocês estejam aqui, mas só os vossos pais podem aprovar as vossas tatuagens."

"Espera!" disse o PJ. Espera!", disse o PJ. "Nunca pensei em fazermos tatuagens."

"Os meus vão dizer que não", disse Arden. Os pais dele estavam a ter problemas, e ele aproveitou-se disso. Agia como se as discussões constantes não o incomodassem na maior parte do tempo. De vez em quando, quando não aguentava mais, refugiava-se em casa de um amigo.

"A minha também." PJ era o mais velho e tinha duas irmãs de cinco e sete anos. Os pais encorajavam-no a dar um bom exemplo e, na maioria das vezes, ele dava.

Ao concentrar-se num futuro desportivo, mantinha-se no bom caminho.

Partilhando um momento de luz, os adolescentes deram um grande aplauso uns aos outros.

"O quê? perguntou Sam.

"Vamos dizer-lhes porque é que o E-Z está a fazer isto e que queremos tatuagens para o apoiar", disse PJ.

Arden acenou com a cabeça.

"Espera um minuto. Então, vocês dois querem usar a morte dos meus pais como desculpa para se tatuarem?"

Sam abriu a boca, mas as palavras escaparam-lhe.

PJ e Arden estavam com o rosto vermelho, a olhar para o pavimento.

E-Z deixou-os à vontade. "Por mim, tudo bem.

Sam fechou a boca enquanto ele e os dois rapazes formavam um semicírculo à volta da cadeira de rodas.

"Mas promete-me uma coisa - não são permitidas borboletas.

"O que é que vocês têm contra as borboletas? perguntou Sam.

CAPÍTULO IV

Para resumir a história, PJ e Arden convenceram os pais a deixá-los fazer tatuagens.

"Já vou ter contigo", disse o tatuador, olhando de relance para os quatro. De frente para o espelho, estava um cliente corpulento que estava a acrescentar mais uma tatuagem à sua coleção de muitas. Esta nova tatuagem estava entre o polegar e o indicador. "És o Sam?", perguntou o homem que fazia a tatuagem.

O estômago de Sam ficou um pouco enjoado, pois tinha lido que a mão era um dos sítios mais dolorosos para se tatuar. "Sim, falei contigo ao telefone. Este é o meu sobrinho E-Z, e os seus amigos PJ e Arden.

"Os quatro querem tatuagens, hoje? Porque eu só estava à espera de dois de ti."

"Desculpa lá isso. Podemos remarcar, se for preciso, ou posso fazer a minha noutro dia", disse Sam, desejoso.

"A minha filha vem ajudar-me em breve. Por isso, sê bem-vinda à Tattoos-R-Us. Podes esperar ali. Serve-te de um copo de água. Há também algumas brochuras que talvez queiras ver. Podem ajudar-te a decidir onde queres fazer a tatuagem. Cada zona do corpo tem um limite de dor". O tipo corpulento que estava a ser tatuado riu-se.

"Obrigado", respondeu Sam enquanto se dirigiam para a sala de espera. Uma vez sentados num sofá, o seu joelho saltitante provocou arrepios a PJ e a Arden. Atravessaram a sala e olharam para o quadro de avisos. Para acalmar os nervos, Sam continuou a falar. "Verifiquei-os na internet, estão no mercado há vinte e cinco anos, e o homem com quem falámos é o proprietário. Eles têm uma excelente reputação no Better Business Bureau. Além disso, tem imensas críticas de cinco estrelas no seu site."

Todos os olhares se viram quando uma mulher impressionante, vestida com um traje gótico, entra no local. Tinha trinta e poucos anos e, a julgar pelas suas feições, era a filha do proprietário. Tinha tatuagens em cada pedaço de carne exposta, e piercings esporádicos em todo o lado.

"Desculpa o atraso", disse ela, tocando no ombro do pai. Olha para a sala de espera e sussurra-lhe qualquer coisa. Sorri e vira-se para os clientes.

"Olá, sou a Josie. Estende a mão e dá um aperto de mão a cada um deles. "Aquele ali é o Rocky. Ele é o dono e eu sou a filha dele."

"Chamo-me Sam, e este é o meu sobrinho E-Z e os seus dois amigos, PJ e Arden." Caiu em vez de se voltar a sentar.

Josie foi buscar-lhe um copo de água.

E-Z estava a pensar no quanto lhe devia doer o piercing na língua, mas depois disse ao tio: "Não tens de o fazer".

"Estás a chamar-me medricas?", disse ele, com o corpo todo a tremer, enquanto Josie lhe punha o copo na mão. Quando o levantou para os lábios, entornou um pouco de água.

"Vocês são virgens de tatuagens, certo?" perguntou Josie.

E-Z achou que ela tinha uma voz doce, como a de Stevie Nicks, a vocalista preferida do seu pai, dos Fleetwood Mac, a cantar sobre Rhiannon, a bruxa.

Não precisavam de responder, porque o silêncio deles dizia tudo.

"Bem, estás em excelentes mãos com o Rocky. É o melhor tatuador da cidade. Vai doer, malta. Sim, vai doer. Mas é como aquele tipo de dor que o John Cougar canta. Tu sabes - "Hurts So Good".

Sam fez uma careta. "Quanto é que dói mesmo?"

"Depende do teu limiar para a dor - e de onde a escolheres. Tens ali um folheto que mapeia as várias áreas do corpo e dá-te uma classificação da dor.

E-Z sentiu a cara a aquecer, e a tez dos seus amigos tinha uma tonalidade semelhante. Olhou de relance na direção de Sam, reparando na sua tez que tinha mudado para um tom esverdeado.

Josie continuou. "Depois da tua primeira tatuagem, podes começar a gostar dela e querer mais."

Sam levantou-se, com o corpo a tremer de medo.

"Talvez precises de apanhar ar fresco", disse E-Z, levando o tio para a porta.

Uma vez lá fora, Sam andava de um lado para o outro no passeio, com o coração a bater como se fosse saltar-lhe do peito. "Quem me dera a Deus que eu fumasse.

"Agradeço que tenhas vindo até aqui comigo, a sério que sim, mas, sinceramente, não tens de ir para a frente com isto. Eu sei que fizemos um pacto e que isto é algo que eu quero fazer - em memória da minha mãe e do meu pai - mas não me deves nada. Porque não vamos dar um passeio, talvez tomar um café e mandamos-te uma mensagem quando acabarmos, está bem?"

"Eu disse que estaria sempre ao teu lado. Estou aqui para ti agora. Odeio agulhas. E brocas. Pensei que conseguia, mas agora percebo que o medo é mais forte do que eu. Sou tão cobarde."

"Sempre me apoiaste, Tio Sam. Não tens de o provar a mim, nem a ninguém, fazendo uma tatuagem que nem sequer queres. Agora, vai-te embora daqui. Eu telefono-te quando acabarmos." Voltou a subir a rampa com os amigos em fila atrás dele. Olha para o Sam por cima do ombro. O pobre rapaz estava tão rígido como uma estátua.

"Eu fico bem. Agora, vai-te embora.

Sam riu-se. "Mas antes de ir, é melhor dares-me a carta que escrevi ontem à noite, para eu poder acrescentar os nomes do PJ e do Arden. Porque sem a minha autorização - nenhum de vocês vai fazer tatuagens."

"Bem pensado," disse E-Z enquanto entregava a nota ao fim da fila. Agora assinou-o e voltou a subir. Guardou-o no bolso e foram para dentro, onde Josie estava à espera.

"Pronto, és a seguir. Se vais mijar nas calças, eu mostro-te onde é a casa de banho".

"Morde-me", disse E-Z enquanto colocava a cadeira em posição.

✳✳✳

Enquanto Rocky terminava de trabalhar no balcão, Josie entregou a E-Z um livro com tatuagens.

"Já sei sem olhares. Quero uma asa de pomba, em cada ombro". Lá estavam elas outra vez, as luzes verdes e amarelas. Ele queria tanto afastá-las, mas não queria que Josie pensasse que ele também era maluco.

Josie folheou o livro. "Era isto que tinhas em mente?"

Ele acenou com a cabeça, depois observou-a pelo espelho enquanto ela lavava as mãos e calçava um par de luvas pretas. Tira os copos de tinta da embalagem esterilizada e coloca-os em cima da mesa.

"Tens um bilhete dos teus pais ou do teu tutor? Presumo que não tenhas dezoito anos?"

E-Z sorriu e entregou-lhe o bilhete.

"Parece estar tudo bem. Agora vamos a assuntos mais importantes. Tens as costas peludas?" Ela sorriu. "Se tiveres, temos de as limpar e rapar primeiro. Refiro-me a todas as tuas costas".

"De certeza que não."

O som das risadinhas dos amigos na sala de espera também o fez sorrir. Entretanto, Josie desapareceu na sala das traseiras e ouviu-se música. Por um segundo, "Another Brick in the Wall", e depois nada de música.

"Porque é que fizeste isso?", perguntou ele.

"Abomino tudo o que seja dos Pink Floyd." Ela continuou a preparar as coisas.

"Não podes dizer isso, a não ser que nunca tenhas ouvido Dark Side of the Moon."

"Eu ouvi, era uma porcaria", disse ela enquanto lhe puxava a camisa por cima da cabeça. "Oh!"

POP.

POP.

E as duas luzes desapareceram.

O Rocky aproximou-se e pôs-se ao lado dela. "Mas que raio?

"Mas que raio, de facto", disse a Josie.

O que levou o PJ e o Arden a aproximarem-se.

"Não percebo, E-Z. Porque havias de mentir?"

"Claro que não ia mentir - o E-Z nunca mente", disse Arden.

"O QUÊ? perguntou E-Z, tentando manobrar a sua cadeira para poder ver o que eles estavam a ver. "Mentes? Sobre o quê? Diz-me, seja o que for. Eu aguento."

Josie perguntou: "Porque é que mentiste sobre seres virgem de tatuagens?"

***

"Não disse nada!" gaguejou E-Z, sem saber o que queria dizer.

"Espera um minuto", disse Arden. "Vá lá, amigo, se mentiste, deves ter uma boa razão."

"Estás a brincar!" disse PJ. "No entanto, ele não pode tê-las conseguido sem a autorização de um adulto."

Rocky pegou num espelho de mão e posicionou-o de forma a que E-Z pudesse ver o que eles estavam a ver. Duas tatuagens, uma no ombro direito e outra no esquerdo. Asas.

"O que é que queres?"

"Ele disse-me que queria asas", disse Josie. "Pensei que fosses um bom rapaz."

"E sou! Sinceramente, não faço ideia de como é que elas foram aí parar, e estas não são o tipo de asas que eu queria. Eu queria asas de pomba. Estas parecem-se mais com asas de anjo".

"Anda lá, amigo", disse o Rocky. "Estas foram feitas por um profissional. Já há algum tempo. E, já agora, são umas asas de anjo excepcionais. Dá os meus parabéns a quem as fez. Diz-lhes que se alguma vez estiverem à procura de trabalho, que venham ter comigo."

"Juro-te que não fiz tatuagens. Esta é a primeira vez que vou a um sítio de tatuagens. Pergunta ao meu tio. Pergunta ao meu tio. Ele apoia-me. Ele sabe."

"Nada disto faz sentido", disse Arden.

Rocky abanou a cabeça. "Pelo menos admite-o, miúdo."

"Vocês os dois querem tatuagens?" perguntou Josie com as mãos nas ancas.

"Não", responderam.

"Os homens são tão mentirosos", disse Josie enquanto fechavam a porta atrás de si.

"Deixa lá, amor, já está na hora de jantarmos", e depois pôs o sinal de FECHADO na porta.

✳✳✳

Sam regressou e viu os três rapazes à espera no exterior do estúdio. A sua linguagem corporal era estranha. O ruivo PJ tinha os braços cruzados, enquanto o de pele cor de azeitona Arden tinha as mãos nas ancas. Entretanto, o teu sobrinho estava quase a chorar.

"Graças a Deus, Tio Sam, graças a Deus que voltaste."

Aproxima-se a correr. "Oh não, doeu-te muito? Vai ficar melhor daqui a uns dias. Vais ficar bem. Agora deixa-me dar uma olhadela". Assobia quando o sobrinho se inclina para a frente para lhe poder levantar a camisa. "Bolas, isso deve ter doído."

"Provavelmente sim", disse PJ.

"Quando ele as apanhou pela primeira vez."

"A primeira vez? O quê?"

"Ele já as tinha quando ela lhe tirou a camisa."

"O que não conseguimos perceber é, como?"

"O que queres dizer com isso? Posso garantir-te que ele não as tinha ontem."

"Vês, eu disse-te que o Tio Sam me apoiaria." Se não acreditassem nele, acreditariam no tio, mas porque é que haviam de pensar que ele ia mentir? Sabiam que ele não era mentiroso.

"De acordo com o Rocky, ele tem estas coisas há algum tempo."

"Vês como estão todas curadas?" disse o PJ. "Rocky e Josie estavam irritados, e tinham todo o direito de estar, já que E-Z parecia tão surpreso quanto nós ao vê-los.

"E vocês os dois," perguntou Sam, "como correram as tuas tatuagens?"

"Decidimos não ir em frente", disse PJ.

"Não me pareceu bem."

Sam disse: "Conta-nos o que aconteceu. Explica-te, meu, porque eu não consigo perceber nada."

"Não posso. Tio Sam, sabes que eles não estavam lá ontem. Não tenho nenhuma explicação. Tudo o que eu quero é ir para casa." Começou a mexer-se, a bater as rodas da cadeira, mais depressa, mais depressa ainda. Queria ir para longe, para qualquer lugar. Se eles não acreditavam nele, que se lixem.

Quando se aproxima do fim da rua, as luzes mudam de verde para vermelho. Uma menina, sozinha, já estava a avançar para atravessar. Saiu do passeio, quando uma carrinha de campismo dobrou a esquina. A cadeira de rodas dele levantou-se do chão e foi na direção dela. Ele estendeu a mão e agarrou-a. Mesmo a tempo de a salvar de passar por baixo das rodas do veículo.

Agora fora de perigo, a cadeira de rodas voltou a pousar e ele carregou-a para um lugar seguro. À sua frente, estava um cisne branco maior do que o normal. Faz-lhe um sinal de positivo com a asa e depois voa para longe.

"Cisne", disse a menina, enquanto procurava os seus pais.

E-Z aproveitou a oportunidade para se misturar na multidão e desaparecer ao virar da esquina, depois tocou nos raios das suas rodas com mais força do que alguma vez tinha feito e em breve estava a alguns quarteirões de distância.

"Viste aquilo?" exclamou Arden, parando na esquina. "Ai!", disse ele quando a mulher atrás de si chocou com ele. "Ouvia atrás de si, outros peões atrás de si colidiam.

PJ mantém-se firme, enquanto o tipo que estava atrás dele o atropela. Para Arden, diz: "Sim, eu vi... mas não sei bem o que vi. As asas tatuadas eram uma coisa, isto foi... o quê? Um milagre?"

"Era uma ilusão de ótica", disse Sam, enquanto o seu telemóvel vibrava. Era uma mensagem de E-Z a pedir-lhe para o ir buscar o mais depressa possível ao parque de estacionamento da loja de ferragens. "O E-Z precisa de mim, vocês os dois conseguem voltar para casa?"

"Claro, não há problema, Sam."

"Espero que ele esteja bem.

Sam regressou ao carro, tentando manter a calma enquanto tentava perceber o que tinha acabado de acontecer.

Nenhum dos rapazes queria falar sobre o que tinham visto - a cadeira de rodas de E-Z a voar.

"Viste aquilo?", sussurravam outros atrás deles, à medida que a multidão se juntava.

"Quem me dera ter o meu telemóvel pronto", disse uma mulher.

Uma segunda mulher, com um microfone e uma câmara, avançou para a frente. Quando o semáforo mudou, atravessou a estrada, seguida por um casal, em lágrimas

- os pais das meninas. Atrás deles, o condutor da carrinha de campismo.

"Graças a Deus, estavas lá", grita ele. "Não a vi. És um herói, miúdo. És um herói, miúdo. Obrigado."

"Mamã!", gritou a criança, enquanto a mãe a puxava para os seus braços. Ela e o marido abraçaram-na, enquanto o repórter se aproximava e o operador de câmara registava o momento.

O homem que quase a atropelou estava a soluçar. O repórter e o fotógrafo falam com ele. "Ele salvou-a, a ela e a mim. O rapaz, o rapaz da cadeira de rodas."

Tentaram encontrá-lo, mas ele tinha desaparecido. Estava escondido, como um criminoso. À espera que o Tio Sam viesse resgatá-lo. Tentando entender o que tinha acontecido. A tentar não se passar.

De volta ao local, duas luzes, uma verde e uma amarela, apagaram as mentes de todos os que estavam por perto. Depois destruíram todas as imagens gravadas.

"O que é que estamos a fazer aqui?", perguntou o repórter.

"Não faço ideia", responde o operador de câmara.

No caminho para casa, E-Z sentiu-se um pouco como um herói. Mas sabia que o verdadeiro herói era a cadeira; a sua cadeira de rodas que tinha levantado voo.

E-Z Dickens era um ANJO TATOO.

 ✳✳✳

"Eu voei, Tio Sam. Voei mesmo."

Sam entrou na garagem e estacionou.

"Tu viste, certo? Viste-me a salvar aquela menina. Não conseguiria chegar a tempo, e a minha cadeira de rodas sabia disso e levantou-se do chão e acelerou em direção a ela."

"Sim, eu vi-te. Foi excecional. Quero dizer, a forma como salvaste aquela menina de perigo, possivelmente da morte. Mas a tua cadeira não se levantou. Foi o impulso que te impulsionou para a frente. Com a adrenalina e a rapidez com que tiveste de te mover para lá chegar, provavelmente parecias estar a voar - mas não estavas."

"Eu voei. A cadeira saiu do chão."

"E-Z, anda lá. Tu sabes e eu sei que não houve voo nenhum. Deves saber isso. Quero dizer, o que é que tu pensas que és? Pensas que és o raio de um anjo?"

Sam saiu do carro, tirou a cadeira de rodas da bagageira e deu a volta para ajudar o sobrinho a colocá-la. Quando o fez, o ombro direito de E-Z raspou contra a borda da porta e ele gritou de dor.

"Água!", gritou. "Parece que estou a arder."

Sam correu para a cozinha e voltou com uma garrafa de água.

E-Z deitou-a no ombro. A dor aliviou um pouco, mas depois o outro ombro parecia estar a arder. Deita-lhe o resto da garrafa. Sam empurrou-o para dentro de casa, enquanto E-Z tentava arrancar a camisa. Sam ajudou-o a puxá-la por cima da cabeça.

"Não! gritou Sam, tapando o nariz. As omoplatas do sobrinho pareciam e cheiravam agora a carne de churrasco carbonizada. Vai a correr para a cozinha buscar mais água.

No caminho, E-Z gritou e continuou a gritar, até desmaiar.

CAPÍTULO V

Estava escuro e ele estava sozinho, apenas com a sombra da lua a espalhar-se por cima dele no céu.

Os seus braços estavam cruzados sobre o peito, como se tivesse visto cadáveres posicionados num funeral de caixão aberto. Sacode-os. Agora relaxado, coloca-os sobre os braços da cadeira de rodas e descobre que não está nela. Com medo de cair, volta a cruzar os braços sobre o peito. Mas espera, ele não caiu quando os descruzou antes - voltou a fazê-lo e ficou de pé.

E-Z manteve um braço firme contra o peito, enquanto o outro, o direito, se esticava o mais que podia. As pontas dos seus dedos ligaram-se a algo frio e metálico. Com o braço esquerdo fez o mesmo, encontrando novamente metal. Inclinando-se para a frente, toca na parede à sua frente e faz o mesmo atrás de si. À medida que se movia, o assento debaixo de si deslocava-se, como se fosse um sistema de suspensão. Era este sistema que o mantinha direito, ou não?

PFFT.

O som de uma névoa, a surgir no ar. Quente, aguçava-lhe o olfato, banhando-o com um bouquet de lavanda e citrinos.

Desce a um sono profundo, no qual sonha sonhos que não são sonhos porque são memórias. O acidente - estava a acontecer tudo de novo - em looping. Atira a cabeça para trás e uiva.

"Um momento, por favor", disse uma voz de mulher.

Era uma voz robótica como a que se ouve numa gravação quando não há humanos por perto.

Com demasiado medo de voltar a adormecer, perguntou: "Quem está aí? Por favor, diz-me. Onde é que eu estou?"

"Estás aqui", disse a voz, e depois riu-se. O riso ecoou no contentor em forma de silo, batendo nos seus ouvidos enquanto ia e vinha.

Quando parou, decidiu libertar-se. Usando toda a sua força, estica os braços e empurra. Sentiu-se bem. Fazer alguma coisa, qualquer coisa - ao princípio - até que a claustrofobia se impôs.

PFFT.

O spray, mais perto desta vez, foi direito aos teus olhos. O ácido cítrico ardeu e as lágrimas brotaram como se ele tivesse cortado uma cebola, e ele levantou-se.

Espera um minuto...

Volta a cair. Mexe os dedos dos pés. Volta a fazê-lo. Estica a perna direita. Depois a perna esquerda. Trabalha. As tuas pernas funcionaram. Levanta-se...

Uma voz, desta vez masculina, disse: "Por favor, fica sentado."

Beliscou a coxa direita e depois a esquerda. Quem diria que um beliscão ou dois poderiam saber tão bem? Ninguém o pode impedir. Enquanto tivesse o uso das pernas, voltava a pôr-se de pé.

Ouve um ruído por cima de si, como o de um elevador em movimento. O som torna-se mais forte. Olha para cima. O teto do silo estava a descer. Cada vez maior. Finalmente, parou completamente.

"Senta-te", exigiu a voz masculina.

E-Z levantou-se, mas o teto foi descendo cada vez mais - até que ele já não conseguia estar de pé. Senta-se pacientemente, à espera que a coisa se retraia como um elevador a subir até ao topo - mas não se mexeu.

PFFT.

"Deixa-me sair!"

"Adiciona láudano", disse a voz da mulher.

As paredes fizeram uma pausa, e depois pulverizaram uma dose extra-longa.

PFFFTTT.

Foi o último som que ouviste.

De volta à sua cama - a pensar se teria perdido a cabeça e imaginado todo o incidente do silo - foi E-Z. Parecia real, cheirava a real. E as duas vozes - porque é que não se mostraram? Coça a cabeça e vê duas luzes à frente dos seus olhos. Como antes, uma era verde e a outra amarela.

"Olá?", sussurrou, enquanto um zumbido agudo como um flagelo de mosquitos o assaltava. Lança a mão direita para trás, desferindo um poderoso golpe. Mas, antes de acertar, fica paralisado, com a mão no ar. Os seus olhos ficaram vidrados, como uma galinha hipnotizada.

PÔ.

POP.

As luzes transformaram-se em duas criaturas. Cada uma delas empurrou um ombro, e E-Z caiu na almofada onde fechou os olhos e dormiu.

"Devíamos fazê-lo agora, beep-beep", disse a antiga luz amarela.

"Vamos certificar-nos de que ele está a dormir, primeiro, zoom-zoom", disse a antiga luz verde.

"Ok, vamos ao trabalho, beep-beep."

"Tens o consentimento dele, zoom-zoom?"

"Ele disse que sim, mas não se lembra. Preocupa-me que não seja um acordo vinculativo. Pode ser apenas um parcial, e tu sabes quem odeia parciais. Já para não falar que os parciais humanos seriam apanhados entre bips e bips."

"Sim, eu gosto demasiado dele para o deixar tornar-se um zoom-zoom entre dois e dois."

"Gostas não tem nada a ver com isso. Não te esqueças do que aconteceu ao cisne. Para não dizer - porque é que os humanos dizem o que não devem dizer antes de dizerem o que não querem dizer?" Sem esperar por uma resposta. "Estaríamos numa enrascada e tu-sabes-quem ficaria muito zangado, beep-beep".

"Mas o humano já tem as suas asas tatuadas. Os julgamentos não começam até que o sujeito tenha concordado." Estala os dedos e aparece um livro. Bate as asas, criando uma brisa que faz virar as páginas. "Vê aqui, diz que as asas só são instaladas DEPOIS de o sujeito ter sido aprovado. Por isso, quando ele disse que sim, isso deve ter selado o acordo zoom-zoom." Levanta os braços e o livro voa para cima, como se fosse bater no teto, mas em vez disso desaparece através dele.

Os livros voaram, um pousou no ombro de E-Z e outro na sua cabeça.

"Não fui eu", diz ele, sem abrir os olhos.

"Dorme mais, zoom-zoom", disse ela tocando-lhe nos olhos.

"Shhhh, bip-bip."

"Mãe, volta. Volta, por favor!"

"Está muito inquieto, zoom-zoom."

"Está a sonhar, beep-beep."

E-Z abriu a boca e ressonou como um elefante bebé. A brisa mantinha-os no ar - não precisavam de bater as asas. Eles riram-se, até que ele fechou a boca. Fazendo-os cair em queda livre. Batendo furiosamente as asas, recuperam rapidamente.

"Oh não, está a ranger os dentes, beep-beep."

"Os humanos têm hábitos estranhos, zoom-zoom."

"Esta criança humana já passou por muito. Se lhe deres estes direitos, sentirá menos dor, beep-beep."

A primeira criatura voou para o peito de E-Z e aterrou, com o queixo para a frente e as mãos nas ancas. Gira uma vez, no sentido dos ponteiros do relógio. Gira mais depressa, e do bater das suas asas emana uma canção. A canção era um gemido baixo. Uma canção triste do passado, em celebração de uma vida que já não existe. A criatura inclinou-se para trás, com a cabeça encostada ao peito de E-Z. A rotação parou, mas a canção continuou a tocar.

A segunda criatura juntou-se a ela, fazendo o mesmo ritual, mas rodando no sentido contrário ao dos ponteiros do relógio. Criaram uma nova canção, sem os bip-bipes e os zoom-zooms. Porque quando cantavam, a onomatopeia não era necessária. Enquanto que na conversa quotidiana com os humanos era. Esta canção sobrepôs-se à outra e tornou-se uma celebração alegre e aguda. Uma ode ao que está para vir, a uma vida ainda não vivida. Uma canção para o futuro.

Um jato de pó de diamante irrompeu das suas órbitas oculares douradas. Eles viraram-se em perfeita sincronia. O pó de diamante salpicou dos seus olhos para o corpo adormecido de E-Z. A troca continuou, até o cobrir com pó de diamante da cabeça aos pés.

O adolescente continua a dormir profundamente. Até que o pó de diamante lhe perfurou a carne - então abriu a boca para gritar, mas não emitiu qualquer som.

"Está a acordar, beep-beep."

"Levanta-o, zoom-zoom."

Juntos levantaram-no enquanto ele abria os olhos vidrados.

"Dorme mais, beep-beep."

"Não sintas dor, zoom-zoom."

Embalando o seu corpo, as duas criaturas aceitaram a sua dor dentro de si.

"Levanta-te, beep-beep", ordenou ele.

E a cadeira de rodas levantou-se. E, posicionando-se debaixo do corpo de E-Z, esperou. Quando uma gota de sangue desceu, a cadeira apanhou-a. Absorve-a. Consumiu-a - como se fosse um ser vivo.

À medida que o poder da cadeira aumentava, ela também ganhava força. Em breve, a cadeira conseguia segurar o seu dono no ar. Isto permitiu que as duas criaturas completassem a sua tarefa. A sua tarefa de unir a cadeira e o humano. Ligando-os, para toda a eternidade, com o poder do pó de diamante, do sangue e da dor.

Enquanto o corpo do adolescente tremia, as perfurações na sua pele saravam. A tarefa estava completa. O pó de diamante fazia parte da tua essência. Assim, a música pára.

"Já está feito. Agora estás à prova de bala. E tem super força, beep-beep."

"Sim, e é bom, zoom-zoom."

A cadeira de rodas volta para o chão, e o adolescente para a sua cama.

"Não te vais lembrar, mas as suas asas verdadeiras vão começar a funcionar muito em breve, beep-beep.

"E os outros efeitos secundários? Quando é que vão começar, e serão perceptíveis, zoom-zoom?"

"Isso eu não sei. Pode ter alterações físicas... é um risco que vale a pena correr para reduzir a dor, beep-beep".

"Concordas zoom-zoom."

Exaustas, as duas criaturas aconchegaram-se no peito de E-Z e adormeceram. Sem saberem que estavam lá, quando ele se espreguiçou de manhã - caíram no chão.

"Oops, desculpa", disse ele às criaturas aladas antes de se virar e voltar a dormir.

✳✳✳

"Estás acordada?" perguntou Sam, antes de abrir um pouco a porta. O sobrinho estava a ressonar, mas a cadeira não estava onde ele a tinha deixado quando o ajudou a deitar-se. Encolheu os ombros e voltou para o seu quarto, onde leu alguns capítulos de David Copperfield. Horas depois, regressa ao quarto do sobrinho.

"Bate, bate."

"Uh, bom dia", disse E-Z.

"Posso entrar?"

"Claro."

"Dormiste bem?"

"Acho que sim." Estica-se e encosta-se à cabeceira da cama.

"Como é que a tua cadeira veio parar aqui? Pensei que a tinha deixado encostada à parede."

Encolhe os ombros.

"E olha para os apoios de braços - pintaste-os?"

Inclina-se, vê o tom vermelho e encolhe de novo os ombros. "O que é que me aconteceu?"

"Desmaiaste. O que eu não percebo é porquê. Disseste que sentias os ombros a arder. Fiz uma pesquisa na Internet com a tua descrição e apareceu um remédio homeopático. É espantoso o que se pode encontrar por aí. Misturei um pouco de óleo de alfazema com água e aloé num frasco de spray e depois espalhei-o diretamente na tua pele. Disseram que te daria alívio imediato. Não estavam a brincar, porque relaxaste e adormeceste."

"Obrigado, sinto-me muito melhor agora." Tentou sair da cama, mas os zzzzzs voavam-lhe na cabeça como se ele fosse o Wile E. Coyote. "Acho que vou ficar na cama mais um bocado."

"Boa ideia. Queres que te traga alguma coisa?"

"Talvez umas torradas? Com compota de morango?"

"Claro, miúda." Sai do quarto, dizendo que voltaria em breve. Quando regressou com a comida num tabuleiro, o sobrinho tentou comer, mas não conseguiu aguentar nada.

"Talvez só um pouco de água.

Sam trouxe um biberão, do qual E-Z tentou beber, mas não conseguiu aguentar.

"Acho que vou continuar a descansar." Os seus olhos permaneceram abertos, olhando para o nada. "Que horas são?"

"São cinco da manhã e hoje é sábado. Estás inconsciente há quase doze horas. Assustaste-me."

A ligação, lavanda em ambos os sítios, pareceu a E-Z estranha. Teria ele experimentado um cross-over na vida real? Era demasiada coincidência, isto se o silo existisse mesmo. Ou terás sido um sonho? Parece mais um pesadelo. Mas as tuas pernas funcionavam dentro daquele contentor metálico. Voltava lá num minuto - talvez corresse qualquer risco - para voltar a usar as pernas.

"E-Z?"

"O quê? Eu, sinceramente, acho que gostava de fechar os olhos e descansar um pouco mais.

Sam saiu do quarto, fechando a porta atrás de si.

E-Z entrava e saía da consciência, enquanto o acidente passava em loop. Usando asas brancas, Stevie Nicks fornecia a banda sonora que o acompanhava. Em segundo plano, duas luzes - uma verde e outra amarela - saltavam para cima e para baixo.

✳✳✳

os dias seguintes, tentou juntar as peças na sua mente, fazendo uma lista de pontos em comum:

Asas brancas - asas brancas tatuadas nos teus ombros. Stevie Nicks tinha asas brancas no seu sonho.

Alfazema - O Tio Sam usou alfazema e aloé para acalmar as queimaduras. No silo, a lavanda borrifava o ar para o acalmar.

Luzes amarelas e verdes. Viu-as depois do acidente e no seu quarto.

Cadeira de rodas - tinha voado para poder salvar a menina. Quando era apanhador, o seu rabo tinha saído da cadeira para poder apanhar a bola.

Apoia os braços - agora são vermelhos. Não tens incidentes semelhantes. Não tens explicação.

Sensação de ardor nos ombros/aparecimento de tatuagens nos ombros. Não tem explicação.

Já não acredita em Deus, desde o acidente. Nenhum deus deixaria que uma árvore esmagasse os teus pais. Eles eram boas pessoas, nunca fizeram mal a ninguém. O que aconteceu às tuas pernas não interessa. Qualquer deus que valesse alguma coisa, teria estendido a mão e impedido o acidente antes de acontecer.

A não ser que, se houvesse um deus, ele estivesse a almoçar fora. Tens razão.

Estavam a acontecer mudanças no seu corpo e ele queria respostas. No fundo, sabia que a única forma de as obter era voltar ao maldito silo - se é que ele existia.

CAPÍTULO VI

Na manhã seguinte, E-Z pairava no ar, por cima da sua cama, desde que lhe tinham nascido as asas. A caminho de ver os seus novos apêndices no espelho do roupeiro, quase chocou contra a parede.

"Estás bem aí? Sam chamou-o do seu quarto ao lado.

"Sim," disse ele, voando para o lado, enquanto admirava o seu novo poder de voo. As plumas de penas fascinavam-no. Especialmente a forma como o impulsionavam para a frente, como se fossem um só com o seu corpo. Sentindo-se mais como um pássaro do que como um anjo, tentou lembrar-se do que tinha aprendido na escola sobre ornitologia. Sabia que a maioria dos pássaros tinha penas primárias, possivelmente dez. Sem as primárias, não podiam voar. Ele tinha mais de dez penas primárias nas suas asas, e mais secundárias também. Tenta virar para a esquerda, depois para a direita, testando a sua capacidade de manobra. Sentindo-se sem peso, voa pelo quarto. Pairou sobre a cadeira de rodas - de que já não precisava. Com estas asas, podia voar pelo mundo. Colocando as mãos nas ancas, como o Super-Homem, apontou na direção da porta. Chega lá quando Sam a abre.

"Assustaste-me de morte! disse Sam, quase saltando para fora da sua pele.

Apanhado desprevenido, o adolescente tentou manter o controlo da situação. Muda de direção, com a intenção de ir para a cama. A transição, porém, não foi tão fácil como ele esperava, e ele caiu em queda livre.

Sam correu para a cadeira de rodas, movendo-a para trás e para a frente para a manter debaixo do sobrinho.

E-Z recuperou e voltou a subir.

"Desce aqui, agora mesmo!" gritou Sam, brandindo os punhos no ar.

Voa em direção à cama e aterra em segurança. As suas asas fecharam-se como um acordeão sem música. "Não te esqueças de que o teu pai é um homem de Deus. Não vejo a hora de voar para a escola".

Sam deixou-se cair na cadeira do sobrinho. "O que é que fizeste? E achas mesmo que podes voar com essas coisas para a escola? Serias motivo de chacota."

"Eles habituavam-se e em vez de me chamarem rapaz-árvore - o aleijado - podiam chamar-me rapaz-voador. Sim, gosto disso."

"Pelo que vi, foi uma tentativa inepta. E rapaz mosca soa ridículo."

"Foi a minha primeira tentativa. Hei-de apanhar-lhe o jeito."

Sam abanou a cabeça quando a curiosidade levou a melhor sobre ele e ultrapassou as suas emoções para fugir. "Posso ver mais de perto?", perguntou. "Sem que te vás embora?", perguntou, levantando-se quando E-Z virou o corpo para ele. "Desapareceram. Desapareceram completamente. Estou a falar das tatuagens. Foram substituídas por asas verdadeiras - e tu consegues voar. Podes voar!" Senta-se antes de cair.

"Eu acordei, as asas saíram e quando dei por mim, estava a voar."

"É magia. Deves ser. Ou talvez estejamos a sonhar, tu estás no meu sonho ou eu no teu e em breve vamos acordar e..." Sam tentava manter-se calmo para bem do sobrinho, mas por dentro o seu coração estava acelerado.

"Não é um sonho."

"Como é que eles saíram? Tiveste de dizer alguma coisa? Quero dizer, há palavras mágicas que tens de dizer?"

"Não me lembro de ter dito nada. Mas acho que posso tentar." Pensa nisso durante alguns segundos, fazendo uma pose como o Pensador de Rodin. "Espera um minuto, deixa-me tentar uma coisa." Agita o ar num movimento sem varinha: "Autem!"

"Quando é que aprendeste latim?"

"Duolingo, aplicação gratuita no meu telemóvel."

"Eu também, estou a aprender francês. Tenta en haut."

"En haut!" Continua sem nada. "Levanta-me! Qui exaltas me!" Irritado, cruza os braços. "Ainda bem que entraste e me viste a voar, senão não acreditavas em mim!" Pergunta-se o que estarão a fazer PJ e Arden, pois não os vê há dias. Quando deu por si, as suas asas abriram-se e estava a pairar por cima da sua cama.

"Ro-ro", disse Sam, quando as asas se abriram e E-Z caiu no chão.

"Teria sido uma boa altura para agarrares a minha cadeira".

Sam sorriu. "É mais fácil dizer do que fazer. Desculpa. Estás bem?

"Não estou magoado. Quero dizer fisicamente, mas mentalmente, quem sabe?" Ele riu-se. "Importas-te de me ajudar a subir para a minha cadeira?"

Sam levantou-o e colocou-o em segurança na cadeira. Quando ele se inclinou para trás, as asas, em vez de se retraírem completamente, voltaram a sair com toda a força. E-Z subiu, esvoaçando como a Sininho.

"Então, é assim que é, não é?" Disse o Sam.

"Preciso de apanhar o jeito - não sei bem porquê - mas..."

"Bem, quando estiveres pronto, desce e vamos tomar o pequeno-almoço. Eu levo o meu portátil e podemos fazer alguma pesquisa."

"Uh, essa é uma ideia inteligente. Podíamos ir ao Ann's Cafe. E eu descia - se pudesse." As asas retraíram-se quando E-Z estava diretamente sobre a sua cadeira de rodas. "Agora é a isto que eu chamo serviço", disse ele enquanto se deixava cair suavemente na cadeira.

Conversaram enquanto ele se vestia. Depois, E-Z foi à casa de banho, enquanto Sam se preparava.

Enquanto saíam de casa e se dirigiam para o Ann's Café, E-Z tinha duas ideias. Uma, que tinha saudades de lá ir e duas, "Há séculos que não vou lá. Não vais desde..."

"Eu sei, miúdo. Tens a certeza que não é demasiado cedo?"

O pequeno-almoço no Ann's Café era uma tradição para a sua família. Além de abrir cedo, às seis da manhã, ficava a uma curta distância a pé. No interior, havia cabines privadas, decoradas em pele sintética com toalhas de mesa axadrezadas vermelhas. O pai dele dizia sempre que o sítio tinha um tema "muito diferente". A música dos anos sessenta tocava nas jukeboxes - tinham-nas preparadas para que as pessoas não tivessem de pagar. E os posters de Marilyn Monroe, James Dean e Marlon Brando enchiam as paredes. O menu era enorme, com tudo, desde Club Sandwiches a Cheeseburgers e Fondues. Mas os seus favoritos eram os batidos extra grossos e as panquecas de maçã.

Assim que os viu, a dona Ann veio logo ter contigo. "Tive saudades tuas." Atira os braços à volta dele.

"Este é o meu tio Sam, Ann." Deram um aperto de mão. "Já agora, obrigado pelo cartão e pelas flores, foi muito atencioso."

Os olhos dela encheram-se de lágrimas. "Agora, vem para aqui. Tenho a mesa perfeita para ti."

Estava num canto sossegado, por isso não tinha de se preocupar com a cadeira a atrapalhar o pessoal da cozinha ou os clientes.

"Vou já pôr o teu prato habitual a cozinhar. Já sabes o que queres, Sam, ou devo voltar?"

"O que vais querer?"

"Panquecas de maçã à la mode. São as melhores do planeta e a Ann traz sempre mais xarope e canela."

"Parece-me bem, mas acho que vou optar por bacon e ovos, com cogumelos."

"Entendi", disse Ann. "E vais querer um batido de chocolate?" Ele acenou com a cabeça. "Café para ti, Sam? "Preto", respondeu ele. "E obrigado por me dares as boas-vindas."

"Qualquer tio de E-Z é bem-vindo aqui."

Depois de Ann ter ido buscar as bebidas, ele disse: "Tio Sam, acho que me estou a transformar num anjo."

"Terias de morrer primeiro", disse ele, enquanto Ann colocava as bebidas na mesa e voltava para a cozinha.

"Talvez eu tenha morrido, no acidente de carro. Por alguns minutos. Quem sabe quanto tempo levas para te tornares um anjo? Nos filmes, se chegares aos Portões de Pérola, o homem grande pode dar a volta à situação e mandar-te de novo para aqui. Isto se acreditares nessas coisas - o que eu não acredito."

"Nem eu. Não existem anjos. Nem demónios. A não ser dentro de cada um de nós. Quero dizer, todos nós temos o bem e o mal dentro de nós. É o que faz de nós humanos. Quanto à morte, eles ter-me-iam dito se tivessem de te ressuscitar. Não te disseram nada disso.

"Então, como é que explicas o aparecimento repentino das tatuagens, e agora que se transformaram em asas verdadeiras? Eu não as tinha ontem. Então, o que aconteceu entre ontem e hoje? Nada que justifique o crescimento de novos apêndices."

"Não que tu te lembres," disse Sam. Ri-se.

E-Z espetou uma panqueca e enfiou-a na boca, deixando a calda escorrer pelo queixo. Ann fez-se de difícil.

"Bem, tu certamente não pareces muito angelical neste momento," disse Sam, pegando numa garfada de ovos mexidos. "Mas tu és muito bom. Depois de mais algumas garfadas, meteu a mão na pasta e tirou o portátil. Liga-o e escreve "define angel". Rodou o ecrã para que pudessem ler a informação enquanto comiam.

"Um mensageiro, especialmente de Deus", leu Sam, "uma pessoa que executa uma missão de Deus ou age como se fosse enviado por Deus".

"Age como se fosse", repetiu E-Z enquanto enfiava mais panquecas na boca.

Sam leu: "Uma pessoa informal, especialmente uma mulher, que é gentil, pura ou bonita. Tu és muito bonita, com o teu cabelo louro e olhos azuis".

"Cala-te.

"Uma representação convencional", fez uma pausa. "De qualquer um destes seres retratados em forma humana com asas." Sam bebeu mais um gole de café, a tempo de Ann lhe encher de novo a chávena.

"Vocês vão ter uma indigestão, a ler e a comer ao mesmo tempo.

E-Z riu-se.

Sam disse: "Não, eu estou em T.I., por isso sou muito bom em multitarefas."

Ann riu-se e foi-se embora.

"O que é que eles querem dizer com 'estes seres'?" perguntou E-Z.

"Diz que na angelologia medieval, os anjos estavam divididos em fileiras. Nove ordens: serafins, querubins, tronos, dominações (também conhecidas como domínios)", fez uma pausa, bebeu um gole de água. Depois continua: "Virtudes, principados (também conhecidos como principados), arcanjos e anjos."

"Uau! Tenta dizer isso dez vezes rapidamente." Ele sorriu. "Não fazia ideia que havia tantos tipos de anjos.

"Nem eu. Esta comida é tão boa que fico a pensar se tu e eu estamos a sonhar."

"Queres dizer que gostavas que estivéssemos a sonhar - e que as minhas asas desaparecessem?"

"Podiam ir-se embora tão depressa como vieram." Aproximou o portátil e escreveu "Human grows angel wings". E-Z zombou, mas aproximou-se para ver o que aparecia. Sam clicou num artigo científico.

"Como eu disse, não há registo de asas de anjo. Não me parece. Acho que talvez aquele incidente, sabes, quando salvei a menina, tenha tido algo a ver com o aparecimento delas. Foi um gatilho porque o fogo começou logo depois de eu chegar a casa e depois, bem, tu sabes o resto."

"Como é que vocês os dois estão aqui?" perguntou Ann.

"Pedi-te mais duas panquecas, E-Z, como sempre. A não ser que consigas comer mais?"

"Perfeito."

"E tu, Sam?"

"Só mais um copo", disse ele, oferecendo a sua caneca vazia, que ela levou e voltou com ela cheia até à borda. Tocou uma campainha na cozinha e ela foi buscar as panquecas.

E-Z deitou-lhes xarope de ácer, seguido de um pouco de manteiga. "És o maior", disse ele a Ann. Ela sorriu e deixou-os a terminar a refeição.

O tio Sam observava o sobrinho atentamente. Desejava ter pedido as panquecas de maçã, mas já estava cheio.

"O que é que queres?"

"Não sei, é como se quando provasses a comida, a tua cara se iluminasse como um anjo numa árvore de Natal."

E-Z pousa o garfo. "Tens muita piada. Tu és um comediante do caraças."

Quando acabaram de comer, Sam perguntou: "Então, depois de leres sobre os anjos, mudaste de ideias? Quero dizer, ainda achas que te vais transformar num. E se sim, o que é que vais fazer em relação a isso?"

"O que queres dizer com FAZER? Eu tenho asas, mais vale usá-las."

"A meu ver, se não as usares, se negares a sua existência, elas vão desaparecer."

E-Z abanou a cabeça. "Não é uma opção. Tu viste o que aconteceu. Eles saíram, sem eu fazer nada e já te disse, quando acordei esta manhã estava a voar por cima da minha cama. Estava a pairar, porra."

"E-Z, estou a pensar no futuro. Talvez precises de falar com alguém, nós precisamos de falar com alguém sobre isto."

"O acidente aconteceu há mais de um ano, o conselheiro disse que estou bem. Além disso, isto é tudo novo."

"Podes estar atrasado. Pode ter sido desencadeado por alguma coisa."

"Vamos rever os factos. Primeiro, eu tinha tatuagens quando não as tinha. Segundo, a minha cadeira levantou-se do chão e eu salvei uma menina - além disso, levantei-me do meu lugar para apanhar uma bola num jogo. Até há pouco tempo, negava isso... Número três: as tatuagens ardiam como o inferno. Número quatro, apareceram asas verdadeiras. Número cinco, eu consigo voar. Alguma destas coisas te soa familiar? Quero dizer, noutros casos."

"É isso que eu não entendo. Como é que isto pode acontecer, mas a mente é um computador extremamente poderoso. É o que nos separa do reino animal e a razão pela qual o homem sobreviveu durante tanto tempo. Já ouvi histórias em que uma pessoa estava em perigo extremo e a ajuda chegou. Ou, quando uma pessoa estava presa debaixo de um veículo - e um transeunte conseguiu levantar o carro para lhe salvar a vida."

"Eu li sobre isso; chama-se força histérica - mas nunca ouvi falar de um caso em que as asas cresceram.

"Talvez as asas tenham aparecido para te salvar."

"De quê? De teres dormido demais?", riu-se ele. "Teriam sido boas no acidente. Podia ter voado com os meus pais para pedir ajuda, em vez de ficar ali à espera com um tronco ensanguentado em cima de mim. A segurar-me. Não é um milagre. Eu não sei o que é, Tio Sam, só sei que é."

"Estamos a conversar. Avaliando. Troca ideias. Tentando encontrar respostas."

"Seria bom ter respostas, mas... quem seria um especialista a quem poderíamos perguntar nesta situação?"

"E se fosse um padre ou um pastor?

E-Z abanou a cabeça. Não entrava numa igreja desde o funeral dos pais.

"O que é que temos a perder?"

"Acho que vale a pena tentar, mas. Oh, oh."

"O que é que tens?"

"Sinto-me a empurrar contra as minhas omoplatas. Tenho de ir, e não viemos de carro. Desculpa, tenho de me despachar. Vejo-te em casa." Saiu a correr do café e continuou a andar, até que as suas asas saíram do capuz e ele se levantou do chão. Em casa, apercebeu-se que não tinha chave, mas não podia ficar no alpendre - não com as asas de fora. Tenta em latim que elas voltem a entrar - mas nada funciona. Então, voa para cima e consegue entrar pela janela do quarto sem ser visto por ninguém.

"E-Z!" Sam chamou-te quando chegou a casa. "E-Z!"

"Estou aqui em cima."

"Estás bem? Vim o mais rápido que pude."

"Entra, senta-te. Não há sinais de que se tenham recolhido - ainda."

Vê a janela aberta. "Suponho que vieste de avião até aqui?"

"Sim, ainda bem que me esqueci de fechar a janela ontem à noite. Mais vale continuarmos a nossa conversa, até eu poder sair outra vez."

"Conheço um padre. Se alguém te pode ajudar, é ele."

Duas horas mais tarde, com as músicas a tocar no rádio, estão a caminho do padre. "Take Me to Church", de Hozier, encheu as ondas do rádio. Achas que é coincidência? Pensaram que não e cantaram ao som da letra a plenos pulmões. Felizmente, com as janelas abertas, ninguém os conseguia ouvir.

* * *

Na igreja não havia acesso para cadeiras de rodas e havia muitas escadas para subir.

"Tu vais para debaixo da sombra do grande carvalho, e eu vou procurar o Padre Hopper," sugeriu Sam.

"E-Z riu-se. E-Z riu-se.

"Tanto quanto sei. Tu ficas aqui e eu volto já.

"Podes crer."

O adolescente saca do telemóvel. Embora gostasse da sombra da árvore, era impossível ver o ecrã. Reposiciona a cadeira, reparando num zumbido invulgar no ar. Um ruído que parecia vir da própria árvore.

Olha para cima, tentando perceber se é um pássaro, quando o tom sobe e o volume aumenta. Coloca o telemóvel no silêncio. O som acabou e começou um novo som. Este era melódico; hipnotizante e ele caiu num estado de sonho.

A sua cabeça inclinou-se para a frente, até que um novo som o fez acordar. Sussurros, vindos de cima da tua cabeça. Vozes que vinham da folhagem da árvore. Cruza os braços, enquanto um arrepio o atravessa, fazendo com que as suas asas se libertem. Antes de se aperceber, a sua cadeira levanta-se do chão. Desvia-se dos ramos enquanto se eleva para o coração do enorme carvalho.

"Põe-me no chão!", ordenou.

Continua a subir. Quando os seus membros se cruzaram com a árvore, o sangue escorreu-lhe pelos antebraços e pela cabeça.

"Pára! Seu estúpido..."

"Isso não é muito simpático, bip-bip", disse uma vozinha aguda.

"Pensei que tinhas dito que ele era adorável quando estava acordado, zoom-zoom", disse uma segunda voz.

"E-Z disse, tentando apanhar o jeito. disse E-Z, tentando controlar-se e evitar passar-se completamente. Respira fundo algumas vezes. Acalma-se. "Quem, o quê e onde estás?"

"Quem somos nós, de facto, beep-beep."

Mais uma vez, as mesmas luzes, verdes e uma amarela, dançaram diante dos teus olhos.

Curioso, diz: "Olá."

A luz amarela desaparece.

Grita.

Depois desaparece a verde.

"O que estás a fazer? Vocês os dois, sejam lá o que forem, parem com isso. Deves-me uma explicação. Sei que andas a perseguir-me. Vem cá fora e enfrenta-me!"

POP.

Uma pequena coisa verde, parecida com um anjo, pousou no teu nariz. Um cheiro estranhamente desagradável, quase a limburger, veio na sua direção. Tapa o nariz.

"Bom dia, E-Z, beep-beep", disse a coisa, com uma vénia.

Quando disse o seu nome, ele perdeu o controlo das asas. Balança e oscila no ar como um pássaro a aprender a voar. Deseja que as suas asas voltem a sair, mas elas ignoram-no. Agarra-se aos braços da cadeira enquanto cai.

POP!

Agora são dois. Cada um deles agarrou uma das suas orelhas e baixou-o e à sua cadeira em segurança até ao chão.

"Ai!", disse E-Z esfregando as orelhas quando o padre e o tio apareceram na esquina. "Uh, obrigado, acho eu."

POP.

POP.

As duas criaturas desapareceram.

"E-Z, este é o padre Bradley Hopper e ele quer ajudar-te."

Hopper estendeu a mão, E-Z fez o mesmo. Quando as suas carnes se ligaram, o adolescente desapareceu.

Hopper e Sam ficaram lado a lado, com os olhos vidrados. Ambos olhavam para o nada, como dois manequins numa montra.

CAPÍTULO VII

Os pés de E-Z tocaram no chão e, no início, ficou cego pelo branco. Põe um pé à frente do outro, primeiro a andar, depois a correr no mesmo sítio, depois a correr a toda a velocidade. Atira-se contra a parede, saltando, como se estivesse num castelo de saltos.

POP

POP

Já não está sozinho. À sua frente, duas coisas com várias asas, em forma de flores. Um era verde, o outro amarelo. À medida que se aproxima, as suas asas giram como um caleidoscópio à volta de olhos dourados.

Toca primeiro nas asas com pétalas da flor verde. Nunca tinha visto uma flor totalmente verde, quanto mais uma com olhos. Os olhos que ele reconheceu do seu encontro anterior. As asas fizeram-lhe cócegas no dedo e a flor verde riu-se. Evita aproximar-se demasiado com o nariz, esperando que o cheiro a queijo se espalhe - mas não é o caso.

A segunda flor, amarela, tinha mais pétalas do que a outra. As pétalas respondiam ao teu toque, como corais que se movem no oceano. Os olhos dourados desta, tinham pestanas definidas. Inclina-se para ver mais de perto.

Enquanto continuava a observar os dois, um PFFT encheu o ar. Com ele, um cheiro forte e doentio surgiu, fazendo-o sentir-se enjoado. Afasta-se, tapando o nariz e limpando o ardor dos olhos.

A flor amarela falou. "O meu nome é Reiki e trouxemos-te aqui, bip-bip".

"Onde é que isto fica exatamente? E porque é que as minhas pernas estão a funcionar?"

"Não importa onde, E-Z Dickens, nem porque estás como estás beep-beep."

Atravessa a sala e apanha a flor amarela com a mão direita e a verde com a esquerda. UAU! Desta vez, uma névoa pungente atingiu-o, e ele começou a espirrar e continuou a espirrar.

"Por favor, põe-nos no chão, antes que nos deixes cair, beep-beep."

"Tens ali uma caixa de lenços de papel, zoom-zoom."

"Oh, desculpa." Pousa-os, pega num lenço - mas já não precisava dele. Mantém a distância, encostando as costas a uma parede branca.

"Trouxemos-te aqui agora, beep-beep."

"Chamo-me Hadz, já agora, zoom-zoom."

"Porque precisavas de saber, beep-beep."

"Que não deves falar com o padre, sobre as tuas asas zoom-zoom."

"Na verdade, não deves falar com ninguém sobre nada bip-bip."

Colocando a mão na parede, caminha, pensando enquanto o faz. "Antes de mais, porque dizes bip-bip e zoom-zoom?"

Reiki e Hadz arregalaram os olhos. "Nunca ouviste falar de onomatopeias?"

"Claro que sim.

"Então devias saber, bip-bip".

"Que acrescenta emoção, ação e interesse, zoom-zoom."

"Para garantir que o leitor ouve e se lembra, beep-beep."

"O que queres que eles saibam, zoom-zoom."

Ele riu-se. "Isso é verdade se estiveres a ler alguma coisa, mas não é necessário numa conversa. Eu lembro-me do que o Reiki diz porque ele o diz e lembro-me do que a Hadz diz porque ela o diz. Presumo que um de vocês é uma rapariga e o outro é um rapaz - está correto?"

"Sim," confirmou Hadz. "Eu sou uma rapariga. Ainda bem que não tenho de estar sempre a dizer zoom-zoom."

"E eu sou um rapaz. Vou ter saudades de dizer beep-beep."

"Podes dizê-los se quiseres, mas é um pouco irritante e durante a conversa a repetição pode ser aborrecida."

"Não queremos ser aborrecidos!"

"Isso iria contra o nosso propósito de te trazer aqui."

"Está bem", disse E-Z. "Então, agora vamos voltar ao que disseste antes de começarmos a falar de um dispositivo literário." Eles acenaram com a cabeça. "Se não posso contar a ninguém o que me está a acontecer, então estou sozinho nesta coisa - seja ela qual for. Salvei uma rapariga. Presumo que tenha algo a ver contigo?"

"Sim, estás correto nessa suposição, beep, oops, desculpa."

"Quero saber o que é isto e porque me está a acontecer?"

"Fecha os olhos", disse Hadz.

"Eu fecho, mas nada de brincadeiras."

As flores riram-se.

Os seus pés deixaram o chão e ele aterrou numa sala diferente. Nesta sala, tal como antes, a princípio estava cego pelo branco. À medida que os seus olhos se habituam ao que o rodeia, repara nos livros. Prateleiras e prateleiras empilhadas com volumes altíssimos.

"Não tenhas medo", diz Hadz.

Não tens medo. Na verdade, estava em êxtase. Porque nesta sala, não só podia usar as suas pernas, como podia sentir o sangue a pulsar através delas. Os seus sentidos aguçaram-se; o cheiro a livro velho veio na sua direção. Cheira o perfume doce do prunus dulcis (amêndoa doce). Misturado com planifolia (baunilha), cria um anisol perfeito. O seu coração bate, o sangue bombeia - nunca se sentiu tão vivo. Quer ficar, para sempre.

Dentro dos sapatos, o movimento de cada dedo do pé dá-lhe prazer. Lembra-se de um jogo que fazia quando era pequeno. Tira os sapatos e as meias e toca em cada dedo do pé dizendo a rima: "Este porquinho foi ao mercado".

"Ele perdeu a cabeça", disse Reiki, enquanto E-Z exclamava: "Ui!"

"Dá-lhe um momento. Este é um sítio fantástico".

E-Z voltou a calçar as meias. Desliza pela sala sobre o chão branco que brilhava como uma camada de gelo. Ri-se quando se atira contra a primeira e depois contra a segunda parede, saltando e aterrando no chão. Não consegue parar de rir, até que repara que algo de estranho se passa com os livros que estão por cima dele. Abana a cabeça quando um deles voa da prateleira para a sua mão. É um livro do seu antepassado, Charles Dickens. O livro abriu-se sozinho, folheou-o do princípio ao fim e depois voou de volta para o sítio de onde tinha vindo.

"Bem-vindo à biblioteca dos anjos", disse Reiki.

"Uau! Simplesmente uau! Então, vocês os dois são anjos?"

"Tens razão", disse Hadz. "E estás aqui, porque fomos nomeados como teus mentores.

"Nomeados? Nomeados por quem? Deus?", ironizou.

Hadz e Reiki olharam um para o outro, abanando as suas cabeças florais.

"O nosso objetivo".

"É explicar-te a tua missão".

"E também mostrar-te o caminho. Para te ajudar", disseram em conjunto.

"A tua missão? Que missão?" A tua mente perdeu-se. Na sua cabeça, ouviu o tema da Missão Impossível. Viu o Tom Cruise a ser lançado por cabo para uma sala de computadores. "Ei. Espera um minuto! Vocês os dois estavam no meu quarto, não estavam? E tens andado a seguir-me desde o acidente."

"Estávamos à espera da altura certa para nos apresentarmos", disse Reiki. "Esperávamos fazê-lo de uma forma menos formal, mas quando foste...."

"...Vais falar com o Padre, tivemos de avançar".

"Bem, demoraste muito tempo. Pensei que estava a ter alucinações," disse ele mais alto do que queria.

POP.

O Reiki desapareceu.

"Agora vê o que fizeste!" disse Hadz.

POP.

Como eles tinham desaparecido e ele não fazia ideia de onde, quando ou se voltariam. Mesmo assim, não ia perder um minuto. Deita-se no chão e faz vinte flexões, seguidas do mesmo número de saltos. Os seus olhos ardiam com a claridade e desejou ter óculos de sol.

TICK-TOCK.

Aparece-lhe um par de óculos de sol do nada. Coloca-os, enquanto o seu estômago ronca. Tira uma selfie e depois vê as horas. Algo estranho estava a acontecer com o relógio. Estava a ficar louco. E os números não paravam de mudar. O teu estômago voltou a roncar.

TICK-TOCK.

Aparece um hambúrguer de queijo e batatas fritas, agora tem as mãos cheias. Pensa num batido de chocolate com uma cereja marasquino em cima.

TICK-TOCK.

Um batido extra grande, com uma cereja no topo, chega a uma mesa branca que não estava lá antes. Ou será que estava? Já que tanto a mesa como a parede eram brancas?

Antes de começar a comer, saboreia o seu cheiro e, depois, a cada dentada, o seu sabor. É como se nunca tivesse comido um cheeseburger ou batatas fritas. E a cereja, tão doce, seguida do chocolate. Devora a refeição de pé. A comida sabe sempre melhor quando é consumida de pé. Este pedido sabia tão bem que era ridículo.

Quando terminou, não agradeceu a ninguém pela refeição. Depois volta a sua atenção para a biblioteca e para uma escada branca em que não tinha reparado antes. Só o facto de pensar nela fez com que a escada se aproximasse dele, como se quisesse ser útil. Sobe e ela move-se, como um disco num tabuleiro Ouija, passando por prateleira após prateleira de livros. Depois, pára.

Enquanto subia, lê os títulos nas lombadas. Os que estavam mesmo à sua frente eram de Charles Dickens, cada volume tinha o seu próprio par de asas.

Um deles voa na sua direção, Um Conto de Natal. Vira algumas páginas, para lhe mostrar que se trata de uma Primeira Edição, publicada a 19 de dezembro de 1843. Enquanto continuava a passar as páginas, ficou maravilhado com as ilustrações. Como eram pormenorizadas e a cores. E, ao fundo, atrás de Tiny Tim e da sua família, num dos desenhos, algo se moveu. Olhos. Dois pares. Hadz e Reiki! Quase deixa cair o livro. Como tinha asas, voltou para onde estava na prateleira. Entretanto, perdeu o equilíbrio, desceu a escada e agarrou-se a ela com toda a força. Quando recuperou a estabilidade, desceu gradualmente e pôs os pés bem assentes no chão. Interroga-se porque é que as suas asas não surgem para o ajudar. Aqui, tudo o resto tinha asas que funcionavam, aliás, os anjos tinham vários pares de asas. No mundo lá fora, as suas pernas não funcionavam, e ele tinha asas, que funcionavam. Aqui, onde quer que estivesse, as suas pernas funcionavam, mas as suas asas já não funcionavam.

Coça a cabeça. Se ao menos o Tio Sam estivesse aqui. E, no entanto, não podia falar com ele. Era proibido. Mas porquê? O que é que eles lhe podiam fazer? Os anjos andavam a persegui-lo desde o acidente. Presumia que eram anjos bons, já que não lhe tinham feito mal - ainda. A saudade apoderou-se dele como uma onda gigante, ameaçando levá-lo para baixo.

"Quero ir para casa!", gritou, enquanto o telemóvel vibrava. Antes de ter a oportunidade de o desbloquear...

POP.

O Reiki agarrou-o e atirou-o para...

POP.

Hadz, que o atirou contra a parede branca mais distante. Bateu no chão e partiu-se em pedaços.

"Deves-me quatrocentos dólares por um telefone novo! Espero que os teus anjos tenham dinheiro."

Hadz aproximou-se e deu uma palmada na cara de E-Z com a sua asa. As penas fizeram cócegas, em vez de o magoarem. "Agora tu, E-Z Dickens, senta-te aqui." Uma cadeira branca encostou-se à parte de trás das suas pernas, obrigando-o a sentar-se.

"E deixa de ser um idiota", disse Reiki.

"E tu, E-Z Dickens, senta-te aqui. Os anjos podem dizer isso? Que tipo de anjos és tu, afinal? És um anjo em treino? Sou o tipo que te vai ajudar a ganhar as tuas asas?"

Percebeu que eles já tinham asas. Na verdade, vários pares delas. Por isso, o que ele estava a tentar dizer parecia discutível enquanto eles pairavam sobre ele.

"Sou eu que te vou ajudar, ou és tu que me vais ajudar? Porque se fores, como disseste que eras, então estás a fazer um péssimo trabalho. Não vou falar bem de nenhum de ti tão cedo."

"Estamos à espera de um pedido de desculpas."

"Bem, vais ficar à espera delas, durante muito tempo. Porque estou com sede."

TICK-TOCK.

Aparece uma caneca de cerveja de raiz num copo fosco. Bebe-a de um só gole. "Porque me trouxeste aqui, sem o meu consentimento. E..."

"CALA-TE!", disse uma voz estrondosa, enquanto saía de uma das paredes brancas.

Era tão alta como o teto. Na verdade, mais alta. Era torta, mas imensa em tamanho e estatura. As suas asas roçavam as paredes e o teto. "SEGURA A TUA LÍNGUA!", exigiu o anjo de grandes dimensões, puxando as suas asas em direção a E-Z com um SWOOSH até ele estar mesmo na sua cara.

✳✳✳

"E-Z Dickens, foste chamado aqui perante mim", disse o enorme anjo. "Eu sou Ophaniel, o governante da lua e das estrelas. E estes são os meus subordinados. Não os deves tratar com insolência. Deves tratá-los com bondade e respeito, pois eles são os meus OLHOS e os meus OUVIDOS para ti. Sem eles não és NADA".

Gagueja uma frase ininteligível, lutando contra a vontade de fugir.

"Não interrompas até eu acabar de falar", ordenou Ophaniel.

Ele acenou com a cabeça, com o corpo a tremer, demasiado receoso para dizer uma palavra.

"E-Z", a voz dele trovejou. "Tu foste salvo. Nós salvámos-te, com um propósito.

Reiki e Hadz aproximaram-se e sentaram-se nos ombros de Ophaniel.

"Fica quieto," Ophaniel ordenou.

Eles dobraram as asas, inclinando-se para não perderem uma palavra.

E-Z fez uma anotação mental para perguntar a eles como dobrar as asas dele com a mesma eficiência que eles dobravam as deles. Isso se ele conseguir as asas de volta.

Ophaniel continuou. "Quando os teus pais morreram, E-Z Dickens, tu também devias ter morrido. Era o teu destino. Um destino que nós alterámos para o nosso propósito. Nós defendemos o teu caso com sucesso. Prometemos que farias coisas extraordinárias. Que ajudarias outros. Salvamos-te, e uma dívida foi feita. Uma dívida que pagaste na totalidade ao entregar as tuas pernas."

Rendeste-te? Isso soava como se ele tivesse uma escolha. Que ele tinha tomado a decisão final de nunca mais andar, o que era mentira. Abre a boca para falar, mas a voz de Ophaniel continua a trovejar.

"Ainda há uma dívida, uma dívida que tens para connosco."

E-Z inspirou um grande gole de ar. Queria falar, mas não conseguia. Os seus lábios mexiam-se, mas nenhum som saía. Como é que este anjo se atreve a tomar decisões por ele e a dizer-lhe que tens uma dívida?

"Nós demos-te ferramentas - uma cadeira poderosa. Isto para te ajudar. Para que, um dia, possas estar aqui com os teus pais e caminhar connosco, com eles, no para sempre." Ophaniel hesitou por alguns segundos, para deixar que isso te cativasse. "Hoje podes fazer-me uma pergunta, mas só uma. Que seja boa.

Em vez de pensares na pergunta, E-Z disse: "Quando é que vou poder voltar a ver os meus pais?"

"Quando tiveres pago a tua dívida na totalidade."

"Faz mais uma pergunta, por favor."

"Haverá tempo para perguntas e haverá tempo para respostas. Por agora, estás ao cuidado dos meus subordinados. Podes fazer-lhes perguntas e eles podem optar por responder. Ou podes optar por não responder. A escolha de responderes sim ou não será deles. Da mesma forma, terás a opção de lhes responder quando te fizerem perguntas. Trata-os como gostarias de ser tratado e não reveles detalhes sobre este lugar ou sobre o nosso encontro. Não fales disto, de nada disto a nenhum humano. Repito, guarda estes assuntos apenas para ti".

Ele ainda não conseguia falar. Sem perguntar nada, Ophaniel respondeu a próxima pergunta.

"Se quebrares esta promessa, as tuas asas ficarão como massa - fracas - e nunca poderás pagar a tua dívida.

Pensa noutra pergunta.

"Sim, quando salvaste aquela menina - a queimadura - fazia parte do processo. As tuas asas precisam de arder, para se fortalecerem, para se ligarem a ti, para estares preparado para o teu próximo desafio."

Ele pensou, e se eu não quiser.

Ophaniel riu-se e voou para a parte mais alta da sala. Depois desaparece pelo teto.

CAPÍTULO VIII

Quando deu por si, estava de novo na sua cadeira de rodas, de frente para o Padre.

"Uh, Tio Sam, temos de ir. AGORA."

"Oh," disse Sam, enquanto via o seu sobrinho a afastar-se. "Peço desculpa por te ter feito perder tempo, ele precisa de ir para casa." Sam apressou-se enquanto Hopper seguia atrás dele. Ele acelerou o passo, alcançou o sobrinho e, tomando o controlo das pegas, empurrou a cadeira de rodas. Hopper correu e em breve estava a caminhar ao lado deles, embora sem fôlego.

"Estou a ver, então não tens mesmo asas, E-Z."

Olhou por cima do ombro, levou um copo a fingir aos lábios e depois revirou os olhos.

"Eu não tenho problemas com bebidas", disse Sam, desafiadoramente.

Mais uma vez, o adolescente revirou os olhos, enquanto se aproximavam do parque de estacionamento. O padre não o seguiu.

Quando chegaram ao carro, Sam disse, enquanto tentava recuperar o fôlego, "Mas que raio foi aquilo?", enquanto abria a porta e ajudava o sobrinho a entrar.

"Primeiro vamos sair daqui." Estava a perder tempo porque não podia contar-lhe o que tinha acontecido. Precisava de inventar uma mentira convincente - e ele nunca foi um bom mentiroso. A mãe apanhava-o sempre porque as suas orelhas ficavam sempre vermelhas quando mentia.

"Estou à espera de uma explicação", disse Sam, apertando o volante com mais força.

Não olhes para trás, dos Boston, tocava nos altifalantes do carro.

"Desculpa, mas tive de ir. Acho que o Hopper não pode ajudar e não queria que ele soubesse mais do que aquilo que já lhe contaste."

"Ainda não me explicaste porque é que insinuaste que eu tinha um problema com a bebida.

"Oh, isso. Veio-me à cabeça e disse-o sem pensar. Desculpa.

"Orgulho-me de não consumir álcool. Claro, bebo uma cerveja de vez em quando. Para ser sociável num evento de trabalho. Mas não sou como os outros bêbados da I.T.. E nunca serei."

E-Z não estava a pensar no que o Tio Sam estava a dizer. Em vez disso, estava a rever a informação que Ophaniel lhe tinha contado. Ele estava em dívida para com os anjos, por o terem salvo, e tinha trocado as pernas pela vida. A troca, feita pelos anjos, era para o seu próprio propósito - e agora eles esperavam que ele pagasse a dívida - mas como?

Tudo o que ele sabia com certeza era que tinha de vencer. Quaisquer que fossem as tarefas que lhe colocassem no caminho, ele tinha de as ultrapassar. Com a ajuda de Reiki e Hadz - por mais pequenos que fossem, ele pagaria o que lhe era devido. Depois, se nada mais acontecesse, voltaria a ver os seus pais. Presumia que isso significava que morreria, e que se encontrariam no céu, se é que existia um lugar assim. Descobriria em breve.

CAPÍTULO IX

D e volta a casa, o adolescente foi diretamente para o seu quarto.

"Se precisares da minha ajuda," foi tudo o que Sam conseguiu dizer antes de o sobrinho bater com a porta.

E-Z cobriu a cara com as mãos. Foi fantástico ter as pernas de volta. Bateu com os punhos nos apoios de braços, enquanto as suas asas saíam e o faziam voar até à cama. "Obrigado", disse-lhes ele, como se estivessem separadas e não fizessem parte dele.

"Olha", disse Hadz, que estava a descansar na almofada. O anjo voou até ao candeeiro e disse: "Acorda, ele está em casa."

E-Z estava agora confortavelmente reclinado na sua cama, de olhos fechados, quase a dormir.

"Esta noite, tu voas", cantavam os anjos.

"Olha, tive um dia cansativo, como sabes, e tudo o que quero é dormir."

"Podes dormir uma sesta de cinco minutos", disse o Reiki.

"Depois, levanta-te e toca a andar!"

Estava quase a dormir outra vez quando o Sam entrou de rompante. "Desculpa incomodar-te, mas o PJ e o Arden dizem que passaram o dia a tentar apanhar-te. A tua bateria está descarregada?"

"Não, perdi o meu telemóvel", disse ele, olhando de soslaio para os seus dois ajudantes.

"Mentiroso, mentiroso, calças a arder", disseram eles. Sam, dada a sua falta de reação, não ouviu as vozes agudas. E-Z afastou-os.

"É por isso que faço sempre um seguro com o meu plano. Não te preocupes, amanhã arranjamos-te um substituto. De qualquer forma, já era altura de fazeres um upgrade. Podes manter o mesmo número de telefone. Vou avisar a malta que vais estar em contacto nessa altura."

"Obrigado, Tio Sam. Boa noite."

"Boa noite, E-Z."

CAPÍTULO X

No seu sonho, estava numa viagem de esqui com os seus pais. Era de facto uma memória, mas ele estava a revivê-la como um sonho.

E-Z tinha seis anos. Ele e a mãe estavam a ser ensinados por um instrutor de esqui a fazer todos os movimentos. Entretanto, o pai - que não era um novato como eles - descia a colina coberta de neve.

Aprenderam a esquiar no monte dos bebés - que era como se referiam aos montes de teste.

"Estás pronto?", disse o instrutor, "para ir a uma das colinas grandes?"

Eles disseram que sim. Pensaram que estavam. Mas dizer e fazer são duas coisas diferentes.

Na primeira tentativa, não foram longe e um deles caiu. Era a mãe dele, e quando caiu, sentou-se na neve fria a rir. Ele ajudou-a a levantar-se e lá foram eles outra vez.

Desta vez, foi o E-Z que caiu, com a cara enfiada na neve branca e fria. Sacudiu-se, foi ajudado pelo instrutor, enquanto a mãe passava a espalhar neve pelo caminho. Ele encarou isso como um desafio e acelerou, passando por ela com um sorriso.

Quando deu por si, ela vinha atrás dele. Ela atingiu algum pó compactado - e deixou-o para trás - encontrando o seu ritmo. Mesmo assim, ele esforçou-se, deu tudo o que tinha e alcançou-a. Desceram, lado a lado, depois separaram-se e voltaram a juntar-se. E riam-se como duas crianças.

No fundo da colina, vestido da cabeça aos pés de azul celeste, estava o teu pai. Destaca-se; uma lasca de azul rodeada de neve virgem - com uma cadeira de rodas nas mãos.

"A neve," disse E-Z, inalando outro marshmallow. Sabia ainda melhor se estivesse todo derretido. Depois sentiu um frio de rachar e acordou rodeado de gelo na banheira. O tio Sam estava lá, sentado ao teu lado.

"E-Z, desta vez assustaste-me mesmo."

"O quê? O que é que te aconteceu?

"Ouvi uns barulhos e entrei para ver como estavas. A tua janela estava aberta, com as cortinas abertas. Senti a tua testa e estavas a arder. Tive medo que tivesses uma convulsão total. Até as tuas asas pareciam murchas.

"Pensei em chamar o 112, mas depois decidi não o fazer. Não podia levar-te para as urgências, não com essas asas. Tive de te pôr na cadeira de rodas, encher a banheira de gelo e ver se conseguia baixar a tua temperatura. Tenho andado a comprar gelo, a pedir donativos a amigos da vizinhança. Têm sido muito prestáveis."

"Já me sinto melhor, obrigado", diz ele, tentando levantar-se. Não foi muito longe, antes de voltar a cair.

"Tens de me dizer o que se passa."

"Não posso, tio Sam. Tens de confiar em mim".

O adolescente tentou levantar-se de novo. "Espera aqui", disse Sam, saindo da casa de banho e voltando com a cadeira de rodas. "Toma", põe o termómetro na boca do sobrinho. "Se estiver normal, podes sentar-te na cadeira.

Estava normal, por isso, com um roupão enrolado à volta dele, E-Z foi levantado da banheira e colocado na cadeira. As suas asas expandiram-se, depois relaxaram no lugar e já não pareciam estar a arder.

Quando passou pela sala de estar, viu as notícias.

"Ontem à noite, um acidente de avião foi desviado", disse o porta-voz. "Dizem que foi uma aterragem milagrosa, mas aqui tens algumas imagens em bruto, tiradas por um dos nossos telespectadores no momento em que aconteceu."

Ele viu o vídeo, que mostrava o avião a aterrar, mas não havia mais nada - nenhuma imagem dele. Sente-se aliviado e regressa ao quarto.

"Volto já para te ajudar a vestir."

Gostava tanto de poder contar tudo ao tio - mas não podia. "Obrigado", disse ele depois de se ter vestido.

"Eu protejo-te sempre."

"Também te protejo", disse o adolescente. "Acho que vou para o meu escritório escrever uma coisinha."

"Boa ideia, tenho tarefas em casa na minha lista de afazeres que gostava de fazer hoje." Começa a sair, mas volta para trás. "Sabes, miúdo, não tens de escrever um romance imediatamente. Podes ter um diário, ou um caderno. Escreve as coisas que um dia podes esquecer. Como memórias preciosas.

"Pensei em escrever algo e chamar-lhe Tattoo Angel."

"Gosto disso."

Uma vez no seu escritório, fica sentado por um momento a pensar no avião - a pensar como é que ele foi capaz de fazer o que lhe foi pedido. Não o teria conseguido, sem a ajuda do cisne e dos seus amigos pássaros, ou sem a ajuda da sua cadeira. Talvez até aqueles dois aspirantes a anjos tivessem ajudado, à sua maneira, torcendo por ele em segundo plano.

Concentra-se na escrita e escreve o título: Tattoo Angel.

Os seus dedos queriam escrever mais, mas a sua mente queria divagar. Recosta-se na cadeira e olha para o ecrã vazio. Precisava de uma primeira frase fantástica, como a que o seu antepassado Charles Dickens tinha escrito - "I am born".

Quando, algum tempo depois, já não conseguia suportar a visão do ecrã branco, escreveu -

Quem me dera nunca ter nascido.

E continua a escrever.

Não posso andar mais.

Nunca vou jogar basebol ou hóquei profissionalmente ou conseguir uma bolsa de estudo para desporto.

Não posso correr.

Não posso saltar.

Há tantas coisas que não posso fazer.

Que nunca poderei fazer.

Parou de escrever, vendo algo no canto superior direito do ecrã que se movia para baixo. Flui.

Lágrimas. Lágrimas pequeninas.

Junta-te. Cresce mais e mais.

Desce em cascata pelo ecrã.

Pensou ter ouvido alguma coisa - aumentou o volume.

"WAH! WAH! WAH!", canta uma voz aguda.

Uma segunda voz juntou-se a ela.

"WAH-WAH!

WAH-WAH!

WAH-WAH!"

E-Z desligou o computador.

Tinha sido apenas um desabafo e ele sentia-se melhor por isso. Toda a gente precisa de uma festa de piedade de vez em quando. Já não estava na sua cabeça.

De uma coisa ele tinha a certeza - como escritor não era nenhum Charles Dickens.

Mas Charles Dickens não podia voar.

✳✳✳

"Acorda, está na hora de ir!" diz Reiki, voando para a janela.

Hadz está à espera na janela aberta. "Estás pronto?"

Então, esperavam que ele saltasse, do terceiro andar da sua casa. "Não vou lá para fora! Olha a altura a que estamos."

"Esqueces-te que tens asas."

"E se caíres, vais perceber."

Pelo menos ainda estava vestido, quando o deixaram na cadeira de rodas. Tremeu, olhando para baixo, perguntando-se como é que as suas asas conseguiam mantê-lo a ele e à cadeira no ar.

"E a minha cadeira de rodas?"

"Lembras-te do que disse Ophaniel? Agora - lá para fora!"

Assim que ele saiu, as suas asas estenderam-se completamente. Por cima dos seus ombros, podia ver as asas em ação.

As pequenas mas fortes criaturas levantaram-no, cada vez mais alto, conduzindo o adolescente através do céu noturno, enquanto os olhos brilhantes das estrelas o contemplavam. Quando acharam que ele estava pronto, soltaram-no.

"Eu consigo voar", disse ele. "Eu consigo mesmo voar!"

"Pára de te exibires," disse Reiki, "e segue o programa."

"Eu fá-lo-ia se soubesse o que é," disse ele a rir-se.

Hadz voou em frente. E-Z e Reiki sobrevoaram a escola, junto ao campo de basebol. Em direção ao centro da cidade. As luzes na pista perto do aeroporto estavam em competição direta com as estrelas acima dele.

"Estás a ir muito bem", disse Reiki.

"Obrigado.

O som de um motor a falhar, num jumbo à frente deles, atraiu a sua atenção.

"Olha para ali, aquele avião está com problemas. Quem me dera ter o meu telemóvel para pedir ajuda". O motor falhou e o avião desceu um pouco, depois nivelou-se.

"Não precisas de um telefone. Bem-vindo à tua segunda prova."

"Esperas que eu faça o quê? Que carregues o avião às costas? Não consigo salvar um avião; não tenho força suficiente. Não sou capaz de o fazer."

"Está bem, então", disse Hadz, que já os tinha alcançado.

"Mas há uma coisa que deves saber, se não os salvares, todos a bordo vão morrer."

"Todos os 293 passageiros. Homens, mulheres e crianças.

"E mais, dois cães e um gato", acrescentou Reiki.

A sua cabeça encheu-se de gritos, das pessoas que estavam dentro do avião. Como é que os ouvia, através das grossas paredes de metal? Os cães ladravam e um gato miava. Um bebé chorava.

"Pára com isso, desliga-o e eu faço-o."

"Não o vamos desligar."

"Mas vai acabar, assim que pousares o avião em segurança no aeroporto, ali."

"Nós acreditamos em ti", disse Hadz.

"Mas será que não me vão ver? Se me virem, será o fim do jogo, quero dizer, com as condições de Ophaniel - nunca poderei ver os meus pais."

"Ver-te?"

"Essa é a menor das tuas preocupações!"

"Agora vai-te embora," disse Hadz. "Oh, e talvez precises disto."

Agora ele tinha um cinto de segurança, para o segurar na cadeira de rodas, enquanto corria pelo céu em direção ao avião que caía.

"Vamos estar a ver-te", disseram eles.

"Ajudas-me, se eu precisar de ti?"

"Estas são as tuas provas, atribuídas a ti e só a ti. Estamos aqui para te apoiar. Boa sorte para ti".

"Espera um minuto, não me vais dar lições a sério? Vais mostrar-me o que tenho de fazer?"

POP.

POP.

"Obrigado por nada!", gritou ele.

✳✳✳

No aeroporto, na Torre de Controlo de Tráfego Aéreo, um controlador reparou que o avião estava com problemas. Não conseguindo contactar o piloto, reparou que havia um objeto voador não identificado no seu radar.

Usando o Super-Homem e o Mighty Mouse como inspiração, E-Z levanta os braços. Coloca-se por baixo do corpo da poderosa besta metálica e reúne toda a sua força.

"Pensei que precisavas de ajuda", disse um cisne maior do que o normal. Ele acenou com a cabeça e os pássaros voaram de várias direcções. Quando o jumbo se ligou a ele, os pássaros verdadeiros alinharam-se. Ajudando-o a manter o avião estável. Para o estabilizar, para que ele e a sua cadeira pudessem suportar todo o seu peso.

Dentro dele, as coisas rolavam como berlindes. Precisava de se despachar, e desejava ter outro par de asas, ou asas mais poderosas. Se ao menos estivesse na sala branca. Concentra-se na tarefa que tem em mãos e prepara-se mentalmente para a descida. Ao olhar para baixo, repara que a sua cadeira também tinha asas, nos apoios dos pés e nas rodas. "Obrigado", sussurra para ninguém. Depois, para os pássaros: "Agora já tenho isto, obrigado pela tua ajuda."

Pronto agora, desce o jumbo, mantendo-o estável e nivelado. Toca com a parte da frente do avião na pista. Depois, como o trem de aterragem não tinha descido, teve de sair do caminho. Estica o braço direito o mais possível e posiciona a cadeira longe do centro do avião. Baixa o centro do avião e depois a cauda. Consegue! Sim! Afasta-se ao som assustador de sirenes estridentes que se aproximam de todas as direcções, sob a forma de camiões de bombeiros, ambulâncias e carros da polícia.

Antes que o vissem, voou para longe. Os passageiros gratos no interior aplaudiram, tiraram fotografias e gravaram-no nos seus telemóveis. Em pouco tempo estava de volta com Hadz e Reiki.

"Fizeste muito bem. Estamos orgulhosos de ti, protegido".

Ele sorriu, até que as suas asas sentiram como se alguém as tivesse incendiado. Quando deu por si, estava a arder, e doía-lhe tanto, que queria morrer. Deseja a morte. Ansiava por ela. Agora, em queda livre, com a cadeira virada para baixo, mantém os olhos bem abertos e espera que os seus lábios beijem o chão. Depois, é levado pelos dois anjos que o levam para casa e o põem na cama.

A dor não diminuiu, mas E-Z sabia que hoje não iria morrer. Estaria a salvo por mais um dia. Para outra prova. Tudo o que tinha de fazer era sobreviver a esta.

✱✱✱

"Quando é que o pó de diamante vai começar a funcionar?" perguntou Hadz. "Ele ainda está com muitas dores."

"Era um tratamento novo, por isso não posso dizer quando - mas vai fazer efeito - eventualmente."

"Espero que ele aguente tanto tempo!"

"Com a ajuda do Tio Sam, ele vai ultrapassar isto. Quando fizer efeito, veremos sinais. Talvez algumas mudanças físicas".

E-Z continua a ressonar

POP.

POP.

E mais uma vez eles desapareceram.

CAPÍTULO XI

Um dia depois, E-Z tinha o seu dia planeado. Primeiro, tem de preparar a mochila para uma ida ao parque no sábado. Toma o pequeno-almoço, escreve um pouco e depois sai. Enquanto preparava a mochila, ouve as vozes agudas de Hadz e Reiki antes de as ver.

"Consigo ouvir-te", disse ele.

POP.

Hadz aparece primeiro.

POP.

Depois Reiki - ambos na sua magnificência angelical totalmente transformada.

"Bom dia", cantaram em uníssono, doentiamente doce.

E-Z enfiou um caderno na mochila e algumas canetas, ignorando-as. Esperava encontrar algo inspirador para escrever no parque. Abaixa-se para fechar o fecho da mochila quando repara que os dois anjos estão sentados no fecho.

"Oh, desculpa. Quase que não te via aí."

"Ufa, foi por pouco", disse Reiki.

Hadz estava a tremer demasiado para dizer uma única palavra.

As mãos e os ombros de Hadz voaram para os seus ombros quando ele apontou a cadeira para a porta fechada.

"Precisamos de falar contigo," disse Hadz.

"É... importante. Nós fizemos algo..."

"A mim?"

Eles pairaram na frente dos teus olhos.

"Sim. Enquanto dormias, há algumas semanas."

"Há umas semanas atrás! Ok, estou a ouvir..." Na verdade, ele estava a tentar não explodir. A ideia de eles lhe fazerem alguma coisa. Enquanto ele dormia. Sem a tua permissão. Era uma terrível quebra de confiança. Cerra os punhos. Silêncio. Cruza os braços. Não lhes ia facilitar a vida.

Sam bateu à porta: "Pequeno-almoço E-Z, precisas de ajuda?"

"Não, estou bem. Estou aí dentro de alguns minutos." Silêncio, a não ser que Sam voltasse à cozinha.

"Antes de mais," disse Hadz, "só fizemos o que fizemos para te ajudar."

"Com as provas. Fizemos algo para te ajudar a atingir os teus objectivos."

"Queres dizer que me podias ter ajudado, com o avião? A tua ajuda dava-me jeito. Felizmente, conseguimos graças àquele cisne e aos pássaros."

"Sim, quanto a isso, a ajuda não é permitida - nem de amigos nem de aves. Nós comunicámos o incidente em questão às autoridades competentes".

E-Z abanou a cabeça, não acreditava no que estava a ouvir. "Não me digas que alguém magoou o cisne ou as aves? É melhor não me dizeres isso... Ah, e porque é que o cisne falou comigo em inglês? Ele falou, tu sabes."

"Esse assunto é confidencial", disse Hadz, esvoaçando perto do seu rosto com as mãos nas ancas. Reiki tomou a mesma posição, e as suas asas tocaram-lhe as pálpebras.

"Ei, pára com isso," disse ele, mais alto do que pretendia.

"Estás bem aí dentro? Sam perguntou através da porta fechada.

"Estou bem," disse ele, acenando com a mão à frente da cara e atirando as criaturas para o outro lado da sala. Reiki bateu na parede e deslizou para baixo. Hadz, já mais abaixo, tentou apanhar Reiki, mas tarde demais. Os dois anjos caíram e aterraram no chão.

"Desculpa", disse o adolescente. Aproxima a sua cadeira de rodas deles. Pergunta-se se eles têm estrelas na cabeça, como as personagens dos desenhos animados de antigamente. Adorava isso quando acontecia ao Wile E. Coyote. Eles cambalearam um pouco, por isso ele colocou-os na cama. Quando os anjos recuperaram, ele disse: "Desculpa outra vez. Não te queria bater. As tuas asas fizeram-me cócegas nos olhos".

"Fizeste, sim! Disse o Reiki.

"E nós não nos vamos esquecer disso.

Ele sentiu-se mal. Elas eram tão pequenas; não sabia que um simples movimento as podia fazer voar daquela maneira. Era como se as tivesse atirado para fora do parque e ele mal lhes tivesse tocado.

"Quanto a isso..." disse Reiki.

Hadz acrescentou: "Enquanto dormias, fizemos um ritual em ti".

E-Z voltou a manter a calma, mas por pouco. "Um ritual, dizes tu?" Eles olharam para ele, culpados como o pecado. "Se fosses humano, eles punham-te na cadeia por me fazeres alguma coisa sem a minha autorização. É uma agressão a um menor. Estarias na prisão..."

Os anjos tremeram e agarraram-se uns aos outros.

"Não tivemos escolha."

"Fizemo-lo para o teu próprio bem."

"Eu percebo isso, mas neste momento as tuas desculpas NÃO são aceites."

"É justo", disseram os anjos. "Por agora." Eles cantaram: "Invocámos poderes, os grandes e ilusórios poderes que estão acima e à tua volta. Pedimos-lhes que te ajudassem, aumentando a tua força, coragem e sabedoria. Para simplificar, acreditámos que precisavas de mais e por isso conjurámo-lo para ti."

"Estou a ver. As desculpas continuam a não ser aceites.

"Fizemo-lo com o mínimo de desconforto para tl", disse Hadz.

E-Z considerou esta última informação. Ao mesmo tempo que olhava para a sua cadeira de rodas. Parecia diferente agora, para além da óbvia mudança de cor dos apoios de braços.

"O que é que se passa com a minha cadeira ultimamente?", pergunta. "Parece que tem vontade própria."

Os anjos estavam a tremer de novo.

"O que é que fizeste? O que fizeste? Exatamente? Porque suspeito que não só me agrediste, como também agrediste a minha cadeira."

Finalmente, os anjos explicaram-te tudo sobre o pó de diamante e o sangue. Sobre os poderes que tinham sido conferidos a ti e à cadeira. "À medida que as dificuldades da tarefa aumentam, vais precisar de aumentar."

"Já sei, é por isso que as minhas asas têm estado a arder. Aumentam de temperatura após cada tarefa. Mas continuo a dizer a mim próprio que tudo valerá a pena quando voltar a ver os meus pais."

"Se completares as provas no tempo previsto. E seguires as regras à risca", disse Hadz.

"Espera um minuto", disse E-Z, batendo com os braços nos apoios de braços. "Ninguém te disse que havia um prazo. Não na Sala Branca. Em nenhum momento. E se há um livro de regras que eu deva seguir, então passa-o para eu o ler. Além disso, não houve qualquer compromisso de nenhuma das partes. Ninguém disse quantos ensaios completos são necessários para fechar o negócio. Talvez precisemos de pôr tudo por escrito? Existe um advogado anjo ou, melhor ainda, um advogado anjo?"

Hadz riu-se. "Claro que temos Advogados dos Anjos, mas tens de ser um Anjo para te qualificares para ter um."

Reiki disse: "Completaste a primeira tarefa sem a ajuda de ninguém. Salvaste a vida daquela menina com a iniciativa da tua cadeira, força de vontade e sorte. Essas três coisas só te podem levar até certo ponto, por isso arranjámos-te mais poder de fogo. O máximo que podias pedir."

"O máximo que podíamos arriscar dar-te."

"Ei, o que queres dizer com risco? Estás a dizer que este ritual me pode fazer mal?"

"Fizemos-te um favor. Pusemo-nos em risco para te ajudar. Se não nos consegues perdoar agora, um dia perdoarás."

"Por falar em fugir à minha pergunta! Já pensaste em entrar na política dos Anjos - se é que isso existe?"

disse Hadz. "As pessoas à tua volta podem notar certas mudanças na tua aparência física.

"Sim, podem", disse Reiki com um sorriso.

"O que queres dizer com mudanças físicas?" gritou ele.

POP.

POP.

E eles foram-se embora.

E-Z ficou outra vez sozinho. Enquanto se dirigia para a porta, perguntava-se o que queriam dizer. O que quer que fosse, descobriria em breve. Entretanto, pensou em como a cadeira tinha agora o seu sangue. Como a cadeira era uma extensão de si próprio. Dirigiu-se para a cozinha, onde o Tio Sam estava à espera.

✳✳✳

"Bem, não correu exatamente como planeámos", disse Reiki. "Ele ficou muito zangado connosco. Acho que nunca mais vai confiar em nós."

"Precisa mais de nós do que nós dele.

"Podíamos limpar-lhe a mente, como fizemos com os outros.

"Se ele não nos perdoar, não há nada que possamos fazer. Apagar a tua mente não é uma opção. Sem o teu acordo e se, não quando ele descobrir, vamos aliená-lo para sempre. E tu sabes quem não iria gostar disso."

"Tens razão como sempre," disse Hadz.

"Achas que alguém vai notar as mudanças na sua aparência hoje?"

"Nós reparámos, não reparámos!"

"Talvez devêssemos ter-lhe contado, pelo menos sobre o seu cabelo. Se te explicássemos.

"Acho que as mudanças seriam melhores se viessem de outra pessoa que não nós."

"Os humanos são muito estranhos", disse Reiki.

"Pois são. Mas trabalhar com eles é a única forma de nos promovermos como verdadeiros anjos."

"Felizmente para nós, ele é bastante simpático."

CAPÍTULO XII

E -Z espetou o garfo num prato cheio de panquecas. Estava esfomeado, como se não comesse há dias. E com sede. Deita fora copo após copo de sumo de laranja. Volta a encher o prato com panquecas, continua a comer até que todas tenham desaparecido.

Sam riu-se quando viu o sobrinho e continuou a mergulhar uma fatia de torrada com manteiga no seu café.

"O que é que tem tanta piada? perguntou E-Z.

"Não me parece que seja nada.

Os únicos sons que se ouviam na cozinha eram os de bater, cortar e mastigar. Para além do tique-taque do relógio na parede atrás deles.

"O que foi? E-Z exigiu, reparando que o tio estava a sorrir e a escondê-lo atrás da mão.

"Há qualquer coisa diferente na tua, bem, tu sabes, esta manhã. Há alguma coisa que me queiras contar? Por exemplo, porquê?"

As duas criaturas apareceram e sentaram-se cada uma num dos ombros de E-Z. Estavam a escutar e ele não gostou nada da sua intromissão não convidada, por isso afastou-as.

POP.

POP.

Desapareceram.

"Não sei bem o que queres dizer.

O Sam serviu-se de outra chávena de café. "É para uma rapariga? Porque qualquer rapariga devia aceitar-te como és."

E-Z riu-se. "Não é uma rapariga. Estás muito enganado."

Os dois ficaram em silêncio durante mais alguns momentos, enquanto o relógio não parava.

"Fiz uma mala e vou para o parque depois de escrever um pouco esta manhã. Vou levar um bloco de notas e algumas canetas, para o caso de o parque me inspirar."

"Parece-me um bom plano, mas primeiro ajudas-me a arrumar as coisas", disse Sam, levantando-se da mesa.

O adolescente empurrou a sua cadeira para trás e, juntos, limparam tudo rapidamente. E-Z foi para o seu gabinete e fechou a porta atrás de si quando soou a campainha da porta da frente.

Sam deixou entrar Arden e PJ. "Está no gabinete a trabalhar. Está à tua espera? Se está, não me disse nada sobre isso.

"Mandei-lhe uma mensagem, mas não respondeu", disse PJ.

"Por isso, pensámos em aparecer e levá-lo a sair hoje. Para garantir que ele se divertia um pouco. Aquele tipo trabalha demasiado. A mãe disse que nos levava lá. Só tens de falar com a E-Z e depois ligar-lhe.

"O meu sobrinho está interessado no livro que ele está a escrever. Talvez se oponha."

"De uma maneira ou de outra, vamos levá-lo daqui para fora hoje", disse PJ.

"Ele estava a pensar ir ao parque, depois de escrever um pouco. Mas vai lá abaixo, talvez ele possa ir lá ter contigo mais tarde?" Sam voltou à cozinha, tirando um pouco de carne moída do congelador. Procura no armário o molho, o esparguete, os ovos, as cebolas, o pão ralado e os espinafres. Tinha tudo o que era necessário para fazer esparguete e almôndegas mais tarde.

Depois de pendurarem os casacos, os dois rapazes seguiram o seu caminho pelo corredor.

Sam encolhe os ombros e veste o seu casaco. Já há algum tempo que andava a adiar o corte da relva. Hoje era o dia em que ia tratar disso.

E-Z estava a tentar escrever, mas a criatividade não fluía. Quando os amigos chegaram, ficou contente com a interrupção. Abre o Facebook, fingindo que está a ver as actualizações. "Olá, malta." Vira a cadeira para eles.

"Meu, que raio aconteceu ao teu cabelo? Foste ao salão de beleza sem nós?"

"Mostraste-lhes uma foto e pediste um look invertido à Pepe Le Pew?"

"E as tuas sobrancelhas também! Nem sequer sabia que as podias pintar?"

E-Z passou os dedos pelo cabelo, sem fazer ideia do que estavam a falar. Espera um minuto - era a isso que Sam se referia?

"E os teus olhos, também estão diferentes.

Arden baixou-se: "Sim, têm manchas douradas. És fantástico!"

"E-Z disse: "Meu, afasta-te, sim? "Vocês os dois estão a assustar-me. Invadir o meu espaço não é fixe".

"Pelo menos não cheira a Pepe", disse Arden, afastando-se. PJ juntou-se a ele no outro lado da sala, onde sussurraram entre si.

"Importas-te que tiremos uma fotografia?"

E-Z sorriu e disse: "Mozzarella".

PJ mostrou a fotografia que tinha tirado a Arden. "Vês!", disseram eles, fazendo a grande revelação.

E-Z não acreditava no que estava a ver. O seu cabelo louro tinha uma risca preta a meio e manchas cinzentas nas têmporas. Cinzento! Faz zoom, e eles tinham razão, os olhos dele tinham manchas douradas. A sua mente lembrou-se do pó de diamante, era assim que o pó de diamante se parecia? Aqueles dois anjos idiotas fizeram isto! E é bom que saibam como o resolver! Da próxima vez que os vir, fá-los-á pagar. Entretanto, tenta amenizar a situação.

"Não te preocupes. Tive uma noite difícil."

Arden perguntou: "O que é que não nos estás a contar?"

PJ acrescentou: "O teu cabelo está a ficar grisalho e ainda andas no liceu. Achas que isso é normal?"

"Acho que ele tem razão; estamos a fazer um grande alarido por nada. O que é que o teu tio disse sobre isso?

"Não reparou - ou se reparou, não disse nada."

"O quê? Estás a dizer-me que o Sam nem sequer reparou?"

"Estavas de olhos abertos?"

E-Z tentou lembrar-se. Primeiro, o tio Sam tinha perguntado se ele tinha alguma coisa para lhe dizer. Era isso que ele queria dizer?

"Só um segundo", disse E-Z, enquanto se dirigia para a casa de banho. Usa a ampliação de dez vezes do espelho para ver melhor. E suspirou. As estrelas ou manchas nos teus olhos até eram bonitas. Não eram prejudiciais, na verdade, davam-lhe um ar muito fixe. Examina os cabelos brancos ao longo das têmporas.

E depois? Já tinha passado por muita coisa com a morte dos pais. Além disso, as pressões do dia a dia no liceu. E a habituação à cadeira de rodas. Para não falar de lidar com os arcanjos e os julgamentos.

O teu cabelo a ficar prematuramente cinzento não era um problema. Move o espelho de um lado para o outro, passando os dedos pelo cabelo. A textura era diferente quando tocava na risca preta. Parecia áspera, quase como uma cerda. Não havia problema, passava-lhe um pouco de gel e...

Lá fora, o cortador de relva começou a funcionar. Sam estava finalmente a fazer a temida tarefa. Antes do acidente, cortar a relva era a tarefa que E-Z mais detestava.

"YEOW!" Sam gritou quando o cortador de relva parou.

A cadeira de E-Z foi em direção à porta da frente, que se abriu sozinha. Levantou voo, falhando os degraus e aterrando no relvado atrás de Sam.

"Raios!" exclamou Sam. Tinha batido numa pedra com o cortador de relva, que voou e o atingiu perto do olho. Gotas de sangue escorreram-lhe pela face e acumularam-se na relva.

A cadeira de rodas deslocou-se para onde estava o sangue, sugando-o com as rodas.

"Estás bem?"

"Estou ótimo", disse Sam. Puxou do bolso, tirou um lenço e encostou-o à ferida.

Arden e PJ chegaram. "Ouvimos o grito."

"Estou bem, a sério", disse Sam. "Foi um pequeno acidente. Não precisas de te preocupar. Vamos voltar para dentro."

Agarrou nas pegas da cadeira de rodas e empurrou. Era extremamente difícil manobrá-la na relva.

Entretanto, Arden trouxe o cortador de relva e guardou-o no telheiro.

"Ganhaste peso?" perguntou PJ, reparando na dificuldade que Sam estava a ter.

"Comi umas vinte panquecas esta manhã.

"Talvez a madeixa preta seja mais pesada do que o teu cabelo normal?" disse Arden, voltando a juntar-se a eles com um sorriso.

"Oh, eles repararam", disse Sam.

"Sim, têm estado a gozar comigo desde que chegaram. Porque não disseste nada?"

Já lá dentro, E-Z tirou um penso rápido e colocou-o na ferida do tio.

"Foi uma mudança subtil", disse Sam. "Não!", sorri. "Ah, e já pensaste em seguir a profissão de enfermeiro? Tens um toque delicado."

PJ e Arden riram-se.

CAPÍTULO XIII

E-Z e os seus amigos regressam ao seu escritório. Decide ficar perto de casa para o caso de o Sam precisar dele. Sam estava demasiado ocupado a fazer o jantar para pensar no que poderia ter acontecido com o cortador de relva.

"O jantar está pronto", telefonou umas horas mais tarde. "Vem buscá-lo."

E-Z abriu caminho: "Cheira deliciosamente!"

Sentam-se e passam a comida e os condimentos.

"Já tens aí um belo olho negro", diz Arden a Sam.

Sam, que até agora não sabia que tinha uma ferida visível, agora usava-a com orgulho. Esfaqueia outra almôndega e coloca-a no prato.

"O que é que aconteceu lá fora?", perguntou PJ.

"Foi uma pedra. Ficou presa no cortador de relva e atingiu-me." Continua a empurrar a comida para o prato. "Como está a correr a escrita?", pergunta ao sobrinho, desviando a atenção de si próprio.

"Não tive tempo de o fazer esta manhã.

Sam mudou de assunto e perguntou se se passava alguma coisa na escola ou na equipa.

"Tens um treino esta noite", diz PJ.

"E esperamos que o E-Z jogue no jogo de amanhã.

E-Z abanou a cabeça, num claro não, e continuou a comer.

"Uma entrada, só uma, e se não quiseres continuar a jogar, por nós tudo bem", disse Arden.

"Boa ideia", disse o Tio Sam. "Mergulha o dedo do pé. Se não te sentires bem, sai. O que é que tens a perder?"

PJ abriu a boca para dizer alguma coisa, mas decidiu não o fazer. Espetou uma almôndega na boca. Mastigou, bebeu um copo. "Quando estás lá, E-Z, aumentas a moral de toda a gente. Os rapazes têm muita consideração por ti. Sempre pensaram, sempre pensarão."

"Está bem", disse o E-Z. "Eu sento-me no banco se achares que isso ajuda. Depois do jantar, vamos até ao parque treinar um pouco. Vê como correm as coisas.

"É justo", diz PJ.

Agradeceram a Sam pelo ótimo jantar.

"Tu cozinhaste, por isso nós limpamos", ofereceu Arden.

E-Z e PJ trocaram olhares.

Quando Sam já não estava ao alcance da voz, PJ disse: "És mesmo um beijo."

Arden atirou um pouco de água na direção de PJ, mas E-Z apanhou a maior parte na cara.

PJ devolveu o esguicho, que se espalhou pelo chão da cozinha, atingindo os sapatos de Sam.

"A esfregona e o balde estão no armário", disse ele, pegando no casaco quando ia a sair.

Acabaram de se limpar e já estavam quase todos secos, à exceção de E-Z, que mudou de camisa. Finalmente, chegaram ao campo de basebol, que já estava ocupado.

"Ótimo", disse E-Z. "Vamos lá."

Nas linhas laterais, estavam algumas raparigas da claque da equipa adversária. Uma delas, uma rapariga ruiva, olhou de relance na direção de E-Z. Faz uma roda de carroça e aterra com facilidade.

"Acho que podemos ficar um pouco", disse E-Z.

Atravessaram o campo e dirigiram-se para os bancos. Tinham de, pelo menos, dizer olá, senão iam parecer uns idiotas.

A rapariga ruiva sussurrou qualquer coisa à amiga e elas riram-se.

E-Z tinha a certeza que se estavam a rir dele.

"Temos companhia", diz a rapariga ruiva.

"Sim, um tipo de cadeira de rodas com cabelo de zebra e dois totós", gritou o homem da terceira base. Esperava que todos se rissem da sua piada foleira, mas ninguém se riu.

"Não lhe ligues", disse a amiga da rapariga ruiva. "Ele é patético.

"Desaparece", gritou o jogador de campo esquerdo. "Aqui não há lugar para um aleijado."

E-Z ignorou todos os comentários. A sua cadeira, porém, não. Estava a empurrar, a acelerar como um touro a tentar sair de um curral. "Uau!", diz ele, enquanto a cadeira vacila, como um cavalo selvagem.

Arden agarrou-se às pegas da cadeira e esta retomou a sua função normal.

Atrás da base, o apanhador deixou cair uma mosca e fez um lançamento errado. "Vejo que precisas de um apanhador decente", disse E-Z.

As chefes de claque riram-se.

"Dá-me cinco minutos atrás do prato, só cinco. Se eu conseguir apanhar todos os lançamentos que mandares na minha direção, fazemos-te um favor e ficamos".

"E se não conseguires?", pergunta o lançador.

O apanhador tira a sua máscara. "Pagas-nos hambúrgueres e batatas fritas."

"E batidos", acrescentou o primeiro base.

"Combinado", disse E-Z enquanto a sua cadeira avançava.

Senta-se pacientemente enquanto Arden coloca as joelheiras. PJ puxou o protetor do peito sobre a cabeça e colocou a máscara de apanhador na cara. E-Z enfiou o punho na luva de apanhador.

"Muito bem, atira-me a bola", ordenou E-Z.

"Espero que saibas o que estás a fazer, amigo", disseram Arden e PJ.

"Confia em mim", disse E-Z. Põe-se em posição atrás do prato. "Lança o taco!"

O lançador faz sinal para que Arden bata. Escolhe um taco e dirige-se para a base.

E-Z fez sinal ao lançador para lançar uma bola rápida e alta. Em vez disso, o lançador atirou uma bola curva, que estava mesmo na zona. Arden falhou a pancada, mas não totalmente, pois acertou um pouco na bola e esta voltou para trás. E-Z levantou-se da cadeira e agarrou-a.

"Uau!", gritou o lançador. "Boa defesa."

"Tiveste sorte", disse o primeiro base.

As chefes de claque aproximaram-se.

No segundo lançamento para o Arden, ele fez um "pop up" para o campo direito.

PJ foi para o taco e bateu para fora. E-Z apanhou todas as bolas com facilidade, mas o último lançamento foi selvagem e ele quase a perdeu. PJ tinha ido para a primeira base, mas E-Z atirou a bola para o chão e ele foi eliminado.

Jogaram até ficar demasiado escuro para ver a bola.

Depois do jogo, decidiram que tinha sido um empate. Foram a um restaurante ali perto e cada um pagou a sua própria comida.

"Vamos dar cabo de vocês no jogo de amanhã", gaba-se Brad Whipper, o capitão da equipa.

"Vais jogar E-Z?" Larry Fox, o primeiro base, perguntou.

"Oh, ele vai mesmo jogar", disseram Arden e PJ.

"Sem dúvida."

A rapariga ruiva era Sally Swoon e sussurrou qualquer coisa a Arden, que abanou a cabeça. "Pergunta-lhe tu", disse ele.

"Perguntar-me o quê?"

As faces dela coraram.

"Queres saber o que aconteceu, certo?"

Ela acenou com a cabeça. "Pediste ao teu cabeleireiro para o fazer, ou ele..."

"Cometeste um erro?", disse ele.

Ela acenou com a cabeça.

"Acordei esta manhã e estava assim. E acabou.

"Puxa o outro", disse um jogador. "Agora diz-nos porque é que estás numa cadeira de rodas."

E-Z conta a sua história. Todos ficaram em silêncio enquanto ele contava. Ninguém comeu ou bebeu. Quando terminou, receava que todos o tratassem de forma diferente, mas não o fizeram.

Falaram sobre a próxima World Series e outras conversas relacionadas com desporto.

Mais tarde, quando os amigos o acompanharam a casa, estavam todos calados. Diz boa noite aos rapazes e volta para o seu quarto. Tentou ver televisão, escrever um pouco, mas por mais que fizesse, não parava de pensar em tudo o que tinha perdido. Caiu de novo na cama e olhou para o teto, acabando por adormecer.

CAPÍTULO XIV

E-Z estava a dormir, a sonhar.

"Acorda E-Z! Acorda!" disse Reiki, saltando para cima e para baixo no teu peito.

"Pára com isso!" exclamou ele.

Hadz atirou-lhe um pouco de água para a cara.

Ele sacode-a. "Vocês os dois têm algumas explicações a dar, e alguns arranjos a fazer. Põe o meu cabelo como estava. E os meus olhos também!"

"Não há tempo!", disseram eles, enquanto a cadeira dele rolava, o deixava cair e depois voava pela janela já aberta.

"Nem sequer estou vestido!" exclamou E-Z.

Reiki e Hadz riram-se e disseram a E-Z para desejar o que queria vestir. Quando voltou a olhar para baixo, tinha calças de ganga, um cinto e uma t-shirt. Olha para os pés, onde os seus ténis de corrida estavam a atar os atacadores. Enquanto voavam pelo céu, E-Z agradeceu-lhes.

"Então, perdoas-nos?" perguntou Hadz.

"Dá tempo ao tempo", disse Reiki.

E-Z acenou com a cabeça, enquanto a sua cadeira subia cada vez mais alto. Acima de um avião, passando o avião. Obviamente, não era o teu destino. Continuaram a voar, até que a cadeira de rodas parou completamente, e depois apontou para baixo.

"Ali está", disse Reiki.

Em baixo, um grupo de pessoas estava à porta de um edifício de escritórios alto, num aglomerado.

"Sentes isto?" perguntou E-Z, reparando que o ar à volta do incidente estava diferente. Estava a vibrar com energia.

"Sim," disse Hadz.

"Ainda bem que reparaste desta vez", disse Reiki.

"Queres dizer que das outras vezes havia vibrações?

"Sim, mas à medida que os teus poderes aumentam, vais conseguir localizar os locais."

"E não és só tu, a tua cadeira também as consegue captar."

"Queres dizer que tenho uma cadeira super-duper inteligente? Eu sabia que ela era modificada, mas isto é fantástico!"

Os anjos riram-se.

A cadeira avança a toda a velocidade, enquanto abaixo deles se ouvem tiros. Viram pessoas a correr, a gritar, a cair.

Em direção ao caos, E-Z e a sua cadeira voaram, em direção ao jato de balas que se aproximava. Recua, enquanto a cadeira de rodas as desvia. Pergunta-se o que aconteceria se a cadeira falhasse uma.

"Temos a certeza de que és à prova de bala", disse Reiki sem ele perguntar. "Faz parte do ritual.

"E o pó de diamante deve funcionar."

"Tens a certeza?", disse ele, esperando que elas tivessem razão. "Se funcionar, então é uma boa troca para a situação do meu cabelo!"

Os aspirantes a anjos riram-se.

CAPÍTULO XX

A sua cadeira de rodas desceu e concentrou-se num homem no telhado do edifício. Ele estava a disparar contra a multidão lá em baixo, e contra eles à medida que se aproximavam dele. A cadeira de rodas deu um passo em frente e E-Z ouviu um som estranho, como o de um avião a baixar o trem de aterragem. Vinha da cadeira de rodas, quando uma caixa de metal desceu e aterrou em cima do tipo. A arma voou-lhe da mão e atravessou o telhado antes de a engenhoca a agarrar. O homem tentou empurrar E-Z e a cadeira de rodas das suas costas, mas nada resultou.

Uma sirene soou ao longe e foi ficando cada vez mais alta à medida que se aproximava.

"Se eu te deixar levantar", perguntou E-Z, "comportas-te bem?"

Apesar de o homem ter acenado com a cabeça em sinal de concordância, a cadeira de rodas recusou-se a mover-se.

E-Z precisava de desativar a arma e sair dali antes que a polícia chegasse. Pergunta-se se alguém lá em baixo está ferido. Espera que as ambulâncias estejam a caminho. No entanto, ele e a sua cadeira podiam levar os feridos graves para o hospital muito mais depressa.

Olha para a arma do outro lado do telhado. Concentra-se e estende a mão. Como se a sua mão fosse um íman, a arma voou para ela e ele desactivou-a dando-lhe um nó. E-Z tirou o cinto e usou-o para atar as mãos do atirador atrás das costas.

A cadeira levantou voo e voou como um foguetão, enquanto as portas do telhado se abriam. A engenhoca modificada ergueu-se, suspensa no ar, enquanto E-Z observava uma equipa da SWAT a avançar sobre o atirador e a levá-lo sob custódia. A cara do agente que encontrou a arma atada no nó não tem preço.

Por um ou dois segundos, hesitou em considerar o seu mandato, mas havia pessoas feridas lá em baixo e ele podia ajudá-las mais depressa do que qualquer outra pessoa e foi isso que fez. Preocupar-se-ia com as consequências mais tarde e esperaria que eles compreendessem.

E-Z aterrou perto da multidão. Recolhe os quatro feridos mais graves e, como estavam inconscientes, usa parte da sua asa para os manter em segurança na sua cadeira enquanto voam pelo céu.

A cadeira absorveu o sangue dos passageiros feridos que escorria das suas feridas. O sangue deles foi combinado com o sangue de E-Z e Sam Dickens. Esta amálgama empurrou as balas para fora dos seus corpos e as suas feridas começaram a sarar.

Demoram vários minutos a chegar ao hospital. Quando chegaram, todos os pacientes estavam curados, como se os seus ferimentos nunca tivessem acontecido. Atiraram os braços à volta de E-Z e agradeceram-lhe.

No parque de estacionamento do hospital, cada um deles saltou da cadeira de rodas.

Os assistentes estavam à entrada, com as macas prontas.

E-Z olhou de relance na direção deles. Acena e depois voa para o céu. Por baixo dele, aqueles que tinha salvo retribuíram o aceno. Espera que os assistentes que estavam à espera fiquem muito aborrecidos por já não serem necessários.

"Obrigado", grita um jovem, com um aceno.

"Espero voltar a ver-te", exclama uma mulher de meia-idade.

"És um verdadeiro herói!", diz um homem que lhe faz lembrar o Tio Sam.

"Fazes-me lembrar o meu neto - exceto a risca esquisita que tens no cabelo!", diz uma mulher idosa.

Os assistentes aproximaram-se dos quatro e perguntaram: "Alguém precisa de ajuda?"

O jovem disse: "Não vais acreditar, mas fui baleado - duas vezes há pouco tempo. Acho que desmaiei. Quando acordei", puxou para cima a parte da frente da camisa que estava manchada de sangue, "as feridas tinham desaparecido".

A mulher idosa, cujo vestido estava manchado de sangue, explica como foi atingida perto do coração.

"Teria morrido, se aquele rapaz na cadeira de rodas não me tivesse salvo a vida."

Os outros dois doentes tinham histórias semelhantes para contar. Elogiaram o E-Z e voltaram a agradecer-lhe. Apesar de ele já não estar com eles.

"Acho que ainda devias vir ao hospital", diz o primeiro assistente.

O segundo assistente diz: "Sim, passaste por uma experiência traumática. Deves ir ao médico e obter autorização".

Os quatro cidadãos anteriormente feridos permitiram que os assistentes os ajudassem a entrar. Tentaram colocar o mais velho dos quatro na maca.

"Estou óptima!", exclama a mulher mais velha.

Seguem-na para dentro do hospital.

✱✱✱

"É melhor fazermos isso agora", disse Reiki.

"Mas é um bocado triste. Ele fez coisas tão extraordinárias e agora ninguém se vai lembrar."

Limpam as mentes de todos os que estão por perto.

"Ele fez um trabalho fantástico."

"Sim, ele foi bem escolhido", disse Hadz.

E-Z voltou para casa, voando para lá o mais rápido que podia. Ele sabia que a dor estava a chegar, mas não o quão má seria desta vez. Mal conseguiu passar pela janela e chegar à cama antes que seus ombros ardessem e ele desmaiasse.

Os anjos voltaram, sussurrando palavras calmantes quando ele gritava durante o sono. Quando a dor se tornou demasiado grande, aliviaram-na tomando-a para si.

"Completaste a prova número três", disse Reiki. "Passa por elas com facilidade."

"É verdade, mas temos de nos certificar que ele não é identificado. Podes vê-lo, mas temos de apagar as memórias. Mas preocupa-me que possamos perder alguém.

"Se limparmos as mentes de toda a gente nas redondezas, tudo ficará bem."

CAPÍTULO XXI

Na manhã seguinte, E-Z estava a comer cereais quando Sam entrou na cozinha.

"O café cheira mesmo bem", diz Sam.

O adolescente deita uma caneca cheia ao tio. "O quê?", pergunta, com uma sensação de déjà vu.

"O que foi, o que foi? Sam perguntou enquanto punha um pouco de natas na chávena.

"Estás a olhar para mim", disse E-Z. Abana a cabeça. Estaria ele no Groundhog Day? O filme sobre um dia que se repete vezes sem conta, com o Bill Murray?

"Oh, isso. Há alguma coisa que me queiras dizer?" Deixa cair um torrão de açúcar no café.

Ignorando o tio, mete uma colher de cereais na boca. "Não sei bem o que queres dizer.

Sam esperou que o sobrinho acabasse de tomar o pequeno-almoço. "Eu vi-te ontem à noite e a tua cama estava vazia, e a janela estava aberta. Como é que saíste com a tua cadeira, não sei. Em todo o caso, se vais sair, tens de me dizer. Sou responsável por ti e pelo teu paradeiro. Da próxima vez, promete-me que me vais dizer onde vais e quando voltas. É uma questão de cortesia."

"I..."

POP.

POP.

Hadz e Reiki apareceram. Reiki voou até Sam, esvoaçando à frente dos seus olhos. Durante alguns segundos, Sam parecia zombificado. Depois, volta a beber o seu café. Levanta o copo, bebe, pousa-o. Repete.

E-Z lembrou-se de um brinquedo de pássaro - em que o pássaro mergulha a cabeça no copo e bebe. Como é que se chamava essa coisa, afinal?

"Pássaro de merda", disse Sam. Olha para o relógio.

Mas que raio? Será que o teu tio já consegue ler a tua mente?

"Quem é que não consegue ler a tua mente?" disse Hadz com um sorriso.

Sam levantou-se e, com os olhos vidrados e movimentos de robô, foi ao lava-loiça, lavou a chávena e pô-la na máquina de lavar loiça. A seguir, pegou nas chaves do carro e saiu sem dizer uma palavra.

A boca de E-Z ficou aberta enquanto processava a informação e depois exigiu: "Muito bem, vocês os dois. O que é que fizeste ao meu tio Sam? Não tinhas o direito de... de... fazer o que quer que tenhas feito." Estava tão zangado que tinha a cara vermelha e os punhos cerrados.

PÔ.

POP.

Odiava aquilo. Sempre que eles faziam algo de errado, desapareciam, e ele tinha de lhes pedir desculpa para que voltassem, quando não tinha feito nada de errado.

"Desculpa", disse ele. "Por favor, volta."

POP

POP.

"O que está feito, está feito", disse ele calmamente. "Ele leu mesmo a minha mente?"

Reiki disse: "Leu, mas foi um incidente isolado."

"Isso é bom. Eu nunca conseguiria safar-me de nada."

"Nós somos o teu apoio, durante as provas. Cabe-nos a nós proteger-te a ti e aos teus amigos, incluindo o Tio Sam."

"O que é que lhe fizeste?", perguntou de novo, quando a campainha tocou. Não se mexe, espera que respondam à sua pergunta. Volta a tocar a campainha. "Espera um segundo", diz ele. "Diz-me o que lhe fizeste. DIZ-ME O QUE LHE FIZESTE. AGORA!

"Limpei-lhe a mente", sussurrou Reiki.

"Fizeste o quê?"

"Tivemos de o fazer, para te proteger a ti e à tua missão", acrescentou Hadz.

PJ e Arden entraram na cozinha. "A porta estava destrancada", disse Arden.

"Sim, ontem dissemos ao Sam que te íamos buscar esta manhã."

"Bom dia para ti também." Levanta-se da mesa.

"Precisamos de falar contigo, amigo. Mas estamos com pressa."

Pega na mochila e no almoço. Dirige-se para a porta da frente. No cimo da escada, a cadeira saltou para a frente - como se quisesse voar para baixo. Pede aos amigos que o ajudem a descer a rampa. O Arden e o PJ ajudaram-no a entrar no banco de trás do carro. Arden guardou a cadeira de rodas na bagageira.

"Olá, Sra. Lester", disse E-Z, quando os três rapazes entraram no banco de trás do carro.

"Bom dia", disse ela, e depois ligou o rádio. O locutor estava a falar de uma nova receita.

"Assim que eles se puseram a caminho", sussurrou PJ, "o que é que fizeste ontem à noite?"

"Nada de especial. Comeste. Dormiste. O costume."

"Mostra-lhe."

PJ passou-lhe o telemóvel e carregou no play.

Era um vídeo do YouTube. Dele, na sua cadeira de rodas, a voar pelo céu, transportando pessoas feridas. A sua cadeira era vermelha como sangue, movendo-se tão depressa como um borrão em chamas. As suas asas brancas eram visíveis. E o contraste daquela risca preta no seu cabelo louro acentuava a sua aparência.

"Não sei", disse E-Z, enquanto coçava a cabeça e não dava qualquer explicação. Esperou que os anjos chegassem e apagassem a mente dos seus amigos - não o fizeram. Esperou que o mundo parasse completamente - e não parou. Pergunta-se se alguma vez voltará a ver os seus pais. Será que isto era um teste? Fecha o telefone e devolve o telemóvel.

"Meu", disse Arden, enquanto a mãe entrava num lugar de estacionamento.

"Despacha-te ou vais chegar atrasado", disse ela enquanto abria a mala do carro.

"Vejo-te mais tarde", disse Arden enquanto a mãe se afastava.

Os três amigos dirigem-se para a escola sem se falarem. A última campainha de aviso estava prestes a tocar a qualquer momento.

E-Z rodou pelo corredor, sorrindo para si próprio e ao mesmo tempo preocupado com quem mais poderia ver o vídeo. Embora fosse espantoso ver-se a si próprio em ação. Como um Super-Homem mais fixe. Um verdadeiro herói. Salvou pessoas. Salva vidas. Ele e a sua cadeira de rodas eram invencíveis. Eram um duo dinâmico. Perguntava-se se precisariam da ajuda dos dois aspirantes a anjos. Tinha-te sabido bem. Cada um dos teus momentos. O salvamento. O salvamento. A conclusão bem sucedida de outra prova. Fantástico. Se ao menos pudesse contar o seu segredo aos seus melhores amigos.

"E-Z Dickens!" A Sra. Klaus, a sua professora, chama-o.

"Sim, senhora", disse E-Z, virando a página para ler a lição. Pergunta-se porque é que está a perder tempo na escola. Já não precisava de o fazer.

✳✳✳

Tenta não adormecer durante a aula. A Sra. Klaus estava de olho nele, mais do que o habitual. Sempre que ele adormecia, ela levantava a voz. Ele acordava sem saber do que ela estava a falar.

Quando a campainha tocou e a aula terminou, os alunos separaram-se para que ele fosse o primeiro a sair pela porta. Olha de relance para alguns dos seus colegas, para dizer obrigado. Poucos estabeleceram contacto visual. A maioria desviou o olhar. Ainda não estavam habituados ao seu novo estatuto.

No corredor, uma multidão de colegas e admiradores esperavam-no. Os flashes disparavam, enquanto as fotografias eram tiradas por máquinas fotográficas e telemóveis. Espera que o jornal da escola esteja lá. Talvez até escrevessem um artigo sobre ele. Espera um minuto. Nunca mais voltava a ver os pais - não se toda a gente soubesse! Como é que isto aconteceu? Empurra a cabeça. Continuam a aplaudir, cada vez mais alto. Alguns gritam: "Discurso!"

PJ aproximou-se e perguntou: "Tens visto o Facebook ultimamente?"

E-Z encolheu os ombros.

"Dá uma vista de olhos nas últimas", disse PJ, mostrando ao amigo os cabeçalhos.

"Herói local numa cadeira de rodas." Ele parou de se mexer e clicou no clip. Dizia que o herói local frequentava o liceu Lincoln, em Hartford, Connecticut. E-Z percebeu logo que os alunos pensavam que ele era o herói - e era mesmo - mas não podiam saber isso. Não era suposto saberem nada disso. Era suposto terem apagado as suas mentes, como fizeram ao Tio Sam. Mas isso não importava - ele não vivia em Hartford Connecticut. Eles enganaram-se. Porque é que os seus colegas estavam a aplaudir?

Ele avançou, eles saíram do caminho. Saiu diretamente para a chuva torrencial. E-Z pensou se poderia usar os poderes recém-descobertos da sua cadeira para seu benefício pessoal. Mesmo que não houvesse uma crise ou uma provação, será que conseguia fazer magia ou um ritual para regressar a casa? Pensa nisto enquanto continua a andar pelo passeio. Uma vez, a sua cadeira ajudou-o a salvar uma menina, antes mesmo de ter poderes especiais.

Pensa em palavras mágicas como bibbidi-bobbidi-boo e expelliarmus. Tenta ambas na sua cadeira de rodas, mas nenhuma delas faz nada. Olha por cima do ombro e ouve passos atrás de si. Esperava um dos seus amigos - em vez disso, era um aluno mais novo, que perguntou: "Onde estão as tuas asas?

E-Z riu-se: "Não tenho asas". E-Z riu-se: "Não tenho asas". Na hora certa, as suas asas saíram e levaram-no para o céu. No início, pensou "oh não", mas decidiu aceitar e acenou ao miúdo que estava no passeio. O miúdo estava tão entusiasmado que nem sequer pensou em pegar no telemóvel para captar o momento. "Para casa!", ordenou. Um clarão de luz vermelha levou-o para o outro lado do céu, mesmo ao lado da sua casa, porque a cadeira tinha outro sítio para eles estarem.

Continuaram a voar até estarem diretamente sobre um centro comercial. Ele sentia o ar a vibrar, puxando-o para mais perto do local onde era necessário. A cadeira apontou para baixo, atirando-o para um banco e depois parando em pleno ar. Os clientes lá em baixo continuavam a circular - ele estava fora do seu campo de visão. Continua a não fazer ideia porque é que estava aqui.

Isto é outro julgamento? perguntou. Espera, mas não obtém resposta. Se era outro julgamento, então o tempo entre eles era cada vez menor. Onde é que estavam aqueles dois anjos - não era suposto estarem a protegê-lo? Pensa nas outras provas. A maior parte delas acontecia durante a noite. No escuro. Talvez os aspirantes a anjos não pudessem sair para a luz, como os vampiros? Riu-se dessa estranha ligação e esperou que fosse verdade. De alguma forma, não se importava que desta vez fosse só ele e a sua cadeira. E-Z regressou ao momento. Os clientes estavam a gritar dentro do centro comercial. Voa para a frente, para fora do banco e para uma loja de departamentos próxima. O local estava praticamente sem pessoas.

Ao tocar no chão, as rodas rodaram sozinhas e levaram-no. E-Z tentou assumir o controlo. Mas a cadeira de rodas também queria controlar. Acelera, cada vez mais rápido. No final, deixa que ela domine, com medo de ficar com os dedos mutilados.

A cadeira parou completamente quando os clientes se espalharam pelo chão, cerca de 2 metros à sua frente. A maior parte deles estava de barriga para baixo e de bruços no chão. Alguns tinham as mãos na nuca, outros tinham as mãos atrás das costas.

Em várias posições, vê câmaras de segurança que apenas mostram estática. Não é um bom sinal.

A cadeira de rodas dá um novo salto para a frente, em direção a uma jovem mulher. Vestia-se com equipamento de camuflagem e tinha um chapéu sobre os olhos. Era de traços claros, provavelmente loira e de olhos azuis, do tipo modelo. Empunha uma espingarda numa mão e uma faca de caça na outra. A sua quietude ao empunhar as armas incomodava-o. Isso e o uso excessivo de batom vermelho maçã doce. Estava manchado, transformando um sorriso assustador numa careta ameaçadora.

E-Z considerou os que estavam em perigo no chão. Há quanto tempo estavam ali? De que é que ela estava à espera? Teria exigido dinheiro? Quem, fora da loja, sabia que esta cena de reféns estava a acontecer, uma vez que as câmaras não estavam a funcionar?

Um dos tipos no chão chamou-lhe a atenção. E-Z levou o dedo aos lábios. O tipo virou-se para o outro lado, e foi então que viu um telemóvel no chão com uma luz vermelha a pulsar. Estava a gravar o som. Esperava que a rapariga não reparasse - parecia que se ia passar a qualquer momento.

A cadeira de E-Z descolou, como uma explosão de um canhão, e logo estava em cima da rapariga. A arma dela voou numa direção e a faca na outra. O invólucro metálico da cadeira caiu.

"Chama o 112", gritou E-Z. E para os clientes no chão, "Sai daqui!" Eles correram sem olhar para trás. Agora estava sozinho com a rapariga maluca. "Porque é que fizeste isto?", perguntou ele.

Ela cantou a letra de uma canção que ele já tinha ouvido: "Não gosto das segundas-feiras", depois sorriu, revirou os olhos e disse: "Além disso, é só um jogo". Volta a cantarolar a canção durante alguns segundos, com os olhos fechados. Depois abriu-os e, com um olhar selvagem e uma gargalhada, disse: "Ah, e se precisares de um profissional para pintar o cabelo como deve ser, eu conheço alguém."

"Obrigado", disse ele, passando os dedos pelo cabelo.

Lembra-se de uma canção que a mãe cantava. Uma história verdadeira, sobre um tiroteio. A banda tinha o nome de ratos, ou ratazanas.

Abana a cabeça. A rapariga à sua frente parecia-se com uma personagem de um jogo que ele tinha jogado algumas vezes. Até o batom manchado. Não se lembrava de qual, mas tinha a certeza que ela estava a imitar um jogador. "Jogar um jogo é uma coisa - ninguém se magoa. Isto é a vida real. Se não gostas de uma coisa, pára de a fazer! Não magoes os outros".

"Desaparece", respondeu ela, "como se eu tivesse alguma escolha no assunto."

A polícia entrou em cena e ele teve de ir embora.

Encontraram a rapariga presa com as armas amarradas com nós no corredor de segurança de uma consola de jogos.

Dirige-se para casa, à espera que o temido ardor das asas o atinja. Conseguiu chegar até lá, até agora tudo bem.

Mas tinha tanta fome que mal podia esperar para comer qualquer coisa a que pudesse deitar a mão.

No frigorífico, tinha metade de um frango, que comeu enquanto esperava que o queijo derretesse na frigideira. Deita abaixo o queijo grelhado. Depois faz outro, enquanto mastiga uma maçã. Quando acaba de comer a maçã, tira um gelado da banheira. A dor nunca apareceu, mas teria um grave problema de peso se continuasse a comer assim.

"Tio Sam?" chamou, verificando se ele estava em algum lugar da casa - não estava. Vai para o escritório e faz os trabalhos de casa, depois joga uns jogos. Continua a não encontrar o Sam. Não recebes SMS. Não recebia chamadas ou mensagens de voz. Sam avisava-o sempre que chegava tarde a casa. Estranho. Onde é que ele estava?

CAPÍTULO XXII

Já passava da meia-noite e ainda não havia sinal do Tio Sam. Era a primeira vez que não fazia o jantar e muito menos que não dizia a E-Z onde estava. Ele sabia como o sobrinho ficava ansioso quando as coisas estavam fora do seu controlo. Nessas alturas, o adolescente tinha comichão na pele, como se o seu sangue estivesse a ferver à superfície.

Sentado na sua cadeira de rodas, fez o equivalente a andar de um lado para o outro. Faz rolar a cadeira pelo corredor e volta a descer. A parte mais difícil era dar a volta, o que fazia no seu escritório. No caminho de volta para a cozinha, liga a televisão para criar algum ruído branco. Pára para ver antes de voltar para o corredor e uma experiência fora do corpo toma conta dele.

Estava na sala de estar, na sua cadeira de rodas, a ver-se a si próprio na televisão, na sua cadeira de rodas. E-Z abanou a cabeça, tentando perceber o que se passava. Porque é que Hadz e Reiki não tinham apagado as suas memórias? Depois aconteceu - o repórter disse o seu nome e a sua morada atual, incluindo o subúrbio. Desta vez, acertou em tudo - e não parou por aí.

"E-Z Dickens, de 13 anos, queria ser um jogador profissional de basebol. E tinha talento para isso. Depois, um acidente tirou-lhe os pais - e as pernas. O órfão - tornado super-herói - vive agora com o seu único parente, Samuel Dickens."

Ele queria dar um pontapé no ecrã da televisão. Eles disseram-no, sem mais nem menos. Como se todos os super-heróis tivessem de ser órfãos. Como se fosse um pré-requisito. Quando o telefone tocou, esperava que fosse o Sam - era o Arden.

"Estás a ver?", perguntou ele. "Disseram a toda a gente onde vives!"

"Eu sei", disse E-Z. "O pior é que o tio Sam está ausente. Liga-me sempre, aconteça o que acontecer."

Arden falou com o pai. "Fica aí, o pai e eu vamos já para aí. Podes ficar connosco, até tu e o Sam decidirem o que fazer. Deixa um bilhete para ele."

"Obrigado, mas eu fico bem aqui."

"O pai diz, nada de ses, e ou mas. Ele diz que os repórteres vão estar em cima de ti como brancos em arroz - o que quer que isso signifique."

"Não tinha pensado que os jornalistas viriam cá. Está bem, vou preparar-me."

Vai para o quarto, faz uma mala para a noite e depois vai para a cozinha escrever um bilhete e colocá-lo no frigorífico. Um veículo parou de repente lá fora, com os pneus a chiar. Uma porta bateu, depois foram disparados tiros e estilhaços de vidro rebentaram pelas janelas. A porta da frente rebentou pelas dobradiças, enquanto a sua cadeira se dirigia para o atirador, que não parava de disparar à medida que se aproximava.

"É apenas um miúdo", disse E-Z, aproveitando a sua hesitação. Agarrou na arma, deu-lhe um nó e atirou-a para o outro lado do relvado.

O rapaz, que era mais novo do que E-Z, aproveitou os segundos em que ele estava a atirar a arma para o derrubar no chão.

"Não é fixe", disse E-Z, enquanto a cadeira o empurrava e deixava cair a gaiola de metal em cima do miúdo, que chorava e pedia a mamã. "Afasta-te", disse E-Z à cadeira.

O miúdo estava enrolado na posição de feto, a tremer e a chorar. A cadeira retraiu a gaiola: o rapaz não se mexeu.

E-Z, agora de volta à cadeira de rodas, perguntou: "Quem te trouxe até aqui? E porquê tantos tiros?"

"Não é nada de pessoal", explica o miúdo. "Eu tinha de o fazer. Uma voz na minha cabeça disse-me que tinha de o fazer. Ou eles matavam-me a mim e à minha família. Foi por isso que roubei as chaves do meu pai e aprendi a conduzir - depressa."

"Nunca conduziste antes?"

"Só em jogos."

Outra vez nos jogos. "De quem estás a falar? Como é que eles se chamam?"

"Não sei. Jogo alguns jogos online. Uma mulher entrava no jogo e dizia-me que ia matar a minha irmã. Mudava para outro jogo e outra mulher dizia-me que ia matar os meus pais. No jogo que estava a jogar hoje, uma terceira mulher disse-me que se eu não matasse um miúdo que vivia nesta morada, haveria consequências terríveis". O miúdo correu para o E-Z, mas não foi longe. A cadeira empurrou-o e baixou a lança.

"Tira-me daqui!", exigiu o miúdo.

E-Z riu-se; o miúdo tinha tomates. "Baixa-te", disse ele à cadeira e ajudou o miúdo a pôr-se de pé. O miúdo agradeceu-lhe, cuspindo-lhe na cara. Ele cerrou os punhos e pensou em arrancar a cabeça do miúdo, mas não o fez. Em vez disso, abraça-o. O miúdo começou a chorar outra vez, as suas lágrimas caíram sobre os ombros e as asas de E-Z.

"Obrigado, meu", disse o miúdo. Afasta-se, põe a mão sobre o coração e desaparece.

Quando a polícia finalmente chegou, E-Z estava sentado na sua cadeira no passeio. Depois, já não estava. Estava novamente dentro do silo, sentindo-se claustrofóbico na escuridão total.

✳✳✳

Anteriormente, quando estava no contentor metálico, conseguia mexer-se. Agora estava na sua cadeira de rodas e mal se conseguia mexer. Tenta mexer os dedos dos pés dentro dos sapatos - não os consegue sentir. Se as suas pernas não funcionavam aqui, então estava contente por estar na cadeira de rodas. Afinal, eram uma equipa: como o Batman e o Batmobile. Em resposta aos seus pensamentos, a cadeira de rodas avançou como um mastim com chumbo.

"Tira-nos daqui", ordenou E-Z.

Sentiu um movimento por cima dele. Um movimento de luz como uma nuvem a avançar pelo céu. Se ao menos pudesse voar e escapar pelo telhado, mas as suas asas não tinham espaço para se expandir.

A sua pele começou a borbulhar e ele começou a ter comichão. Onde é que estava aquele spray calmante de alfazema?

PFFT.

"Uh, obrigado", disse ele. Até esta coisa conseguia ler-lhe a mente.

Os seus ombros relaxaram, enquanto ele formulava uma lista de exigências;

Número um. Ele queria contar tudo ao Tio Sam. E ele queria dizer tudo. Não deixes nada de fora.

Número dois. Queria que o PJ e o Arden soubessem. Não tudo, como o Tio Sam faria. Mas o suficiente para perceberem a pressão a que ele estava sujeito. O suficiente para que o pudessem apoiar e encorajar. Detestava mentir-lhes. Precisava que eles soubessem dos testes. Porque os estava a fazer. Como se ele tivesse alguma escolha no assunto.

Número três. Queria que lhe pedissem autorização antes de o raptarem. Assim saberia o que esperar a seguir. Ele odiava ser deixado nesta coisa.

Número quatro. Queria saber onde estava. Porque é que o deixavam cair sempre no mesmo contentor. Porque é que às vezes as suas pernas funcionavam e outras não. Porque é que às vezes a sua cadeira estava com ele e outras vezes não.

"Espera doze minutos", diz a voz de uma mulher. "Queres uma bebida?"

"Água", disse ele, enquanto o metal à sua direita cuspia uma prateleira com um copo de água em cima. "Obrigado." Atira-o de volta. Volta a encher o copo até ao topo. Pousa-o para mais tarde.

Já mais descontraído, vem-lhe à cabeça uma canção. O teu pai adorava-a. A cadeira de rodas balançava para a frente e para trás, enquanto ele cantava a letra. A cadeira estava a ganhar impulso - como se estivesse a tentar libertar-se.

Segundos depois, estava de volta a casa, no seu quarto, com vidros partidos por todo o lado. Luzes azuis e vermelhas pulsavam nas paredes. Agora, junto à janela partida, olha para fora.

Olha para fora. "Ele está lá em cima!", gritou um repórter.

✳✳✳

"**O**utra vez não!", gritou ele, agora de volta ao contentor de metal. "Tira-me daqui!" Bate com o pé na parede do silo. "Ai!", grita. Depois sorri, feliz por voltar a sentir as pernas e levanta-se. Levanta o punho no ar: "Quem pensas que és para me trazeres para aqui, ao sabor dos teus caprichos!"

"O tempo de espera é agora de seis minutos, por favor mantém-te sentado."

As correias saíram das paredes à sua frente, atrás e de cada lado dele. Foi amarrado no seu lugar. Luta para se libertar, mas as correias de couro só apertam mais. Em breve, tudo o que conseguia mexer era a cabeça e o pescoço.

PFFT.

"Ah, lavanda", disse ele. Por baixo dele, a cadeira de rodas começou a abanar e a tremer. "Vais ficar bem. "És demasiado cobarde para vires cá abaixo e me enfrentares?

PFFT.

PFFT.

Desmaia.

✳✳✳

Dormiu profundamente até que o telhado do silo se abriu como o Houston Astrodome. E uma coisa engoliu a luz. Ele podia senti-la, antes de a ver. Tirando a luz do seu mundo. Debaixo dele, a cadeira de rodas tremeu, enquanto a coisa acima entrou em queda livre.

Parou completamente, como uma aranha no fim da sua corda.

Lúcifer?

Satanás?

Espera, com demasiado medo para falar.

"Olá - o - o - o", rugiu a criatura alada, com a voz a fazer ricochete nas paredes.

Ele desejava tanto poder tapar os ouvidos.

A coisa sorriu, expondo dentes como lâminas enquanto libertava um fedor pútrido e fétido.

Engasgou-se, tossiu e desejou poder tapar também o nariz.

A besta riu-se com um rugido, que trovejou para cima e para baixo na sua prisão de metal como se estivesse a estalar pipocas. Aproximou-se da cara do adolescente e disse: "Não estou a falar a tua língua, senhor?"

E-Z não respondeu. Não podia. Sentia-se muito pouco heroico. O facto de a sua cadeira de rodas parecer estar a tremer por baixo dele não lhe dava confiança.

"NÃO ME ENTENDES?", gritou a coisa, abanando a prisão de metal até aos alicerces. A coisa aproximou-se ainda mais: "TU. TU. NÃO. OUVES. NÃO ME OUVES?"

Parecia uma nuvem falante com uma cabeça no centro, preparando-se para chover sobre ele com trovões e relâmpagos. Cravando as unhas nos apoios de braços, arranja coragem para dizer: "Sim". Repassa a lista de exigências na sua cabeça.

A besta rugiu e o fogo saiu-lhe da boca. Felizmente para E-Z, o calor sobe. De repente, sente muita fome, de bacon.

"Eu gosto de bacon", confessou a criatura.

E-Z perguntou-se se teria dito aquilo do bacon em voz alta. Mesmo com o seu nível acelerado de medo, sabia que não o tinha dito. Isso significava uma coisa: toda a gente conseguia ler-lhe a mente! Endireitou-se e tentou proteger-se fechando a mente. Os seus pensamentos correram para as comidas, panquecas no Ann's Café, um batido de chocolate espesso, xarope amanteigado. Qualquer coisa para manter o medo à distância e a ansiedade em baixo. Isto era uma tortura, aquela coisa podia ler os teus pensamentos e aprisioná-lo para sempre. Será que havia um sindicato de super-heróis a que ele se pudesse juntar?

"Bah, ha, ha!" a coisa riu-se.

E-Z desejava tanto poder chegar aos seus ouvidos, mas como não podia, consolou-se com o facto de, pelo menos, a coisa ter sentido de humor. "Porque é que estou aqui?"

A coisa não respondeu de imediato, por isso tentou persuadi-lo com um olhar fixo. Era especialmente difícil manter o olhar fixo, uma vez que a cadeira estava sempre a tentar atirá-lo para fora dele. Fecha os punhos, fazendo sangue.

A criatura moveu-se com uma agilidade de serpente, a sua língua espumosa a saltar para trás e para a frente enquanto lambia os punhos de E-Z.

"Ewww!", grita ele. "Isso é tão nojento!"

"Mais, por favor!", exigiu a coisa, enquanto o sangue na sua língua tremeluzia como gotas de chuva.

E-Z já tinha estado assustado antes, mas agora estava muito mais do que assustado. Estava mais para petrificado - mas ele era um super-herói. Tinha de ir buscar forças a algum lado - mesmo que a cadeira fosse inútil.

"Nah, nah, nah, nah, nah, nah", cantava a coisa, enquanto se aproximava, depois se afastava, depois voltava a aproximar-se. Fazia ricochete nas paredes.

Depois de alguns instantes, a criatura instalou-se. Cruza as pernas em pleno ar. Depois coloca o seu longo dedo ossudo na bochecha. Parece que espera ter uma conversa amigável.

"Hadz e Reiki foram retirados do teu caso", sussurrou a coisa. "Aqueles dois eram imbecis. Menos do que inúteis. Eu sou o teu novo mentor."

A criatura negra descruzou-se. Voa para cima, faz uma meia vénia com um floreado e sobe mais alto no contentor.

E-Z pensou durante alguns segundos antes de responder. Aquelas duas criaturas tinham-lhe sido leais. Ajudaram-no e cuidaram dele - e, mais importante, não beberam sangue humano.

"C-podemos falar sobre isto?" perguntou E-Z. Tenta sorrir. Não sabia como é que ficava do outro lado da coisa.

"NÃO!", disse a coisa, aproximando-se da saída.

E-Z viu-a a subir. Desamparado. Sem esperança.

"Espera!", gritou ele, a coisa estava metade dentro e metade fora do contentor. "Ordeno-te que esperes!" E-Z disse, enquanto o teto começava a fechar-se, depois a coisa estava na tua cara num instante.

"Y-E-S?", perguntou.

"Quero falar com o teu patrão, para trazer o Reiki e o Hadz de volta. Eles são mais adequados para as minhas, as minhas provas. Para o sucesso das provas."

"Não gostas de mim?", gritou a criatura com uma voz que parecia unhas num quadro-negro.

"Pára! Pára! Por favor!"

"Trazer de volta aqueles dois idiotas está fora de questão," a coisa girava como um hamster numa roda.

"Pára com isso! Estás a deixar-me tonta! Tira-me daqui!"

"Está bem", disse a coisa, cruzando os braços e pestanejando como a mulher do antigo programa de televisão I Dream of Jeannie.

O silo desapareceu, enquanto E-Z e a sua cadeira ficaram a cair no chão.

"Ahhhh!", grita.

Depois a cadeira de rodas desapareceu.

E enquanto continuava a cair, abanava os punhos à criatura que estava por cima dele. Prepara-se para a queda.

"Já agora, chamo-me Eriel."

"Exclama: "Arrggghhhh!

Depois, volta a sentar-se na cadeira de rodas e agarra-se à vida. Continuam a cair.

CAPÍTULO XXIII

D ESCARREGA!

Atravessa o telhado da casa dele. A cadeira de rodas inclinou-se para a frente e atirou-o para a cama. Depois rolou para o chão. Ambos estavam bem. Não te preocupes com o desgaste.

Por cima dele, o buraco que tinham feito remendava-se sozinho.

"Oh, aí estás tu!" O Sam disse. "Uh, sê bem-vindo a casa."

E-Z nem tinha reparado nele. Estava a dormir profundamente na cadeira do canto.

Sam espreguiçou-se e bocejou. Depois cambaleou até à sala onde estava um jarro de água. Bebeu um copo cheio e depois ofereceu um copo ao sobrinho.

"E aquela criatura malvada da Eriel? disse Sam.

E-Z quase cuspiu a água.

"Quem? O quê?

Continua. "Aquela Eriel, é a criatura voadora mais nojenta e asquerosa que eu nunca esperaria conhecer! Cerra os punhos. "Espero que me possas ouvir, onde quer que estejas! Eu não tenho medo de ti!"

O queixo de E-Z quase caiu no chão.

Sam continuou. "Aquela coisa tinha-me dentro de um contentor de metal. Agora já sei porque é que estavas a ter um pesadelo. Era mesmo como um silo. Ele disse-me que eu tinha de lhe entregar a tua tutela, senão levavas um tiro."

"Oh, isso", disse E-Z. "Espero que tenhas visto os vidros partidos. Era um miúdo, tentou matar-me."

"Eu sei tudo sobre isso. Vi tudo de dentro do silo. Sabias que havia lá uma televisão de ecrã gigante? Sabias que havia lá uma televisão de ecrã grande? E um sistema de som bastante bom.

"O quê? Eu estava lá e a Eriel não me disse nada sobre ti ou sobre ficar com a tutela." Atravessa a sala e olha para o teto: "Isto é um teste, Eriel? Se eu disser alguma coisa, vais cancelar a oferta? Dá-me um sinal".

"Com quem estás a falar? Com quem estás a falar? Se estivesse, podíamos sentir o seu cheiro a uma milha de distância. Não, estamos sozinhos - apesar de eu ter levantado os punhos para ele. Não esperava que ele me ouvisse."

"Provavelmente tem olhos e ouvidos em todo o lado."

"Dizem que Deus tem olhos e ouvidos em todo o lado. Se ele existir."

"Que mais te disse ele, sobre mim?"

"Disse-me que estavas destinado a morrer com os teus pais. Ele e os seus colegas salvaram-te - e agora tens de completar uma série de provas."

"É verdade. Jurei guardar segredo, por isso pergunto-me porque é que ele te revelou esta informação."

"No início, ele tentou intimidar-me, mas tu livraste-te do problema com o miúdo. Ele deixou-me aqui em casa e eu não te encontrei em lado nenhum."

"Sim, porque ele tinha-me no contentor."

"Ele fez-me entrar e sair algumas vezes, mas eu recusei-me a ceder a tua tutela. Depois da segunda ou terceira vez, ele disse que tinhas pedido que me contassem tudo e..."

"Eu inventei um plano para lhe perguntar isso. Não lhe disse o que era - mas ele, como quase toda a gente ultimamente, consegue ler-me a mente."

"O que queres dizer com toda a gente?"

"Uh, antes de Eriel, havia dois aspirantes a anjos chamados Hadz e Reiki."

"Oh, ele mencionou dois imbecis. Disse que foram despromovidos para trabalhar nas minas de diamantes."

"O céu tem minas?"

"Duvido que aquela coisa fosse do céu - se é que existe tal coisa."

"Importas-te que vamos à cozinha comer qualquer coisa?" perguntou E-Z. Seguiram pelo corredor, Sam pôs o grelhador a funcionar e preparou pão com queijo e manteiga. "Enquanto dormias, fiz alguma pesquisa sobre o Eriel. Foi preciso cavar um pouco para o encontrar, mas assim que reduzi a busca, encontrei ouro." Vira as sandes para os pratos e leva-as para a mesa.

"Obrigado, mal posso esperar para ouvir tudo sobre isso. Importas-te que eu comece logo?"

"Não, vai em frente." Sam viu o sobrinho dar quatro dentadas e depois a sanduíche desapareceu. Passa a sua própria sanduíche, afinal não tinha fome. "Comecei a pesquisa com a palavra Eriel. Não apareceu nada. Então, escrevi Arcanjos e o nome Uriel estava mesmo no topo da página.

"Achas que são a mesma coisa?" Dá outra dentada.

"Foi o que pensei ao princípio. Depois encontrei uma lista de arcanjos e o nome Radueriel na mitologia judaica. Quando verifiquei a sua descrição, diz que ele podia criar anjos menores com uma simples expressão."

"Queres dizer, como Hadz e Reiki? Espera um minuto, se ele os criou, provavelmente foi por isso que os conseguiu enviar para as minas."

"É exatamente o que penso. Então, acho que, com base nessa informação, sabemos agora que Eriel, também conhecido como Radueriel, é um arcanjo."

E-Z acenou com a cabeça.

"Então, continuei a investigar e encontrei isto. "Um príncipe que olha para lugares secretos e mistérios secretos. Também, um grande e santo anjo de luz e glória."

"Uau, ele é mesmo um mauzão!

"Consegue também criar algo do nada, manifestando-o do ar."

"Então, deduzo que ele pode mudar a sua própria aparência e a dos outros."

"Tens razão. E eu escrevi algumas palavras. Empurra o pedaço de papel para o outro lado da mesa. "Mas não as digas em voz alta. Se o fizeres, vais convocá-lo." As palavras no papel eram:

Rosh-Ah-Or.A.Ra-Du,EE,El.

"Memoriza as palavras neste pedaço de papel, para o caso de alguma vez precisares de o invocar até ti."

"Como é que sabemos que vão funcionar?"

"Usa-as apenas se tiveres de o fazer. Não vale a pena chamá-lo aqui - a não ser que seja um último recurso."

"Concordas." Enquanto as repetia vezes sem conta na sua mente, sentiu-se reconfortado por saber que o arcanjo não estava a ler continuamente a sua mente.

"Eriel disse que eu devia ajudar-te com as provas. Suponho que salvar aquela menina foi a primeira que tiveste de fazer?"

"Até agora fiz várias. A primeira, sim, a menina. A segunda, salvei um avião de se despenhar."

"Uau! Adorava saber mais sobre como o fizeste. Surpreende-me que não tenhas aparecido nas notícias."

"Apareci, mas não conseguiste perceber que era eu. No terceiro, detive um atirador no telhado de um edifício na baixa. Quarto, outro atirador num centro comercial com reféns e quinto, o miúdo lá fora a tentar matar-me."

Sam pegou nos pratos e levou-os para a máquina de lavar louça. "Não te consigo dizer o quanto estou orgulhoso de ti. Tudo isto está a acontecer e eu não fazia a mínima ideia."

"Jurei-te segredo. Se contasse a alguém, eles..."

"Faziam com que nunca mais visses os teus pais - sim, ele disse-me. Isso parece-me um pouco suspeito. Eriel não é do tipo sentimental, era como uma grande bola de raiva à espera de um alvo."

"Eu magoei os sentimentos dele, quando ele pensou que eu não gostava dele.

Sam zombou. "Imagina essa coisa, ter sentimentos. Levanta-se. "Queres um café?"

"Preferia cacau. Ele bocejou. "Foi um dia muito longo."

"Podemos falar mais sobre isto de manhã, mas o que achas do prazo? Fizeste cinco ensaios, em quantos dias?

"Foram aleatórios. Não sei nada sobre um prazo fixo."

"Eriel disse-me que tens de fazer doze provas em trinta dias. Se já estás há duas semanas, então vão ter de aumentar o ritmo - e muito."

"É a primeira vez que ouço isso."

"Ele disse que se não os completares a tempo, morres."

"O quê?"

"E também que todos os que salvaste vão morrer. Sam fez uma pausa, a ideia de o perderes agora, quando ainda agora tinham começado. A sua vida voltaria a ser vazia, só trabalho, casa, trabalho, casa. E-Z estava a olhar para ele, à espera. "Desculpa, estava a pensar no quanto significas para mim, miúda. Mas ele disse-me outra coisa, que tu morrerias com os teus pais. Isso significaria que tudo o que fizemos, todo o tempo que passámos juntos, desapareceria. E não estou a dizer que possa ou queira tomar o lugar dos teus pais, mas sabes o que estou a dizer, certo? Eu amo-te, miúda."

"Igualmente para ti", disse E-Z. Ele queria abraçar o Sam e o Sam queria abraçá-lo, ele percebia e, no entanto, os dois estavam comovidos. Respira fundo: "Isso é duro. Mas soa mais a Eriel".

"Mais uma coisa, ele disse que cada vez que completas uma prova, a tua alma aumenta. Quando chegares aos doze, estará no valor ideal. Moeda da alma que podes usar para voltar a ver e a falar com os teus pais."

A cadeira de E-Z afastou-se da mesa quando a porta da frente rebentou com as dobradiças e ele se lançou para o céu.

"Arghhhhhh!" Sam gritou por trás dele. Agarrou-se à cadeira e às asas do sobrinho como um papagaio desgarrado.

"Agarra-te! disse E-Z. "Acho que a Eriel está a chamar-te.

E voaram.

CAPÍTULO XIV

"Espera - vamos aterrar". A tua cadeira de rodas desceu.

"Quem me dera ter um cinto de segurança, também! Sam exclamou, envolvendo os braços à volta do pescoço do sobrinho.

"Não te preocupes, vai ser uma aterragem segura.

"Se eu não me soltar antes disso! Não te preocupes, vai ser uma aterragem segura.

Enquanto desciam, E-Z avistou um círculo de estátuas. Não tendo mais nada para fazer, conta-as - eram cem e havia algo no meio. Estranho, já tinha estado muitas vezes no centro da cidade, mas não se lembrava deste grupo de blocos de betão. As rodas da cadeira tocaram no chão, mas Sam continuava a agarrar-se à vida.

Agora está tudo bem", disse E-Z. "Podes abrir os olhos. "Podes abrir os olhos.

E abriu. "Eu mato aquele Eriel da próxima vez que o vir!"

"Shhhh. Pode ser mais cedo do que pensas." A coisa que ele tinha visto no centro das estátuas era Eriel em forma humana, em características físicas mas não em tamanho. Além disso, estava sentado numa cadeira de rodas que pairava como um trono mágico.

O seu cabelo era preto como azeviche e escorria-lhe pelos ombros até à cintura. Os seus olhos eram como carvão, e a sua tez como alabastro. O queixo estava coberto de barba por fazer, como se fosse uma sombra das seis horas, embora fosse mais perto do meio-dia. Os seus lábios eram muito vermelhos, como se tivesse passado batom fresco. E o nariz parecia o de um jogador de futebol americano que o tivesse partido mais do que uma vez. Como roupa, usava uma t-shirt branca, calças de ganga pretas e, nos pés, um par de sandálias de Jesus.

E-Z rodou em círculo, olhando de novo para os cento e dez homens. Todos eles estavam vestidos com roupas modernas. A maior parte deles usava óculos e fatos de treino. Então soube a verdade: Eriel tinha transformado cento e dez homens vivos em estátuas.

E não era só isso. Apercebe-se de que, apesar de estarem no centro da zona comercial, não havia nenhum dos sons habituais. Num dia normal, os carros presos no trânsito estariam a tocar as buzinas e os gases de escape estariam a encher o ar.

O silêncio era perturbador, mas o ar fresco e limpo fazia-o inspirar mais profundamente. Acalma-o. Sabe que é a calma que antecede a tempestade.

Olha para o céu. Um avião de passageiros está parado em pleno ar. Ao lado dele, pássaros que deixaram de voar. Como pano de fundo, nuvens. Imóvel. Paradas.

Então, tudo acima dele mudou de azul para preto.

E o silêncio que outrora era sinistro, foi rasgado.

O que o substituiu foram gemidos. Gemidos. Como se as raízes das árvores fossem arrancadas da terra. E o ar engrossou e enrolou-se à volta das suas gargantas. Roubando-lhes a respiração.

E debaixo dos seus pés, o chão começou a tremer. Abriu-se completamente. Um terramoto. Rasgando. Rasga.

E o sol, a lua e as estrelas brilharam todos juntos, mas só por um segundo. Depois rebentaram e desfizeram-se num milhão de pedaços.

"Porque transformaste os homens em estátuas? E porque é que estás a tentar destruir o mundo?" perguntou E-Z. "E porque é que estás a flutuar lá em cima numa cadeira de rodas?"

"Oh, não!", gritou Sam, brandindo os punhos no ar.

Eriel riu-se: "Já era altura de chegares aqui, protegido. Como te atreves a falar comigo, a fazer-me perguntas? Eu sou o grande e o poderoso, mas sou real, não sou falso como o Feiticeiro de OZ. Tu só existes porque eu escolhi salvar-te."

"Quando Ophaniel falou comigo na Biblioteca dos Anjos, ela nem sequer falou de ti.

Eriel riu-se e apontou um dedo ossudo que se esticou para baixo e tocou no nariz de E-Z. "O teu caso foi-me entregue, depois de aqueles dois idiotas, Hadz e Reiki, terem falhado nos seus deveres.

"Não me toques! O dedo retraiu-se. "Volto a perguntar-te, o que fazes aqui no meu território - e porque estás numa cadeira de rodas?"

"Tudo te será explicado", disse Eriel. Levanta os pés e sorri para eles. "Gosto destes sapatos, são muito confortáveis.

"Não são sapatos, são sandálias", disse Sam, aproximando-se da cadeira que pairava.

"Espera, Tio Sam, vem para trás de mim.

Eriel atirou a cabeça para trás e riu-se. "'A verdade é um cão que precisa de canil' - é uma citação de Shakespeare que significa que o teu tio deve ser domesticado."

"Porquê tu!" Sam gritou, levantando o punho no ar.

" É difícil vencer uma pessoa que nunca desiste' - é uma citação de Babe Ruth, um dos mais famosos jogadores de basebol de sempre." A cadeira de E-Z levantou-se do chão e voou para mais perto de Eriel.

"O basebol é um jogo de equilíbrio", disse Eriel. "É uma citação do escritor Stephen King. Hesitou, mas depois sorriu um sorriso tão grande que parecia que as suas bochechas iam desabar quando a cadeira de E-Z caiu como se fosse feita de chumbo. "Oops", disse Eriel, enquanto se ria.

Não demorou muito para que E-Z ganhasse o controlo da sua cadeira e esta subisse como um elevador. Tenta pôr as asas a controlar a situação. Mas não havia tempo, pois tinha-se transformado num pião e andava às voltas.

"Arrgghhhhh!", grita, cravando as unhas nos braços da cadeira. O pião parou, a cadeira voltou a cair como um balão de chumbo e depois parou.

Mais uma vez, tenta pôr as asas a funcionar. Elas não cooperavam e, quando deu por si, estava novamente a girar. Mas, desta vez, rodava no sentido contrário ao dos ponteiros do relógio.

"Hhhhgggggrrraaa!" gritou.

Eriel riu-se tão alto que fez tremer a terra.

Em baixo, Sam apanhou pedras do pavimento e atirou-as a Eriel, que se esquivou e baixou a maior parte delas. Mas uma pedra grande acertou no nariz da criatura. "Escolhe alguém mais próximo da tua idade!" gritou Sam.

Enquanto o sangue lhe escorria pela cara, Eriel põe o tio de E-Z no seu lugar.

"Nãooooooo!" gritou E-Z enquanto continuava a girar. Quando parou completamente, de cabeça para baixo, o que viu em baixo não podia estar errado. O Tio Sam era agora uma das estátuas num círculo: ali estavam cento e onze homens. Estava tão tonto, mas mesmo assim ocorreu-lhe uma frase e, como era tudo o que tinha, gritou-a o mais alto que pôde: "'Não acabou até que tenha acabado!

POP.

POP.

Hadz sentou-se num dos ombros do adolescente, Reiki no outro.

"Essa é uma citação de Yogi Berra e esta é minha e do Tio Sam!"

Nas suas mãos, segurava agora o maior taco do mundo, uma réplica do taco 54 de Babe Ruth, que brilhava com pó de diamante. Não fazia ideia do peso do taco, quando deu uma pancada em Eriel, no seu trono de cadeira de rodas, e o fez voar de um lado para o outro. E cantou: "Diz olá ao homem da lua quando o encontrares!"

Ao longe, a voz ecoante de Eriel disse: "Prova concluída!"

Hadz e Reiki aplaudiram. Tal como os cento e onze homens que tinham regressado às suas formas humanas, incluindo o Tio Sam.

"Claro que sabes que ele vai voltar," disse Hadz. "E vai ficar muito zangado!"

"Obrigado pela tua ajuda!" disse E-Z, enquanto ele e Sam voavam para casa.

Reiki e Hadz limparam as mentes dos cento e dez, depois voltaram a trabalhar nas minas e esperaram que ninguém reparasse que tinham descoberto como escapar.

Eriel continuou a girar fora de controlo enquanto formulava um plano de vingança.

EPÍLOGO

Depois de alguns dias atarefados, E-Z conseguiu finalmente dormir bem. Sonhava em jogar basebol e, no dia seguinte, Arden e PJ apareceram para o levar a um jogo. "Hoje não me apetece jogar, mas vou lá para dar moral", diz.

"Claro que sim", respondem os amigos.

Quando levaram o E-Z para o campo, insistiram para que ele jogasse. Precisavam que ele apanhasse, e ele concordou. Quando chegou a sua primeira vez no taco, quis bater por si próprio. Pega no seu taco preferido e dirige-se para a base. O primeiro lançamento foi alto, e ele falhou. A zona de lançamento estava muito condensada, pois ele estava sentado.

"Faz um strike", diz o árbitro.

E-Z afastou-se da base. Dá mais umas tacadas de treino e depois volta para trás. No lançamento seguinte, acerta na bola e ela sai fora.

"Faz dois strikes", diz o árbitro.

"Não há batedor, não há batedor", diziam os rapazes no campo.

O lançador atirou uma bola curva e E-Z inclinou-se para o lançamento e fez a ligação. Voa, para fora do campo. Passa por cima da vedação. Fora do parque.

"Apanha as bases", disse o árbitro. "Tu mereces, miúdo."

E-Z rodou à volta das bases, impedindo que a sua cadeira levantasse voo. Quando a sua cadeira tocou na base, os seus colegas de equipa juntaram-se à sua volta a aplaudir. Desfruta enquanto dura.

Até que voltou a aterrar dentro do contentor metálico - só que desta vez estava enrolado numa bola - e ficou sem cadeira. Como um recém-nascido, respira profundamente, pois é a única coisa que pode fazer. Espera. Os bebés conseguem virar-se sozinhos. Tudo o que ele tinha de fazer era concentrar-se, focar-se.

Sim, conseguiu. O único problema é que não estava melhor. Continuava enrolado, na escuridão. Confinado num espaço sem luz ou oportunidade de se mexer. De facto, a forma do contentor metálico era diferente desta vez. Era mais fino numa das extremidades, com a forma de uma bala.

Saber isto não ajudou em nada a sua claustrofobia e ansiedade. Perguntava-se quanto tempo conseguiria continuar a respirar neste espaço confinado. Não por muito tempo. Ficaria sem ar num instante e morreria. Inspira profundamente, tentando manter o nível de ansiedade baixo.

Uma coisa era certa, não havia maneira de Eriel caber nesta coisa com ele. A não ser que rebentasse com as paredes - o que talvez não fosse assim tão má ideia.

E-Z bateu nas paredes e no teto. Grita. Gritou. Lembra-se do telemóvel. Consegue alcançá-lo? Não estava lá. Tinha-o colocado no saco de desporto para cumprir a regra de não permitir telemóveis no campo.

Fora do contentor, ouviam-se sons perturbadores. Arranha. Ratos? Não, não ratos. Consegue lidar com muitas coisas, mas não com ratos. "Deixa-me sair!", gritou ele.

Um motor arrancou. Um veículo mais antigo, como um camião. O chão debaixo dele começou a abanar e a chocalhar à medida que a bala rolava para a frente e saltava.

Lá fora, o contentor fazia ricochete nas paredes. Dentro, estava num espaço tão confinado que não havia muito movimento. Essa era uma vantagem de estar preso numa bala.

O veículo embateu em algo e a cabeça de E-Z foi contra o topo da coisa. Ele gritou, mas o som desapareceu. O contentor de metal moveu-se novamente, para o lado. Bateu em alguma coisa, depois voltou à sua posição original. O ombro doía-lhe com o impacto.

E-Z pensou se aquilo seria uma tarefa de Eriel, mas decidiu que não podia ser. Começou a concluir que tinha sido raptado e estava a ser mantido em cativeiro. Mas porquê agora?

"Gritou quando o objeto metálico rolou e aterrou no fundo plano - onde estava o seu traseiro. Agora o peso estava mais bem distribuído. Estás confortável. Ou o mais confortável que podia estar, dadas as circunstâncias. Por isso, fica muito quieto até o veículo parar completamente e ele cair de ponta-cabeça.

Respira fundo, acalma-se e diz as palavras em voz alta,

"Roch-Ah-Or, A, Ra-Du, EE, El."

Enquanto espera, pergunta: "Onde estás, Eriel?

Roch-Ah-Or, A, Ra-Du, EE, El?"

"Tu convocaste-me?" Disseste Eriel. A sua voz era nítida e clara, mas ele não era visível.

"Sim, Eriel, acho que fui raptado. Estou dentro de um contentor. Podes ajudar-me?"

"Eu sei sempre onde estás", disse Eriel. "A pergunta que devias estar a fazer é se te vou ajudar."

"Não sabia que me tinhas sob vigilância 24 horas por dia!" E-Z exclamou, ficando mais zangado a cada momento que passava. Respira fundo algumas vezes e acalma-se. Ele precisava da ajuda de Eriel, e o arcanjo não ia facilitar as coisas para ele. "Não consigo ver o condutor desta coisa e não consigo estender as minhas asas. E onde está a minha cadeira? Estou a ficar sem ar aqui dentro. Se queres que eu termine as provas por ti, então é melhor tirares-me daqui e depressa."

"Primeiro insultas-me, questionando se sou um anjo ou não, e depois imploras-me que te ajude. Os humanos são criaturas muito volúveis, de facto."

"Eu sei. Desculpa-me. Por favor, ajuda-me."

"Já pensaste," sugeriu Eriel. "Que isto é uma provação? Algo que tens de ultrapassar sozinho?"

"Estás a dizer-me que isto é definitivamente uma provação?"

"Não estou a dizer que é. E eu não estou a dizer que não é", disse Eriel com um risinho.

E-Z estava a fumegar. Tinha tantas saudades de Hadz e Reiki.

"É tão triste que ainda penses nesses dois idiotas. Agora, E-Z, se fosse um julgamento, como é que te safavas dele?"

"Em primeiro lugar, eles ajudaram-me quando quase mataste a Terra. Em segundo lugar, não pode ser um julgamento porque não há ninguém para eu ajudar."

Eriel riu-se. "Consideras-te como ninguém?" Eriel fez uma pausa. "Hoje estás a salvar-te a ti e só a ti. Usa as ferramentas que tens à tua disposição." Hesita e depois ri-se de novo. "Pensa fora do contentor de metal." O riso dele era tão alto dentro da bala de metal que feriu os ouvidos de E-Z. Ele tapou-os. Tapa os ouvidos. Depois não ouve mais Eriel.

E-Z fechou os olhos e concentrou-se. Decide fechar os punhos e tentar empurrar as paredes. Por mais que tentasse, elas não se mexiam. O plano B era invocar a sua cadeira, o que ele fez. Imagina que não está longe. Talvez estivesse a pairar por cima, à espera que E-Z a chamasse. Estava tão concentrado em chamar a sua cadeira, que não se apercebeu que alguém estava a andar lá fora. Passos no pavimento. Um homem, botas a bater. O homem estava a contornar o veículo, até às traseiras. Entra com uma chave. A porta abriu-se.

"Ele tem andado a rebolar por aqui", disse o homem.

Ri-te. Não é o riso de Eriel. O riso de outro homem.

Depois um grito.

Depois mais gritos.

Depois foge. Foge.

Mais gritos.

Depois movimento. O contentor a mover-se. És levantado para a tua cadeira de rodas.

Depois sobe, cada vez mais alto. Vai para um lugar seguro.

"Obrigado", disse E-Z à sua cadeira. "Agora leva-me para casa, para o Tio Sam."

E-Z sabia que o Tio Sam seria capaz de o tirar do contentor. Precisaria de um abre-latas gigante, mas se houvesse um, o Tio Sam encontrá-lo-ia.

Mas a sua cadeira de rodas acelerou na direção oposta.

LIVRO DOIS

OS TRÊS

CAPÍTULO 1

Muito, muito longe de onde E-Z Dickens vivia, uma menina dançava. As suas aulas de ballet eram num pequeno estúdio no centro comercial dos Países Baixos.

Era uma criança bonita, com cabelo dourado e uma linha de sardas que se estendia pelo nariz e pelas bochechas. As suas características mais memoráveis eram os seus olhos verdes avelã. A cor era exatamente igual à da sua avó. O seu sonho era ser, um dia, a bailarina mais famosa da Holanda.

O seu tutu cor-de-rosa era feito de tule. Era um tecido leve, parecido com uma rede, usado por estilistas para bailarinas profissionais. O tutu foi desenhado e cosido para ela pela sua ama. O fato de bailarina - uma obra de arte em si mesmo - de tal forma que todas as crianças da turma queriam um.

Hannah, a ama de Lia, recebeu muitos pedidos de outros pais para fazer o mesmo tutu para as suas filhas. Diz com firmeza às crianças, aos pais, aos professores e a muitas outras pessoas que não tem tempo para fazer esse trabalho extra. Embora pudesse ter usado o dinheiro.

Tudo o que Hannah fazia, fazia-o porque amava a sua pupila, Lia. Lia, a quem chamava kleintje, que traduzido significa pequenina.

Com as aulas de ballet quase a terminar, Lia arruma as sapatilhas. Esfrega os pés doridos.

Todos os balletdansers (dançarinos de ballet) - mesmo as crianças de sete anos como Lia - eram obrigados a treinar um mínimo de vinte horas por semana.

Este trabalho adicional, para além de um currículo escolar completo, exigia dedicação e empenho. As crianças que não conseguiam acompanhar o ritmo eram imediatamente expulsas. Não importava quanto dinheiro os pais se oferecessem para pagar para as manter no programa.

Lia esperava um dia conhecer o seu ídolo Igone de Jongh, a bailarina holandesa mais famosa de todos os tempos. Desde que o seu ídolo se reformou, Lia assiste às suas actuações na televisão.

Hannah toma conta de Lia durante a semana. A mãe de Lia, Samantha, viajava em trabalho durante a semana.

À porta do estúdio de dança, Hannah e Lia entram no Volkswagen Golf. Em breve estarão em casa.

"Tens trabalhos de casa?" Pergunta a Hannah.

Lia acena com a cabeça.

"Goed", traduzido como bom. "Vai e começa quando eu preparar o jantar", disse Hannah.

Lia responde: "Oke", traduzido como "ok".

Lia vai imediatamente para o seu quarto, onde pendura o seu fato de ballet e depois começa a trabalhar na sua secretária.

Na escola, estavam a aprender sobre a lenda da Árvore da Bruxa. A tua tarefa era desenhar a árvore e criar algo mágico sobre ela. Tenciona desenhar um contorno com giz. Depois, usava limpa-cachimbos para as raízes e purpurinas nas folhas para o elemento mágico.

Embora tivesse um talento natural para a arte, não gostava de a criar. Prefere a dança. Não se queixa nem dispensa as tarefas de que não gosta particularmente. Não era da sua natureza ser desobediente ou perturbadora.

Embora Lia vivesse em Zumbert, na Holanda, frequentava uma escola internacional. O seu inglês era excelente. A própria Zumbert era conhecida em todo o mundo como o local de nascimento de Vincent Van Gogh. Lia sabia tudo sobre Van Gogh, uma vez que ela e ele tinham o mesmo sangue a correr nas veias.

Depois de terminar os trabalhos de casa, abre o computador. Liga-o e joga um jogo. Passa ao nível seguinte em poucos instantes. Em breve, a Hannah chamá-la-ia para jantar.

Nunca ninguém precisa de saber, diz uma vozinha no fundo da sua mente. Lia ouve a voz, mas para se certificar de que ninguém descobre, fecha a porta do quarto.

Quando os seus dedos clicaram no teclado, a lâmpada por cima da secretária apagou-se com um estalido. Fecha o portátil e volta a abrir a porta. Olha para o corredor e vê onde estão as lâmpadas de halogéneo suplentes. A ama tinha uma reserva no armário dos lençóis, ao cimo das escadas. Tudo o que Lia precisava de fazer era sair, ir buscar uma, voltar e mudar ela própria a lâmpada. Assim, teria mais tempo para jogar o seu jogo.

De volta ao seu quarto, avalia a situação. Tinha de se apoiar na cadeira da secretária - que tinha rodízios. Empurra-a firmemente contra a cama, para a fixar. Sim, isso resultava.

Com a cadeira segura debaixo da luminária, sobe para ela. Segurando a nova lâmpada debaixo do queixo, desenrosca a antiga. A lâmpada queimada atira-a para a cama. Pega na outra lâmpada que tinha debaixo do queixo e enrosca-a.

CRACK!

A nova lâmpada explodiu.

Cacos de vidro, na sua maioria de tamanho minúsculo, saltaram da lâmpada. Na cara e nos olhos da menina.

Lia não gritou imediatamente porque uma luz azul encheu a sala, fazendo com que o tempo parasse. A luz rodeia-a à medida que se aproxima do seu rosto.

SWISH!

Aparece uma pequena criatura angélica que examina os olhos da menina. Depois, decidindo que estavam danificados e sem reparação, sussurrou: "Serás tu, um dos três?"

"Ja", traduzido como sim, disse Lia, enquanto o tempo parava.

O anjo, cujo nome era Haniel, chegou. Canta uma canção de embalar para Lia, enquanto retira o vidro.

Em inglês, a letra da canção era:

"Uma menina triste e triste sentou-se

Na margem do rio.

A menina estava a chorar de tristeza

Porque ambos os teus pais tinham morrido".

Em holandês, a letra da canção era:

"Asn d'oever van de snelle vliet
Eeen treurig meisje zat.
A tua irmã está cheia de verdades
Omdat zij geen ouders meer had".

Felizmente, a pequena Lia estava a dormir e não se assustou com as palavras da canção de embalar.

Quando Haniel acabou de tratar da pior parte das feridas de Lia, pôs as mãos nas ancas e parou de cantar. A tarefa estava quase concluída, agora só lhe restava lançar as bases para os novos olhos da sua protegida.

As duas mãozinhas de Lia estavam enroladas em bolas. Aperta os punhos. Haniel permitiu que suas asas acariciassem suavemente os dedos fechados, persuadindo-os a se abrirem.

Quando as palmas das mãos de Lia estavam abertas, o anjo Haniel, usando o dedo indicador, desenhou a forma de um olho em ambas as palmas. Nos dedos, desenhou uma única linha em cada um, desde a palma até à extremidade do dedo. Terminada a sua tarefa, o anjo Haniel beijou suavemente a testa de Lia e depois, com um

DESLIZA!

e desaparece.

O tempo recomeçou e a nossa pequena e corajosa Lia ainda não tinha gritado. O choque faz isso ao teu corpo como um mecanismo de defesa e, ao parar o tempo, a dor também parou. Quando a Lia finalmente gritou, não conseguiu parar. Não quando a ambulância chegou. Ou quando foi transportada numa maca para dentro do veículo, com a sirene a juntar-se ao coro de gritos. Ou quando a empurraram numa maca para o hospital. Nem quando lhe apontaram uma grande luz para a cara, que ela sentia mas não via.

Ela parou de gritar quando a sedaram. Depois, usaram a mais recente tecnologia para remover o vidro que restava. No entanto, todos os pedaços de vidro já tinham sido retirados. Os cirurgiões fizeram-lhe um penso nos olhos e levaram-na para o quarto para recuperar.

Depois da operação, a mãe da Lia, Samantha, chegou. Apanhou um voo da Red Eye de Londres. Encontra-se com o cirurgião enquanto a filha dorme.

"Desculpa, mas ela nunca mais vai voltar a ver", disse ele.

A mãe de Lia levou o punho à boca, lutando contra a vontade de chorar.

O médico disse: "Ela pode aprender braille e frequentar uma escola para deficientes visuais. Está numa idade excelente para aprender e vai absorver os conhecimentos. Em pouco tempo, a assinatura será uma segunda natureza para ela".

"Mas a minha filha quer ser bailarina. Alguma vez viste ou ouviste falar de uma bailarina profissional cega?"

"Alicia Alonso era parcialmente cega. Não deixou que isso a impedisse".

A mãe de Lia dá uma palmadinha na mão da filha adormecida. "Obrigada, vou procurar pormenores sobre ela na Internet. Sete anos é demasiado jovem para seres forçada a desistir de um sonho."

"Concordo contigo. Agora descansa um pouco também. A Lia deve estar a acordar em breve e vai precisar que sejas forte por ela. Para quando lhe contares. Se quiseres que eu esteja aqui também, diz-me."

"Obrigado, Doutor, mas primeiro vou tentar tratar de tudo sozinho."

Quando a porta se fechou, a mãe de Lia tocou nas marcas no rosto da filha. As marcas deixadas pareciam gotas de chuva zangadas. Depois olha para a ama de Lia, Hannah, que está a dormir. Quando passou por ela para ir buscar água, deu-lhe um pontapé de propósito no sapato esquerdo para a acordar. Diz "Lá para fora!", enquanto a Hannah boceja.

Agora, no corredor, a mãe de Lia, Samantha, deixa as suas emoções à flor da pele. "Como pudeste deixar que isto acontecesse à minha filha? Como foste capaz? Num minuto estava numa reunião de negócios - no outro tive de encurtar a minha viagem de negócios e apanhar o primeiro voo para fora de Londres! O que é que aconteceu? Como é que aconteceu?"

"Tínhamos acabado de regressar da aula de ballet. Eu estava a preparar o jantar e a Lia estava a acabar os trabalhos de casa. A lâmpada deve ter-se queimado. Ela foi buscar outra ao armário do corredor, tentou substituí-la e explodiu. Quando ela gritou, eu estava lá em segundos e o ziekenwagen (ambulância) chegou num instante. Tenho estado a rezar para que os olhos dela fiquem bem, para que ela fique bem".

"Então rezas a dormir, não é?" pergunta Samantha, sem esperar por uma resposta. "Os artsen (médicos) dizem que ela nunca mais vai voltar a ver", disse Samantha com um veneno indelicado na sua voz.

✳✳✳

Entretanto, Lia estava num sonho, a voar com um anjo. Tinha os braços à volta do pescoço dele, enquanto se aconchegava no seu peito. O movimento da cadeira de rodas no ar embalava-a e confortava-a.

Depois, a sua mente virou e ela estava a olhar para um contentor de metal lá de cima. O contentor estava sentado no assento de uma cadeira de rodas com asas. Estava a ser transportado para onde ela não sabia.

Levanta a mão direita e depois a esquerda, e com elas vê que há um anjo/rapaz preso dentro do contentor. Tinha um rosto bondoso, com olhos mais azuis do que o céu, com manchas de ouro que os faziam brilhar mesmo estando no escuro. O seu cabelo era, na sua maioria, loiro, com exceção de alguns cabelos brancos nas têmporas. Mas o mais estranho era uma risca preta ao meio. Faz com que o rapaz pareça mais velho.

O anjo/rapaz no contentor, montado no assento da cadeira de rodas, aproximou-se da menina do seu sonho. Ela tocou no contentor e, quando o fez, conseguiu sentir e ouvir o bater do coração do anjo/rapaz lá dentro. Não só isso, como também conseguia ler os seus pensamentos e emoções.

Lia acordou e gritou: "Mãe! Hannah! Vem depressa!"

"Estou aqui, querida", disse a mãe, enquanto se dirigia para junto da cama da filha.

Hannah limpou os olhos e voltou a entrar no quarto.

"Não há tempo para a tua mãe pôr as culpas na Hannah. Não é altura de pores a culpa na Hannah. Isto foi um acidente. Além disso, precisas da nossa ajuda. Por favor, arranja-me papel e lápis - AGORA."

"Ela está a delirar!" exclamou Samantha. Verifica a temperatura na testa da filha. Parece estar bem.

Hannah tirou os objectos pedidos da mala e colocou-os nas mãos de Lia.

Sem hesitar, Lia começou a desenhar. Risca o papel, como uma artista inspirada. Samantha e Hannah observam-na com curiosidade.

O primeiro desenho que fez foi o de um rapaz dentro de um recipiente metálico em forma de bala. O contentor estava apoiado no assento de uma cadeira de rodas e a cadeira de rodas tinha asas. Asas de anjo. Lia vira a página e faz um segundo desenho de um rapaz/anjo dentro do contentor, de todos os ângulos. De todos os lados. Depois do primeiro desenho, desenhou muitos mais, maniacamente, e depois atirou-os para o ar.

Os desenhos, como se tivessem sido apanhados por uma rajada de vento, dançavam pela sala, subindo e descendo, e depois à volta. Como se estivessem sob um feitiço mágico. Uma das fotografias perseguiu a ama e ela saiu da sala a correr e a gritar.

Lia fechou os punhos com força, depois murmurou algumas palavras inaudíveis.

"Queres que chame o médico?", pergunta a mãe histérica. "O meu bebé, oh não, o meu pobre bebé!"

retribui Hannah, tremendo, enquanto olha para Lia que adormeceu.

As duas mulheres sentaram-se à cabeceira da criança. Viram-na dormir tranquilamente até que, por fim, também elas adormeceram.

Lia não conseguia ver com os olhos cor de avelã com que tinha nascido. Foram substituídos por olhos nas palmas das mãos.

Os teus novos olhos colocados na palma da mão incluíam todas as partes normais de um olho. Como a pupila, a íris, a esclera, a córnea e o canal lacrimal. Cada olho da palma da mão tinha uma pálpebra. A parte de cima começava onde acabavam os dedos. A parte de baixo terminava onde começava o pulso.

Quanto às pestanas, cada dedo tinha uma linha de cabelo tatuada. Desde o topo da pálpebra até ao início da unha, tal como o polegar.

O que era bom, porque nenhuma rapariga quereria ter dedos com pêlos a crescer.

Especialmente uma menina como Lia, que esperava um dia tornar-se uma grande bailarina.

CAPÍTULO II

Quando acordou, as palmas das suas mãos estavam com muita comichão. De facto, estavam com mais comichão do que alguma vez tinham estado. O que a fez lembrar-se de uma coisa que a avó tinha dito uma vez. A avó dizia que quando a tua mão direita tinha comichão, significava que ias receber dinheiro e muito dinheiro. Se a tua mão esquerda coçasse, significava que estavas a perder dinheiro. Ela nunca disse o que aconteceria se as duas palmas das mãos coçassem ao mesmo tempo.

Um flash do anjo/menino preso no contentor trouxe-a de volta à realidade. Abre as palmas das mãos, preparando-se para coçar. Em vez disso, ficou chocada ao ver-se reflectida nelas. Sorriu, como se estivesse a posar para uma selfie.

Ainda sem ter a certeza absoluta de que estava a sonhar, vira as duas palmas para longe de si. A sua intenção era ter uma vista panorâmica do quarto.

Estava decorado como se ela estivesse a nadar dentro de um aquário. Os peixes-palhaço e os peixinhos dourados andavam a correr atrás das caudas uns dos outros. Continua a passar as mãos pela sala até encontrar a Hannah. Depois encontra a mãe. Solta um grito de alegria.

A mãe da Lia, a Samantha, saltou para cima, tal como a Hannah.

"O que é, querida?"

"Mamã? Consigo ver-te."

"Claro que consegues, minha querida."

"Acreditas em mim?"

"Sim, claro que acredito em ti. Mas diz-me uma coisa, antes, porque desenhaste uma cadeira de rodas com asas? As cadeiras de rodas não têm asas".

Ela não vê os meus novos olhos, pensou Lia. "Eu amo-te, mamã, mas algumas cadeiras de rodas têm asas e alguns anjos voam em cadeiras de rodas com asas.

"Também te adoro, querida", respondeu ela. "Que rapaz/anjo? Tiveste um sonho?"

"Sonhaste com um rapaz/anjo?", disse Lia.

"Um rapaz/anjo? Onde, querido?"

Lia abre as palmas das mãos e pensa no menino anjo. Pensou tanto que conseguia vê-lo, ouvi-lo, sentir a sua presença na sua mente. "O anjo/menino vem aqui para me ver", diz ela.

"Aqui, querido?", pergunta a mãe, olhando na direção da ama, que encolhe os ombros.

"Sim, o menino-anjo precisa da minha ajuda. Vem da América do Norte para me ver".

"Quando fizeste os desenhos", pergunta Hannah, "estavas a desenhar a partir de uma memória do anjo/menino?"

"Ou de um sonho?", pergunta a mãe.

"Começou por ser um sonho, mas agora também o vejo quando estou acordada."

"Se me consegues ver, querida, o que é que eu tenho vestido?"

"Consigo ver-te, mamã, não com os meus olhos antigos. Mas com os meus olhos novos. Estás a usar um vestido vermelho, com pérolas ao pescoço."

Um doente idoso, ao passar pelo seu quarto, parou quando viu uma criança com as palmas das mãos abertas à sua frente. É ela, pensa ele, e para o confirmar não teve de esperar muito tempo. Porque Lia, sentindo a presença de outra pessoa, virou a palma da mão esquerda na direção da porta. O velho viu a palma da mão dela piscar e depois saiu da sua vista.

"Ela está a adivinhar", sugeriu Hannah, desviando a atenção de Lia da porta.

Uma enfermeira chegou e Lia, que nunca a tinha visto antes, disse: "Olá, enfermeira Vinke."

"Já nos conhecemos? pergunta a enfermeira Heidi Vinke.

Lia riu-se. "Não, mas consigo ler o teu crachá."

"Diz que consegue ver, com os seus novos olhos", disse a mãe da Lia.

"Pronto, pronto", respondeu a enfermeira Vinke, atendendo a mãe em vez da menina. A criança não se importou quando a enfermeira Vinke levou a mãe lá para fora para falar com ela em privado.

"É normal que a tua filha use a imaginação, dadas as circunstâncias, pois perdeu a visão. Ela é uma coisinha feliz, apesar de lhe ter acontecido uma coisa terrível."

Samantha acena com a cabeça e as duas voltam para junto de Lia.

"Deves estar cansada, filha", disse a enfermeira Vinke, medindo o pulso da menina.

"Não estou", disse Lia. "Acabei de acordar e não quero voltar a adormecer. Se dormir agora, posso ter saudades dele."

"Tens saudades de quem?" perguntou Vinke, aconchegando a menina.

"O rapaz/anjo", disse Lia. "Está a aproximar-se agora. Está quase a chegar - e precisa da minha ajuda. Mal posso esperar para o conhecer. Viaja de muito, muito longe, só para me ver."

"Pronto, pronto, criança," disse Vinke. Pressiona uma agulha com um medicamento que induz o sono no braço de Lia.

Lia protestou, mas depois adormeceu imediatamente.

"Boa noite, boa noite, querida", disse a mãe.

$$* * *$$

O idoso regressou ao seu quarto, pegou imediatamente no telefone e pediu uma linha externa.

"Ela está aqui", sussurrou para o telefone. "Eu vi-a com os meus próprios olhos - aqui mesmo no hospital, ao fundo do corredor do meu quarto."

Fez-se silêncio e depois ouviu-se um clique do outro lado. O velho deitou-se na cama. Liga a televisão com o comando.

O seu programa preferido: Agora ou na Terra do Nunca (também conhecido como Fear Fator) estava a começar. Quer ver o que aqueles malucos vão fazer no episódio desta semana.

CAPÍTULO III

Ainda apertado dentro da bala de prata, E-Z já não se sentia tão só. Porque, na sua mente, estava a falar com uma menina.

Ela tinha entrado na sua mente acompanhada por um flash de luz e um grito. Ela tinha sido ferida. Observa como o anjo Haniel a ajuda. Ouve quando Haniel canta uma canção para a menina enquanto ela retira o vidro.

O que se seguiu foi inesperado. O anjo Haniel desenhou linhas na palma da mão e nos dedos da menina. Haniel presenteou a criança com um novo tipo de visão. E olhos de palma.

Percebeu imediatamente que o destino da menina estava ligado ao seu.

No início, embora ele pudesse vê-la em sua mente, ele não conseguia se comunicar com ela. Era como se estivesse a ver um programa de televisão na sua mente, sem o som. Depois, quando a criança sonhava, ela vinha ter com ele e colocava as mãos sobre a bala em que ele estava preso. Então ele sabia o que ela sabia, e ela sabia o que ele sabia, e eles estavam ligados.

As primeiras palavras que ela lhe disse foram: "Não gosto do escuro".

E-Z respondeu: "Não tenhas medo. Não tenhas medo, eu estou aqui. O meu nome é E-Z. E como te chamas?"

"O meu nome é Cecília", responde a criança. "Mas os meus amigos chamam-me Lia. Podes chamar-me Lia. Podes chamar-me Lia. Tenho sete anos. Que idade tens tu?"

E-Z pensou que a criança era mais nova. "Tenho treze anos", diz ele. "Sou da América do Norte.

"Eu vivo nos Países Baixos", disse Lia.

Ambos ficaram em silêncio enquanto Lia usava os seus olhos de palma para olhar para ele dentro da bala de aço.

"O que estás a fazer aí dentro?", perguntou.

E-Z pensou antes de responder. Não queria assustar a criança, com a história verdadeira de que tinha sido raptado por um arcanjo. Queria contar-lhe a verdade, mas não tinha a certeza de que ela conseguisse lidar com isso, uma vez que era tão nova.

Ele disse: "Não sei bem porque é que me puseram aqui, mas acho que foi para te conhecer." Ele hesitou, coçou a cabeça e perguntou: "Conheces a Eriel?"

Lia ficou lisonjeada por ele vir vê-la, mas preocupada por ele estar a ser transportado de tal forma para seu benefício. "Lamento imenso se estás a ser forçado, contra a tua vontade, a viajar até aqui para te encontrares comigo. Ah, e não, esse nome não me é conhecido".

E-Z estava muito curioso acerca de Lia. Como ela disse que era holandesa, ele ficou extremamente impressionado com a excelência do seu inglês.

"Eu sentia-te, mas não te conseguia ver até que os olhos, os meus novos olhos, cresceram. Antes disso, conseguia ler os teus pensamentos. Consegues ler os meus? Oh, e obrigado, pelo meu inglês."

"Eu vi o que te aconteceu, o acidente. Lamento profundamente que tenhas ficado ferido. Não pude ajudar-te, por causa desta coisa." Bate com os punhos contra as paredes. Tapa os ouvidos, enquanto o barulho das pancadas reverbera. "Quando sonhavas, estavas comigo. Dentro da minha cabeça."

Lia fechou o punho direito, deixando o esquerdo aberto e a tocar na parede exterior. A palma da mão piscou aberta e depois fechada, aberta e depois fechada. Não diz nada, mas olha para a frente como quem está em transe.

Nessa altura, E-Z decidiu contar-lhe a sua história.

"Os meus pais morreram num acidente de carro. E eu perdi o uso das minhas pernas."

Pára aí. Interroga-se sobre o que lhe deve contar.

Esta hesitação fez com que tomasse a decisão por ele.

Ela estava a dormir profundamente.

CAPÍTULO IV

De volta ao hospital, um novo médico estava de serviço. Olha brevemente para a ficha de Lia. Ao ver que Cecelia ainda estava a dormir, sussurra à mãe.

"Temos de levar a tua filha para o segundo andar, para fazer outro exame."

"É urgente? pergunta a mãe de Lia. "Ela está a dormir tão tranquilamente; seria uma pena acordá-la."

O médico, cujo crachá estava tapado pela gola da sua bata, sorriu. "Não precisas de a acordar. Podemos colocá-la na máquina enquanto dorme. Alguns pacientes, especialmente os mais jovens, preferem assim."

A Samantha olhou para o relógio. "Claro, vou descer com ela."

"Não precisas", disse o médico. "Tenho assistentes a chegar a qualquer momento. Aproveita para comprar uma sanduíche ou uma chávena de chá de camomila - a minha mulher adora essa coisa. Ajuda-a a relaxar e a dormir".

"Obrigada", disse Samantha, quando chegaram dois assistentes. Os dois homens corpulentos, vestidos com roupas de rua, levantaram Lia da cama e colocaram-na numa maca com rodas. O médico tira um cobertor de baixo da maca e coloca-o em cima de Lia. "Vamos mantê-la quente e voltamos num instante. Não te esqueças de aproveitar este tempo para tomar um chá ou um café."

Enquanto Hannah dormia, Samantha observava os assistentes e o médico. Empurram a filha pelo corredor. Continua a observá-los enquanto esperam pelo elevador. Quando o elevador, com a filha lá dentro, fecha as portas, sai do quarto. Com fome, espera pelo segundo elevador e desce para a cafetaria.

A cafetaria estava cheia. Na sua maioria, com funcionários de bata. Observa os médicos, os assistentes e outros que se movimentam.

Enquanto bebia o seu chá, ocorreu-lhe que nenhum funcionário usava roupa de rua.

"Desculpa-me", diz a um dos médicos. "O que é que há no segundo andar? É lá que se fazem as radiografias e os exames ao corpo?"

Ele abanou a cabeça: "O segundo andar é a maternidade."

Samantha levantou-se da cadeira, derrubando o chá quente e entornando-o no colo. Os ajudantes vieram de todas as direcções quando ela gritou.

"A minha filha!", gritou ela. "Um médico com dois assistentes acabaram de levar a minha filha Lia numa maca. Disseram que a iam levar para o segundo andar para fazer uns exames. Se o segundo andar é para a maternidade, porque é que a levaram?

A sua explosão estava a chamar demasiado a atenção. Por isso, o médico a quem ela se dirigiu inicialmente convenceu-a a sair.

Regressam ao quarto de Lia. A Samantha explicou tudo com mais pormenor. Ainda bem que tinha olhado para o relógio para lhes poder dizer a hora exacta a que tudo tinha acontecido.

"Isto é um assunto sério", disse o Dr. Brown. "Deixa-o comigo. Temos câmaras de segurança por todo o hospital. Talvez tenhas ouvido mal sobre o segundo andar? Talvez ela esteja no sétimo andar a fazer um exame neste preciso momento. Deixa isso comigo. Fica aqui sentada e eu volto a falar contigo assim que possível."

Samantha sentou-se e explicou tudo a Hannah. Partilharam a sandes de atum e tentaram não se preocupar.

****

Enquanto Lia dormia, o homem que não era realmente um médico e os internos que não eram internos saíram do edifício. Foram para um carro à espera. Deixaram a maca no parque de estacionamento.

O Dr. Brown convocou uma reunião com o Administrador. Usando a videovigilância, testemunharam o rapto da Lia. Avisa a polícia, dando uma descrição do veículo. Infelizmente, as câmaras não apanharam os detalhes da matrícula.

"Vamos esperar um pouco", disse Helen Mitchell, a administradora do hospital. Vai reformar-se dentro de poucos dias. "Antes de actualizarmos a mãe da menina. Não queremos preocupá-la."

"Não posso fazer isso", disse o Dr. Brown.

"A polícia pode trazer a criança de volta num instante."

"Espero que tenhas razão. Mesmo assim, é uma preocupação. Espero que eles não vão longe."

O telefone tocou, era a polícia. Emitiram um boletim de ocorrência sobre a menina. Pedem-te uma fotografia recente dela.

"Eles querem uma foto recente", disse Helen Mitchell.

"A única maneira de conseguires uma é perguntares à mãe dela", disse o Dr. Brown.

Helen acenou com a cabeça, enquanto Brown se virava para sair.

"Diz-lhes que a enviaremos por fax o mais depressa possível.

"Vou mandar alguém da equipa de trauma", disse Helen. Depois, para a polícia ao telefone: "Ela é cega e só tem sete anos. Porque é que estes três homens se esforçariam tanto para a tirar do hospital desta maneira?"

"Não te sei dizer", disse o polícia do outro lado.

CAPÍTULO V

E-Z percebeu imediatamente que algo não estava bem com a sua nova amiga Lia. Ela devia estar a dormir na sua cama de hospital, mas a cama estava em movimento. Mas o que é que se passa?

Pensa em acordá-la, mas o que é que ela poderia fazer, mesmo que estivesse acordada? Não, o melhor era ela continuar a dormir - até ele a encontrar e a salvar. Como era o caso, ela estava ocupada a sonhar consigo própria a fazer uma dança de ballet. Ele nunca tinha prestado muita atenção ao ballet, mas pareceu-lhe que esta menina tinha talento. E dançava usando os olhos das mãos enquanto se movia pelo palco.

E-Z transportou-se na sua mente para o local onde ela estava sem grande esforço. Ali estava ela, a dormir profundamente no banco de trás de um veículo em movimento. Parecia tão tranquila, porque estava na sua mente a fazer algo que adorava - dançar.

Alarga a vista e vê três cabeças. A que conduzia era de tamanho e estatura normais. Enquanto os outros dois homens pareciam jogadores de futebol.

"Acelera!" E-Z ordenou à sua cadeira, mas esta já o tinha feito.

Como é que ele a ia ajudar, se ainda estava preso dentro da bala de prata? Precisava de a partir em pedaços - e o mais depressa possível. Até agora, todos os esforços para a quebrar não tinham funcionado.

Perguntava-se porque é que os homens a tinham levado. Será que sabiam dos poderes dela? Como é que podiam saber? A maioria dos hospitais tinha câmaras de vigilância, poderiam estar a observá-la? Mas não fazia qualquer sentido. Ela era uma rapariga cega de sete anos. O que é que eles queriam dela?

Enquanto o E-Z ardia com velocidade no céu, não conseguia deixar de pensar porque é que a tinham raptado. Talvez fossem pedir dinheiro antes de a devolverem?

De qualquer forma, se era isso que eles queriam, fazia mais sentido para ele. Melhor do que eles saberem que ela tinha visão. E ainda por cima com poderes especiais. Ainda assim, a sua prioridade número um era livrar-se da bala.

Gritou. Como já tinha feito muitas vezes antes, "Socorro!" POP.

"Olá," disse Hadz, enquanto se sentava no ombro de E-Z. "Que raio estás a fazer aqui? Este sítio é demasiado pequeno para ti." Hadz revirou os olhos.

E-Z estava mais do que um pouco excitado por ver Hadz. Agarra a pequena criatura e abraça-a com força ao seu peito.

"Uh, cuidado com as asas," disse Hadz.

E-Z soltou a criatura. "Obrigado por vires e responderes à minha chamada. Preciso mesmo que me ajudes a descobrir como sair desta coisa. Sei que foste retirado do meu caso, mas há uma menina chamada Lia e ela está em perigo e precisa de mim. Tens de ajudar. Tenho a certeza que a Eriel vai compreender.

"Oh, então não queres estar nesta coisa?" perguntou Hadz.

"Não, eu não quero ficar aqui. Eu quero sair, mas como?

"Apenas faz isso", disse Hadz.

"Já tentei de tudo. Os lados não se mexem. Eu chamei Eriel para me ajudar, mas ele disse que eu estava sozinho nessa."

"Ah, ele não ia gostar disso. Não é suposto eu ajudar, mas uma coisa que te posso dizer é: considera o que te rodeia."

"Isso não ajuda nada", disse E-Z, tentando não perder totalmente a calma. "Pedi à cadeira para me levar ao Tio Sam. Ele de certeza que me tirava desta coisa. Mas a cadeira ignorou os meus desejos. Agora, uma menina está em apuros e precisa da minha ajuda. Se eu não conseguir sair, não me posso ajudar a mim próprio e, se não me puder ajudar a mim próprio, não a posso ajudar a ela. Por favor, diz-me. Diz-me como sair daqui. Faz-me um zapping ou qualquer coisa assim".

A criatura abanou a cabeça e depois voou para o topo da bala. Tocou na ponta. "Considera a física. Se estás dentro de uma bala, que é o que esta coisa se assemelha, então tens de ser descarregada. Disparada. Estás correto?"

E-Z considerou as suas opções. Podia dizer à cadeira para o largar, lançando-o para o chão. O chão amorteceria a tua queda. E a bala seria disparada? Decide que vale a pena correr o risco. "Ok," disse E-Z, "tenho de fazer com que a cadeira me largue, certo?"

A criatura riu-se. "És engraçado, E-Z. Se caísses desta altura, esta coisa ficaria enterrada no chão. Desde que não explodisse com o impacto. E contigo lá dentro". Ela riu-se outra vez. "Ou se não morresses na queda. Se morresses, não poderias salvar a menina. De que menina estás a falar, afinal?"

"O nome dela é Cecelia, Lia e está na Holanda, não muito longe de onde estamos agora."

Hadz sentiu a ponta do contentor que E-Z não tinha visto, nem podia alcançar. A criatura empurrou-o. O cilindro soltou-se e abriu-se como uma tulipa. Hadz ajudou E-Z a sair da bala e logo estava sentado em sua cadeira, segurando a coisa no colo. As asas de E-Z abriram-se. Sabia bem esticá-las.

E-Z levantou voo pelo céu, carregando o cilindro que deixou cair no Mar do Norte.

O trio, E-Z, a cadeira e Hadz, voou a grande velocidade e dirigiu-se para a Holanda do Norte, onde o carro seguia a toda a velocidade.

"Obrigado", disse E-Z.

"Não tens de quê", responde Hadz. "Vou ficar por aqui, caso precises de mim."

"Fantástico!"

CAPÍTULO VI

E-Z alcança o carro, que já se aproxima de Zaandam. Verifica que Lia ainda está a dormir no banco de trás. Mas ela já não estava a sonhar, por isso ele receou que ela acordasse em breve.

A sua cadeira de rodas muda de rota, acelera e aproxima-se do carro, pairando sobre ele. O falso médico que conduzia viu a cadeira de rodas atrás deles pelo espelho lateral.

"O que é essa engenhoca vliegende?", pergunta. (Tradução: O que é aquela engenhoca voadora?".

Os dois bandidos viram a cabeça.

Um deles disse: "Ik weet het niet, maar versnel het!" (Tradução: Não sei, mas acelera!".

O segundo riu-se e tirou uma arma do tablierkastje. (Verifica se há balas. Fecha a porta e faz um clique no fecho.

A cadeira de rodas de E-Z aterrou no tejadilho do carro com um estrondo.

O condutor travou a fundo, fazendo com que a cadeira de rodas deslizasse para a frente. Deslizou pelo para-brisas, virada para a frente, e depois pelo capot.

E-Z levantou voo, pairou e virou se para os encarar.

"O condutor gritou, enquanto perdia o controlo do carro, fazendo-o derrapar e ziguezaguear.

E-Z e a cadeira de rodas levantaram voo, voltando para trás e agarrando o para-choques do carro, fazendo-o parar completamente.

De imediato, o passageiro abre a porta e são disparados tiros.

No banco de trás, Lia ressonava.

O bandido com a arma rolou para fora da porta e, de joelhos, preparou-se para disparar sobre E-Z.

Hadz apareceu do nada e arrancou a arma da mão do bandido. Depois amarrou-lhe as mãos atrás das costas e os pés atrás das costas, como se fosse um bezerro num rodeo.

O segundo bandido foi direito ao E-Z, que o laçou com o cinto. O bandido caiu, para que ele pudesse facilmente enrolar o cinto à volta das pernas.

O tipo tentou fugir, mas não conseguiu ir muito longe. Agora que estava imobilizado, atacaram o médico usando o mecanismo de enjaulamento da cadeira. O médico foi apanhado e imobilizado.

Lia dormiu durante todo o processo, mesmo quando Hadz a tirou do veículo e a levou para um lugar seguro.

E-Z colocou os três homens lado a lado no banco de trás do carro.

"Para quem trabalhas?", perguntou.

Hadz voou: "Eles não entendem inglês." Traduziu a pergunta de E-Z para os homens. Depois de o falso médico ter respondido, Hadz traduziu. "Diz que não sabem para quem trabalham."

"Isso é ridículo. Eles raptaram uma criança do hospital. Pergunta-lhes para onde a levavam, então? E como é que eles descobriram sobre ela?"

Hadz traduziu. O falso médico responde de novo: "Disseram-nos que a levássemos para a doca e que alguém estaria lá à espera dela. É tudo o que sabemos".

E-Z não acreditou neles, mas Hadz confirmou que estavam mesmo a dizer a verdade. "O que queres fazer com eles?", perguntou ela.

"Podes apagar as suas mentes? E as mentes daqueles a quem eles estão ligados? Estes três são engrenagens da máquina. Queremos apagar a mente da pessoa que está nas docas. Assim, todos eles se esquecem dela - para sempre."

"Feito", disse ela.

"Uau, és rápido!"

E-Z e Hadz na cadeira voltaram para o hospital, assim que Lia começou a acordar. Mexeu a cabeça, sentiu o vento a soprar-lhe o cabelo e aconchegou-se no peito de E-Z. Abre a palma da mão direita e olha para o seu amigo, o rapaz/anjo. Ri-se e abraça-o com força. Quando reparou na pequena criatura parecida com uma fada que estava no ombro de E-Z, usou os olhos da palma da mão para olhar para ela.

"És tão pequeno e bonito", diz.

"É um prazer conhecer-te", disse Hadz. "E obrigado."

Voaram em direção ao hospital.

"Agora estás a salvo", disse E-Z.

"E tu já não estás dentro daquela coisa", disse Lia.

"Hadz ajudou-me a sair", disse E-Z, batendo as asas.

"Onde é que as arranjaste? Lia perguntou-te. "Podes dar-me algumas?"

E-Z sorriu. Não sabia ao certo o que lhe devia dizer. Preocupa-se com o que Eriel diria se ele revelasse demasiado. "Arranjei-as depois de os meus pais terem morrido."

"Mas porquê?", perguntou a pequena Lia.

Mas porquê?", perguntou a pequena Lia. "Comecei a salvar pessoas", disse E-Z.

"Queres dizer que não sou a primeira pessoa que salvaste?"

"Não, não és."

Hadz limpou a garganta, o que foi um sinal para E-Z parar de falar.

Voaram em silêncio. A menina abraçada ao peito de E-Z. A cadeira de rodas a saber para onde tinha de ir. Hadz a sentir-se necessário mais uma vez.

E-Z estava perdido nos seus pensamentos. Perguntava-se se salvar Lia tinha sido a principal prova. Ou se o facto de sair da bala tinha completado a tarefa. Ou talvez tivesse feito as duas ao mesmo tempo? Quantas terias sido então? Tinha de as anotar para se manter a par. É o que tem feito no seu diário, mas ultimamente não tem tido muito tempo para registar as coisas.

"Consigo ouvir-te a pensar", disse Lia. Tinha as duas palmas das mãos abertas. Observava o exterior de E-Z enquanto ouvia o que ele pensava no interior. "Quero saber mais sobre estes ensaios. E quero saber porque é que consigo ver com as minhas mãos em vez de com os meus olhos. Achas que esta Eriel vai saber?"

POP

Hadz não esperou pela resposta.

"O hospital fica lá em baixo", disse E-Z.

A cadeira desceu lentamente e eles entraram no hospital. E-Z e as asas da cadeira desapareceram. Empurra ao longo do corredor e encontra o quarto de Lia. A mãe dela estava lá à espera.

"Prende este rapaz", gritou a mãe de Lia.

E-Z ficou estupefacto. Porque é que ela quereria que ele fosse preso? Ele tinha acabado de salvar a filha dela.

"Mas mamã", começou Lia.

A polícia entrou. Puseram as mãos atrás de E-Z e algemaram-no.

Antes de as fecharem, Lia gritou. Depois abre as palmas das mãos e estende-as à sua frente. Dos olhos da palma da mão saiu uma luz branca ofuscante que fez com que todos na sala, exceto ela e E-Z, parassem no tempo. A pequena Lia parou o tempo.

"Fixe! Como é que fizeste isso?" E-Z exclamou enquanto as algemas caíam no chão com um estrondo.

"Não sei. Eu queria proteger-te. Salvar-te." Ela parou, ouviu. "Alguém vem aí, tens de sair daqui. Sinto que vem aí mais alguém e tens de te ir embora."

"Alguém?" E-Z perguntou-te. "Sabes quem é?"

"Não sei. Tudo o que sei é que vem aí mais alguém e que tens de ir embora - imediatamente."

"Vais ficar bem? Vão fazer-te mal?

"Vou ficar bem - eles vêm por ti - não por mim. Sai daqui, agora."

"Quando é que te vou voltar a ver?" perguntou E-Z, enquanto partia a janela do hospital e voava para fora, à espera que ela respondesse.

"Ver-me-ás sempre, E-Z. Estás ligado a mim. És um amigo. Sai daqui e eu trato do resto". Manda-lhe um beijo.

Lia meteu-se na cama, puxou os cobertores até ao pescoço e fingiu que estava a dormir profundamente antes de pôr o mundo a mexer mais uma vez.

"O que é que aconteceu?", pergunta a mãe.

Tudo estava bem outra vez. A Lia estava na cama sem ferimentos.

O mundo continuava como dantes, enquanto E-Z regressava a casa.

"Obrigado, Hadz, por ajudares", disse E-Z, apesar de ela se ter ido embora. De alguma forma, ele sabia que onde quer que ela estivesse, ela podia ouvi-lo.

CAPÍTULO VII

Enquanto E-Z voava pelo céu, apercebeu-se de que estava a morrer de fome. Por baixo dele estava o Big Ben. Decide aterrar e comprar peixe e batatas fritas inglesas.

Quando a cadeira desce, repara que uma carrinha branca se desloca rapidamente pela estrada. Vai em direção a uma escola. Vê pais em veículos e a pé à espera para irem buscar os filhos.

Quando a carrinha virou a esquina, ganhou velocidade.

A sua cadeira de rodas deu um salto para a frente, caindo atrás do veículo. A condução torna-se cada vez mais imprudente, à medida que se aproxima da escola. As crianças começaram a sair.

E-Z's agarrou-se à traseira da carrinha. Usando toda a sua força, puxa-a para uma paragem total com um guincho.

O condutor carrega no acelerador, tentando afastar-se. Não teve sorte nenhuma. Não conseguiam ver o que ou quem os estava a reter.

E-Z arrombou a fechadura da bagageira, meteu a mão lá dentro e puxou os cabos de ligação. A cadeira deu um salto para a frente e aterrou no tejadilho do veículo. E-Z usou os cabos para amarrar as portas da cabina. O condutor não conseguia sair.

Os sons das sirenes enchiam o ar.

E-Z levantou voo e, ao reparar que várias pessoas lhe estavam a tirar fotografias com os telemóveis, voou cada vez mais alto.

O seu estômago ronca e lembra-se do peixe e das batatas fritas. Como não tinha moeda britânica, não podia pagar por elas, por isso foi para casa.

Pensando no seu tio que se perguntava onde ele estava, pensou em deixar uma mensagem e começou a fazê-lo: "Estou a caminho de casa".

Clica.

"Onde estás?" pergunta o tio Sam. Afinal, não era uma mensagem.

"Estou a sobrevoar a Grã-Bretanha. Está um dia agradável para voar, não achas?"

"O quê? Como?"

"É uma longa história, explico-te quando voltar."

"Estás num avião?"

"Não, sou só eu e a minha cadeira."

Em baixo, E-Z vê as pessoas a tirarem-lhe fotografias. Quando avistou um 747 de uma companhia local a vir na sua direção, percebeu que estava em apuros. Antes de ter a oportunidade de voar mais alto, as câmaras estavam a tirar fotografias e provavelmente a publicá-las nas redes sociais.

"Desculpa, Eriel", disse ele, subindo mais alto. "Conheces o ditado que diz que qualquer publicidade é boa publicidade? Bem..." E-Z riu-se. Se Eriel podia vê-lo todos os dias e a todas as horas, porque é que tinha de o chamar para pedir ajuda? Alguma coisa não batia certo. Não é que os arcanjos quisessem que ele concluísse as provas.

Um arrepio percorreu-o enquanto o céu mudava e nuvens negras rodopiavam e pulsavam à sua volta. Continua a voar, tentando acelerar o ritmo, mas depois começaram os relâmpagos, e ele teve de se desviar deles. Então lembra-se do avião. Vê que está a fazer uma aterragem bem sucedida e que as pessoas estão bem. Continua em direção a casa.

Depois da tempestade, as estrelas aparecem. A sua cadeira continuava a bater as asas enquanto E-Z dormia a sesta.

"E-Z?" Lia disse na tua cabeça. "Estás aí?"

Ele acordou, esqueceu-se que estava na cadeira e caiu. Começou a cair, mas as suas asas fizeram efeito e logo estava de novo na cadeira.

"Está tudo bem, pequenino?", pergunta.

"Sim. Eles acham que foi tudo um sonho, eu a falar contigo. A fazer desenhos teus. A mamã sabe a verdade, mas não a quer enfrentar."

"Oh, isso preocupa-te?"

"Não. Os meus poderes estão a aumentar. Consigo senti-los, e sei que algo está para vir. Algo em que vais precisar da minha ajuda. Vou para casa em breve. Vou perguntar à mamã se podemos ir visitar-te. Em breve."

"O quê? Talvez a tua mãe deva ligar ao meu tio Sam e eles possam conversar?"

"Sim, é uma ideia inteligente. A mãe já viu as fotografias e já te conheceu, mas não se lembra. É como se a mente dela tivesse sido limpa ou as memórias que tem de ti estivessem adormecidas."

"Tens a certeza que é a coisa certa a fazer?"

"Tenho a certeza. Preciso de estar onde estás. Preciso de te ajudar."

A mente de E-Z ficou em branco. Lia tinha desaparecido.

O adolescente pensou em Lia, a vir para a América do Norte. Ela era uma rapariga pequena, que via com as mãos, sim, mas como é que o podia ajudar? Ela tinha-o ajudado a fugir, mas ele estava confuso quanto ao seu envolvimento. Não queria pô-la em perigo. Volta a chamar por Eriel. Evoca o cântico, mas nada acontece.

Observa a paisagem. Já estava quase em casa. Graças a Deus que a sua cadeira foi modificada e que pode viajar muito depressa!

CAPÍTULO VIII

Logo à frente, E-Z avistou a costa. Suspirou de alívio até reparar que um grande pássaro vinha na sua direção. À medida que se aproximava, apercebe-se que era um cisne. Mas não era o teu cisne de tamanho normal. Era enorme e a envergadura das suas asas também, que ele calculou em mais de cento e cinquenta centímetros. Era o mesmo cisne que tinha falado com ele antes. E não só isso, como também repara numa luz vermelha brilhante a piscar no ombro da ave.

O cisne desviou-se e depois pousou pesadamente nos seus ombros. Tinha apanhado boleia.

"Bem, olá", disse E-Z, olhando para a bela criatura enquanto esta se estabilizava.

O cisne disse: "Hoo-hoo". Depois abana a cabeça, abre o bico e diz: "Olá, E-Z."

"Acho que te devo um agradecimento", disse ele.

"Oh, não tens de quê. E espero que não te importes que eu tenha apanhado boleia", disse o cisne, sacudindo as penas.

"Não te preocupes", respondeu E-Z.

"Este é o meu mentor, Ariel", disse o cisne.

UAU

Um anjo substitui a luz vermelha.

"Olá", disse ela, sentando-se no joelho de E-Z.

"Prazer em conhecer-te", disse ele.

"Em que te posso ser útil?", perguntou.

"Espero que tu e aqui o meu amigo cisne possam formar uma parceria.

"Como?", perguntou ele.

"O meu protegido já passou por muita coisa. Ele pode contar-te os pormenores quando se sentir preparado, mas por agora preciso que o ajudes, permitindo que ele te ajude nas provas. Precisas de ajuda, não é?

"Pelo que sei", disse ele, dirigindo-se a Ariel. Depois para o cisne, "nada contra ti, companheiro". Agora para Ariel, "é que ninguém me pode ajudar nas minhas provas. Isso veio diretamente de Eriel e Ophaniel."

"Já esclareci isso com eles. Portanto, se essa é a tua única objeção", ela fez uma pausa e depois

UAU!

e foi-se embora.

Depois disso, E-Z e o cisne atravessaram o Oceano Atlântico e seguiram para a América do Norte. Como sempre quiseste ver o Grand Canyon. Terá de o ver noutra altura. O cisne ressonou e aconchegou-se ao pescoço de E-Z.

E-Z meteu a mão no bolso e tirou o telemóvel. Tira uma selfie com o cisne. Mantém o telemóvel na mão, planeando gravar o cisne da próxima vez que este falasse. Precisava de provas de que não estava a perder o juízo.

Algum tempo depois, o E-Z aproximou-se da sua casa. Era dia de escola, mas ele estava demasiado cansado para ir. Quando a cadeira começou a descer, o cisne acordou. "Já chegaste?"

"Sim, estamos em minha casa", disse E-Z, carregando no botão de gravação do telemóvel. "Queres que te deixe em algum lado?"

"Não, obrigado. Vou ficar contigo", disse o cisne, enquanto esticava o pescoço para ver a casa onde ele ia ficar. "Tu e eu, precisamos de falar.

E-Z carregou no play, mas o ar estava morto. O cisne não podia ser gravado. Estranho.

Aterraram na porta da frente. E-Z meteu a chave na fechadura, mas antes de a abrir o tio Sam estava lá. Dá um grande abraço ao sobrinho e diz-lhe: "Bem-vindo a casa." Coçou o queixo e ficou um pouco preocupado quando viu o companheiro de E-Z, um cisne excecionalmente grande.

"É bom estar de volta", disse E-Z, entrando.

O cisne seguiu-o, com as suas patas palmadas a remar atrás dele.

"E quem é o teu amigo de penas?" perguntou o Tio Sam.

E-Z apercebeu-se que nem sequer sabia o nome do cisne.

O cisne disse: "Alfred, o meu nome é Alfred."

E-Z fez uma apresentação formal.

O cisne saiu então pelo corredor até ao quarto de E-Z e voou para a sua cama para dormir uma merecida sesta.

E-Z foi para a cozinha com o Tio Sam nas suas rodas.

"Que raio faz aquele cisne aqui?" Faz uma pausa e tira leite do frigorífico. Deita um copo ao sobrinho. "Não pode ficar aqui. Temos de o pôr na banheira. Isso se couber. É o maior cisne que alguma vez vi. Onde é que o encontraste e porque é que o trouxeste para aqui?"

E-Z engoliu o leite. Limpa o bigode de leite. "Não fui eu que o encontrei, foi ele que me encontrou. E sabe falar. Ele estava lá quando salvei aquela menina e quando salvei aquele avião. Diz que temos de falar."

O Tio Sam, sem responder, desce o corredor. E-Z segue-o de perto, sem falar.

"Fala!" O tio Sam exigiu-te.

Alfred, o cisne, abriu os olhos, bocejou e voltou a adormecer sem emitir um único som.

"Eu disse para falares", disse o Tio Sam, tentando de novo.

O cisne Alfred abriu o bico e bufou.

"Não te preocupes, Alfred", disse E-Z. Não te preocupes, Alfred," disse E-Z. "É o meu Tio Sam."

"Ele não me compreende. E acho que nunca o conseguirá fazer. Estou aqui para ti e só para ti", disse Alfred, o cisne. Bufou, depois aconchegou-se no edredão e adormeceu mais uma vez.

O tio Sam ficou a olhar, enquanto o cisne estava animado e olhava atentamente para E-Z.

Ele e o tio Sam fecharam a porta quando saíram e voltaram para a cozinha para conversar.

E-Z estava tão cansado que mal conseguia manter os olhos abertos.

"Não podes esperar até de manhã?", perguntou.

Sam abanou a cabeça.

"Ok, aqui vai. Primeiro, acertei numa bola de basebol fora do parque. E corri ou rodei à volta das bases. Depois, fiquei preso dentro de um contentor em forma de bala, sem poder sair. Depois, consegui falar com uma menina na Holanda. Fui lá para a salvar. O nome dela é Lia, e a mãe dela vai ligar-te já agora. Impeço um veículo de fazer mal a crianças, em Londres, Inglaterra. Depois conheci Alfred, o cisne trompetista. E agora que já estás a par de tudo, posso ir para a cama?"

"O que queres que eu diga quando ela ligar? perguntou Sam. "Nós nem sequer conhecemos estas pessoas, mas é suposto deixá-las ficar aqui em casa connosco. Nós e o Alfred, o cisne?"

"Sim, por favor, alinha. Há aqui um plano e eu ainda não sei todos os pormenores. A Lia tem poderes, olhos nas palmas das mãos e consegue ler os meus pensamentos e parar o tempo. Alfred, o cisne, também tem poderes, consegue ler a minha mente e consegue falar. Acho que nós os três estamos ligados de alguma forma, talvez por causa das provações. Não sei. Tudo pode acontecer com a Eriel a espiar-me 24 horas por dia", diz E-Z.

Ao chegarem ao corredor, ouvem o bater das patas do cisne enquanto este caminha. "Tenho demasiada fome para dormir", diz o cisne Alfred.

"Que tipo de coisas comes?

"Milho é bom, ou podes deixar-me sair lá atrás e eu arranjo alguma erva."

"Tens algum milho?" perguntou E-Z.

"Só congelado", disse o Tio Sam. "Mas posso passar os grãos por água morna, e ficam prontos num instante."

"Diz-lhe obrigado", disse o cisne Alfred. "É muito simpático da tua parte."

O Tio Sam pôs o milho num prato e o Alfred comeu o que lhe foi oferecido. Mas ainda tinha fome e precisava de ir esvaziar a bexiga, por isso pediu para ir lá fora. Enquanto estava lá fora, ia comer a relva.

E-Z e o Tio Sam observaram o cisne durante alguns segundos.

"Espero que o chihuahua do vizinho não apareça para o visitar", disse o Tio Sam. "Aquele cisne é tão grande que o vai assustar de morte."

E-Z riu-se. "Imagina o que ele faria, se o cão o entendesse como eu?"

Alfred, o cisne, sentiu-se em casa. Tem a certeza de que vai ser feliz aqui.

CAPÍTULO IX

Mais tarde, Alfred, o cisne, pede para falar com E-Z em privado.

"Podes dizer o que quiseres aqui", disse E-Z. "O Tio Sam não te compreende, lembras-te?"

"Sim, eu sei. Mas é uma questão de boas maneiras. Não se fala com uma pessoa quando outra está presente, especialmente quando se é convidado em casa de outra. Seria, bem, bastante rude. De facto, muito rude".

E-Z só agora se apercebeu que Alfred, o cisne, falava com sotaque britânico.

"Dás-me licença?" perguntou E-Z.

O Tio Sam acenou com a cabeça e E-Z foi para o seu quarto com Alfred, o cisne, a seguir.

"Muito bem", disse E-Z. "Diz-me porque é que a Ariel te mandou cá e o que é que pretendes fazer para me ajudar?"

Agora que E-Z estava na sua cama, o cisne balançava enquanto se amassava no edredão, tentando ficar confortável.

"Podes dormir no fundo da cama", disse E-Z, atirando uma almofada para lá.

"Obrigado", disse o cisne Alfred. Ele bamboleou-se para a almofada e bateu-lhe com as patas com membranas até ela ficar confortável. Depois agacha-se.

"Agora, vamos começar", disse o Alfred.

E-Z, agora de pijama, ouve Alfred contar a sua história.

"Eu já fui um homem."

E-Z suspirou.

"É melhor não interromperes até eu acabar", repreendeu o cisne. "Caso contrário, a minha história vai continuar e nenhum de nós vai conseguir dormir."

"Desculpa", disse E-Z.

O cisne continuou. "Eu vivia com a minha mulher e dois filhos. Éramos incrivelmente felizes, até que uma tempestade nos arrasou a casa e os matou a todos. Sobrevivi, mas sem eles não queria. Então, um anjo veio ter comigo, a Ariel que conheceste, e disse-me que poderia voltar a vê-los a todos, se concordasse em ajudar os outros. Gosto de ajudar os outros e isso dar-me-ia um objetivo. Além disso, não tinha outra opção e por isso concordei."

"Tens ensaios?" E-Z perguntou. Pensa erradamente que a história de Alfred está terminada.

"A minha história ainda não acabou", disse Alfred, o cisne, um pouco irritado. Depois continua. "É esse o ponto crucial da minha história. Não tenho provas, porque não sou um anjo em formação. As minhas asas não são como as tuas asas. Sou um cisne, mas um cisne maior do que o normal. O nome da minha raça é Cygnus Falconeri, que também é conhecido como cisne gigante. A minha espécie foi extinta há muito tempo. O meu objetivo era indefinido. Fiquei preso no meio e no entre, à deriva no tempo porque cometi um erro. Mas não quero falar sobre isso agora. Quando te vi salvar aquela menina, liguei à Ariel e perguntei se podia trabalhar contigo. Ela repreendeu-me por ter fugido e mandou-me de volta para o meio e o entre. Voltei a fugir de lá e ajudei-te com o avião e a Ariel pediu ao Ophaniel para me dar outra oportunidade. Agora tenho um objetivo - ajudar-te."

"E Ophaniel, concordaste? Mas e a Eriel?"

"Não te deram a primeira vez. Isso foi porque Hadz e Reiki me denunciaram por te ter ajudado ao convocar os meus amigos pássaros. Quando soube que eles tinham sido enviados para as minas, e que tinham fugido novamente, Ariel apresentou o meu caso e Ophaniel concordou. Não sei nada sobre Eriel. É ele o teu mentor?

"Sim, substitui Hadz e Reiki. Eles entraram e saíram, mas ele diz que consegue ver sempre onde estou e o que estou a fazer."

"Isso parece-me um exagero. Mesmo assim, gostava de o conhecer um dia. Por agora, somos uma equipa. Eu posso ajudar-te, para que um dia, também eu, volte a estar com a minha família. Por isso, onde tu fores E-Z, vou eu".

E-Z descansou a cabeça na almofada e fechou os olhos. Sente-se grato por qualquer ajuda. Afinal, o cisne tinha-o ajudado no passado com o avião.

"Não te vou atrapalhar", disse o cisne Alfred. "Eu sei, estás a pensar que somos um par ilógico e quando a Lia chegar, seremos um trio ainda mais ilógico, mas..."

"Espera", disse E-Z. "Sabes da Lia? Como?"

"Oh sim, sei tudo sobre ti e sei tudo sobre ela e também sei mais. Que nós os três estamos ligados. Que estamos os três ligados, predestinados a trabalhar juntos. Ele esticou os maxilares, que pareciam estar a tentar bocejar. "Estou demasiado cansado para falar mais esta noite." Em pouco tempo, o cisne Alfred estava a ressonar.

E-Z passou em revista tudo o que sabia sobre cisnes. O que não era muito. De manhã, faz uma pesquisa sobre a espécie de Alfred.

Pergunta-se como é que PJ e Arden se vão sentir em relação a Alfred. Ou talvez não houvesse razão para os apresentares? Alfred podia ser um segredo.

Afofa a almofada com os punhos e prepara-se para adormecer.

Acordou Alfred, e ele estava irritado com isso.

"Tens de fazer isso?" perguntou Alfred.

"Desculpa", disse E-Z.

CAPÍTULO X

Na manhã seguinte, E-Z acordou com o som do Tio Sam a bater-lhe à porta. "Acorda, E-Z! O PJ e o Arden já estão a caminho para te levar à escola."

E-Z bocejou e espreguiçou-se. Veste-se e depois ajeita-se na cadeira. Como o Alfred ainda estava a dormir, ia esgueirar-se para o ver depois da escola.

"Não podes ir a lado nenhum sem mim!" diz o Alfred. Sacode as penas e depois salta para o chão.

"Não podes ir comigo para a escola. Não podes ter animais de estimação.

"E-Z, anda lá, rapaz!" gritou o Tio Sam da cozinha. "Caso contrário, perdes o pequeno-almoço.

O estômago de E-Z roncou quando o cheiro a torradas veio na sua direção. "Já vou!"

Sem tempo para discutir, E-Z abriu a porta. Entra na cozinha no momento em que Arden e PJ chegam. Uma buzinadela lá fora avisa-o que eles estão lá.

"Está bem, está bem!" E-Z grita enquanto pega numa torrada. Segue pelo corredor, com o seu novo companheiro de pés de teia atrás de si.

PJ saiu do carro para ajudar E-Z a entrar e colocou a sua cadeira de rodas na bagageira. Quando a estava a fechar, viu Alfred a tentar entrar no veículo.

"Essa coisa não pode entrar no carro", grita PJ.

Arden baixou a janela.

"Que raio é aquilo? Perdi algum memorando a dizer que hoje íamos ter o Show and Tell?" Ele riu-se.

"Aquilo é um cisne?" perguntou a mãe da Sra. Pega PJ.

"Ou esta coisa é o presidente do teu clube de fãs? PJ pergunta com um sorriso.

Uma vez dentro do carro, E-Z responde. "Já somos demasiado velhos para mostrar e contar", ri-se. "O cisne é o meu projeto. Uma experiência, como um cão-guia para um cego. É o meu companheiro de cadeira de rodas". Põe o cinto de segurança no Alfred.

PJ foi sentar-se à frente, ao lado da mãe.

Alfred, o cisne, disse: "Não me vais apresentar?"

A Sra. Handle arrancou com o carro e foram para a escola.

"Alfred," E-Z olhou para os seus amigos, "apresento-te a Sra. Handle. E os meus dois melhores amigos, PJ e Arden. Apresento-te o Alfred, o cisne trompetista". E-Z cruzou os braços.

Alfred disse: "Hoo-hoo". Para E-Z, disse: "Estou muito contente por te conhecer. Podes traduzir para mim".

"Como é que sabes o nome dele?" Perguntou o PJ.

"Não te vais transformar, como é que ele se chamava, no tipo que falava com os animais, pois não, E-Z? Por favor, diz-me que não estás. No entanto, podias transformar-te numa verdadeira vaca leiteira. Podíamos comercializar o teu talento. Fazer perguntas e publicar as respostas no nosso próprio canal do YouTube. Podíamos chamar-lhe "E-Z Dickens, o encantador de cisnes".

"Excelente ideia!" disse PJ quando a sua mãe parou numa passadeira. "Se fosse há uns anos atrás, provavelmente teríamos ganho milhões no YouTube. Hoje em dia, ganhar dinheiro lá é muito difícil. Eles estão mesmo a apertar o cerco".

"Não sejas mal-educado", disse a Sra. Handle, enquanto seguia de carro.

"A pessoa a que ele se refere é o Doutor Dolittle," ofereceu Alfred. "Era uma série de doze livros de romances escritos por Hugh Lofting. O primeiro livro foi publicado em 1920, e os outros seguiram-se, até 1952. Hugh Lofting morreu em 1947. Também era britânico. Um homem de Berkshire nascido e criado."

"Eu sei a quem te referes", disse E-Z a Alfred. "E não, eu não sou."

Arden disse: "Espero que o teu companheiro cisne não nos roube todas as raparigas hoje. Sabes como as raparigas adoram coisas com penas."

A Sra. Handle limpou a garganta.

"Eu era um grande assassino de mulheres, no meu tempo," disse Alfred, seguido de outro, "Hoo-hoo!" que dirigiu a PJ e a Arden.

PJ disse: "O teu cisne companheiro dá-me cabo da cabeça."

Arden perguntou: "Que filme de pássaros ganhou um Óscar?"

PJ respondeu: "O Senhor das Asas".

Arden perguntou: "Onde é que os pássaros investem o seu dinheiro?"

PJ respondeu: "No mercado das cegonhas!"

"Os teus amigos divertem-se facilmente", diz Alfred. "Os teus amigos divertem-se facilmente. Percebo porque gostas deles. Eu gosto da Sra. Handle. É calma e uma excelente condutora."

E-Z riu-se.

"Ainda bem que estás a gostar do humor matinal", diz PJ.

"Não estou a gostar", disse Alfred. "Além disso, vocês os dois são uns autênticos palermas."

O Arden e o PJ fizeram um duplo olhar.

E-Z também fez um duplo-tomada ao ver os seus duplos-tomadas. "O quê?

"Não ouviste isto?", disseram os dois em uníssono. "O cisne sabe falar - e com sotaque britânico. Oh pá, as raparigas vão mesmo adorá-lo."

A Sra. Handle abanou a cabeça. "Não te armes em pedinte tonto, vocês os dois!"

E-Z olhou para Alfred, o cisne, que parecia confuso.

Alfred tentou fazer uma piada para ver se eles o entendiam. "Porque é que os beija-flores zumbem?", pergunta.

Os três rapazes olham para ele, e é evidente que tanto Arden como PJ já o compreendem.

Alfred disse a piada: "Porque não sabem as palavras, claro".

PJ e Arden riram-se, mais ou menos, mas estavam sobretudo assustados.

"Como é que eles agora também te conseguem entender?" pergunta E-Z. "Primeiro não conseguiam, agora conseguem. Pensei que tinhas dito que era só eu. E porque é que o Tio Sam não te entendia?"

Agora que o podiam entender, Alfred sentiu-se constrangido. Sussurrou para E-Z: "Sinceramente, não sei. A não ser que o que estou aqui a fazer tenha algo a ver com eles também."

"E não inclui o Tio Sam? Ou a Mrs. Handle?"

"Talvez não", respondeu Alfred.

"E onde é que encontraste este cisne falante?" perguntou Arden.

"E porque o levas para a escola? perguntou o PJ.

A Sra. Puxa-saco bufou. "Estás a ser muito tolo. O E-Z diz que ele é um cisne companheiro. Não pode falar.

"Antes de mais, ele não é apenas um cisne, é um Cygnus Falconeri. Também conhecido como cisne gigante e uma espécie que está extinta há séculos."

"Não vi muitos cisnes na vida real", disse Arden. "Os que vi no canal da natureza não me pareceram tão grandes como ele. As tuas patas são enormes! E o que acontece se ele tiver de, sabes, ir à casa de banho?"

"O cisne gigante médio tem um comprimento do bico à cauda entre 190 e 210 centímetros", diz Alfred. "E se tiver de ir à casa de banho, vou usar a relva - o campo desportivo deve dar-me espaço suficiente para me alimentar e fazer as minhas necessidades se e quando for necessário."

"Queres dizer que comes a relva e depois vais para a relva?" disse o PJ.

"Eww!" disse Arden.

Como já estavam muito perto da escola, E-Z explicou. "Não te posso dar pormenores porque não os conheço bem. Só sei que o Alfred está aqui para me ajudar e que o vais ver muito."

"Acho que não o vão deixar entrar na escola", disse Arden.

"Não vai haver problema, já que sou o teu companheiro", diz Alfred.

PJ, Arden e Alfred riram-se quando o carro parou à porta da escola.

"Liga-me se quiseres que te vá buscar depois das aulas", disse a Sra. Pega.

"Obrigado", respondem.

Depois de a cadeira de E-Z ter sido retirada da bagageira, a Sra. Handle afastou-se do passeio.

Os amigos dele ajudaram-no a entrar na cadeira, enquanto o Alfred voou e se sentou no ombro dele. Dirigiram-se para a frente da escola, onde o diretor Pearson estava a levar os alunos para dentro.

"Bom dia, rapazes", diz ele com um enorme sorriso na cara. Até que repara em Alfred, o cisne. "O que é essa coisa?", pergunta.

"É um cisne companheiro", disse E-Z.

"Um Cygnus Falconerie, para ser exato", diz Arden.

"Está connosco", disse PJ.

O Diretor Pearson cruzou os braços. "Aquela coisa, o Cygnus Falconerie, não vem para aqui!

Alfred disse: "Deixa estar, E-Z. Não vamos fazer uma cena. Vou estar aqui quando as tuas aulas acabarem. Vejo-te mais tarde". Alfred voa e aterra no telhado do edifício. Observa a vista antes de voar para o campo de futebol. Há muita relva para comeres. Quando estivesse cheio, procurava um lugar à sombra debaixo de uma árvore e dormia uma sesta.

O Diretor Pearson abanou a cabeça, depois abriu a porta para E-Z e os seus amigos. Lá dentro, soou a campainha de aviso de cinco minutos.

O dia de escola não teve qualquer consequência para E-Z e os seus amigos.

Ainda não sabes nada de Eriel sobre novas experiências.

CAPÍTULO XI

O Alfred adapta-se à sua nova rotina. As crianças da escola começaram a conhecê-lo - embora só E-Z e os seus amigos soubessem que ele podia falar.

Nesse dia, à porta da escola, Alfred estava à espera de E-Z e perguntou: "Podemos falar?"

E-Z olhou em volta; ainda não queria que os outros alunos o ouvissem a falar com um cisne. Sussurra: "Uh, isto pode esperar até chegarmos a casa?"

"Oh, estou a ver", disse Alfred. "Ainda te sentes constrangido quando estamos a conversar. O que é compreensível, mas os miúdos adoram-me aqui. Fazem fila para me fazer festas, para me dar de comer. Além disso, o Tio Sam não vai estar em casa? Preciso de falar contigo a sós."

"Como ele ainda não te compreende, falas comigo a sós, mesmo quando estamos em casa."

"Mas isto é um assunto que te preocupa e é bastante sensível em termos de tempo", disse Alfred.

PJ parou no passeio ao lado deles. Arden perguntou-lhes se queriam boleia para casa.

"Desculpa, mas vou a pé. Desculpa, mas hoje vou a pé para casa com o Alfred. Ele tem uma informação vital para me dar."

PJ e Arden abanaram a cabeça. Arden disse: "Estávamos à espera de ser atirados para cima de uma rapariga um dia - não de um pássaro." Ele riu-se.

"E o jogo?" perguntou Arden.

"Hoje é hoje e o jogo é só amanhã. Desculpa, malta." E-Z acelerou o passo. O carro arrastou-se ao seu lado e depois afastou-se com um guincho dos pneus.

"São uns chatos", disse Alfred.

"Eles têm boas intenções. O que é que tens de tão importante?"

"Tens tido notícias da Lia ultimamente? Estou preocupado com ela." O Alfred arrastou-se ao lado do E-Z, arrancando a cabeça de um dente-de-leão.

"Porque é que estás preocupado? Porque te preocupas? Não ter notícias é uma boa notícia, não é?

"Bem, na verdade, eu tive notícias dela e houve um, uh, bem, um novo desenvolvimento desconcertante."

E-Z parou. "Conta-me mais."

"Continua a andar", disse Alfred, agora a arrancar a cabeça de uma margarida. "A Lia e a mãe dela já estão a caminho daqui. Devem chegar amanhã."

"Porquê tanta pressa? Quero dizer, sim, é uma surpresa. Nós sabíamos que elas viriam - possivelmente em breve. O que é que isso tem de desconcertante?"

"Essa não é a parte desconcertante."

"Pára de empatar e desembucha!"

"A Lia já não tem sete anos - tem agora dez anos."

"O quê? Achas que ela mentiria?

"Achas que ela ia mentir?"

"Não, acho que não mentiria, mas - isso não faz sentido nenhum. As pessoas não crescem dos sete aos dez anos numa questão de semanas."

"Ela disse que foi dormir. Na manhã seguinte, entrou na cozinha para tomar o pequeno-almoço e a ama começou a gritar. Foi assim que ela descobriu que tinha envelhecido três anos de um dia para o outro."

"Uau!" exclamou E-Z.

"E tens mais."

"Mais. Não consigo imaginar mais nada.

"Ela conseguiu convencer a mãe de que não havia necessidade de ela ficar aqui durante toda a visita. Ela é uma mulher de negócios muito ocupada. Precisaste de muita persuasão. A Lia disse que seria melhor para ela, dada a experiência da Sam contigo e com as provas. A mãe dela concordou, com algumas condições."

"Tais como?"

"Que ela goste do Tio Sam."

"Toda a gente gosta do Tio Sam."

"E também que lhe expliques como é que a filha pode ter envelhecido assim de um dia para o outro."

"E como queres que eu faça isso?"

"Para ser honesto", disse Alfred, "não faço ideia. Por isso é que queria falar contigo a sós. Quero dizer, o Tio Sam sabe que a Lia está a chegar, certo?"

E-Z acenou com a cabeça: "Acho que sim, se eles vêm a caminho."

"Mas espera uma menina de sete anos, quando é uma de dez que lhe vai aparecer à porta."

E-Z parou de novo. Tio Sam. Nem sequer tinha pensado na hipótese de o Tio Sam ter de lidar com uma rapariga de dez anos. "Não sei se alguma vez lhe falei da idade da Lia. Talvez não o tenha feito e estejamos a preocupar-nos com nada."

Alfred continuou. "Já ouvi falar de humanos que envelhecem rapidamente. Há uma doença chamada Progeria. É uma doença genética, muito rara e muito mortal. A maior parte das crianças não passa dos treze anos e a Lia já tem dez, por isso temos de descobrir o que é."

"Como é que isso que disseste,"

"Progeria."

"Sim, Progeria, como é que se contrai?" perguntou E-Z.

"Pelo que sei, acontece durante os primeiros dois anos. E as crianças normalmente ficam desfiguradas."

"A Lia está desfigurada por causa do vidro, não é uma doença. Tens cura?"

"Não há cura. Mas E-Z, há outra coisa. Tem algo a ver com os olhos que ela tem nas mãos. Eles são novos e a doença é nova. É demasiada coincidência, não achas?"

E-Z pensou nisso e decidiu que Alfred tinha razão. Era demasiada coincidência, não achas? Mas o que é que ele ia fazer em relação a isso? Telefona à Eriel? "Conheces a Eriel?"

Alfred abrandou o passo e E-Z também. Estavam quase a chegar a casa e precisavam de falar sobre isto antes de se encontrarem com o Tio Sam. "Sim, já ouvi falar dele. Mas, como sabes, o Eriel não é o meu anjo. Conheceste a minha mentora, Ariel, e ela é o anjo da natureza, daí eu estar na condição de um cisne raro. Talvez ela te possa ajudar, mas teremos de esperar pela sua próxima aparição para o fazer."

"Queres dizer que não a podes invocar?"

Alfred acenou com a cabeça. "Consegues invocar a Eriel à vontade?"

E-Z riu-se. "Não exatamente à vontade, mas ele é acessível. No entanto, ele é um chato, sabes como é, e não gosta de ser chamado ou convocado." E-Z pensou calmamente e Alfred também. A casa deles já estava à vista e o tio Sam estava em casa, com o carro estacionado na entrada. "Acho que devemos esperar e ver o que acontece com a Lia.

"Concordo", disse Alfred, enquanto saía do caminho e arrancava alguma erva do chão e a mastigava. E-Z observou-o. "Prefiro não comer muita erva, quero dizer, erva de relva. É o que eu como todo o dia quando estás na escola - para além das poucas flores que consigo encontrar. Neste momento, apetece-me comer algumas das coisas molhadas, que crescem debaixo de água. É mais fresco e mais sumarento".

"Percebo perfeitamente", diz E-Z. "Gosto de comer salada quando está fresca e estaladiça. Não gosto muito quando vem em sacos e a única forma de a comer é encharcando-a em molho de salada".

"Tenho saudades da comida humana."

"Do que é que sentes mais falta?"

"Cheeseburgers e batatas fritas, sem dúvida. Oh, e ketchup. Como eu adorava aquele molho grosso, vermelho e pegajoso que vai em tudo."

"Talvez não fosse assim tão mau, na relva?" E-Z riu-se, mas Alfred estava a pensar no assunto.

"Eu estaria disposto a experimentar."

"Vamos pôr isso na tua lista de desejos", disse E-Z.

"O que é uma lista de desejos?", perguntou Alfred. perguntou Alfred.

CAPÍTULO XII

E-Z contemplou a pergunta de Alfred. Alfred não sabia o que era uma bucket list... e a frase foi cunhada em 2007. No filme de Nicholson/Freeman com o mesmo nome. Explica sem entrar em muitos detalhes.

"É uma ideia muito interessante", disse Alfred, afofando as suas penas. "Mas qual é o objetivo de fazeres uma lista de viagens? De certeza que te lembravas de tudo o que querias fazer?"

"Sabes, Alfred, não tenho bem a certeza. Acho que pode ter a ver com a idade. Envelhecer e perder a memória."

"Faz sentido."

Continuaram a sua viagem e chegaram a casa. Quando E-Z subiu a rampa, Alfred saltou para cima dele. O cisne bateu as asas para o ajudar a subir. No cimo, quando E-Z abriu a porta, ouviram uma voz desconhecida.

"Oh não, eles já cá estão!" disse Alfred.

"Podias ter-me avisado! respondeu E-Z, guardando o saco num gancho a caminho da sala de estar.

"É óbvio que o teria feito, se soubesse!

Lia levantou-se. Lia, de dez anos, parecia muito diferente, até que levantou as palmas das mãos abertas. Quando viu o E-Z, gritou, correu para ele e deu-lhe um grande abraço.

Depois abraçou o Alfred e disse que estava incrivelmente feliz por finalmente o conhecer.

A mãe da Lia, Samantha, também estava de pé, a ver a filha abraçar o rapaz que lhe tinha salvado a vida. O anjo/rapaz na cadeira de rodas. A filha tinha falado no Alfred, mas não no facto de ele ser um cisne gigante.

O tio Sam levantou-se e disse: "Oh, estás em casa." Aproxima-se do sobrinho. Depois, sem jeito, sugeriu que fossem para a cozinha. Para irem buscar refrescos.

"A Samantha disse: "Estamos bem.

Sam insistiu que fossem para a cozinha na mesma.

"E-Z gaguejou. "Eu queria uma bebida.

Sam suspirou.

"Não nos dês trabalho", disse a Samantha.

"Não te dês ao trabalho", disse Sam, empurrando a cadeira de E-Z para a saída da sala de estar.

"Lia, és muito bonita", disse Alfred, baixando a cabeça para que ela lhe desse uma palmadinha.

"Obrigada", disse Lia com um rubor. Ela olhou de relance na direção de E-Z quando eles saíram da sala, mas ele não reparou porque tinha os olhos postos no tio.

Quando chegaram à cozinha, Sam estacionou o sobrinho. Abre o frigorífico e fecha-o novamente. Vai até ao armário, abre a porta e volta a fechá-la.

"O que é que se passa? Pergunta ao E-Z.

"Eu, eu não os esperava tão cedo e, afinal, o que é que as pessoas dos Países Baixos comem e bebem? Acho que não tenho nada adequado em casa. Talvez devesse sair e comprar alguma coisa?

"Eles são pessoas como nós, tenho a certeza que vão provar tudo o que tiveres. Não penses demasiado nisso".

"Ajuda-me aqui, miúda. Que tipo de coisas deves servir? Queijo e bolachas? Algo quente, sandes de queijo grelhado? Temos água, sumo e refrigerantes."

"Está bem, por agora vamos servir queijo e bolachas. Vê como nos saímos com isso. E um tabuleiro com bebidas variadas.

Sam suspirou e colocou tudo num tabuleiro. "Oh, guardanapos!" disse ele, tirando uma pilha deles da gaveta.

"Estás pronto? perguntou E-Z.

"Obrigado, miúdo", disse Sam, enquanto pegava no tabuleiro cheio de comida e bebidas. Dirige-se para a sala de estar, com o sobrinho atrás dele. Sam pôs tudo em cima da mesa, depois levantou-se e disse: "Pratos laterais!" e saiu da sala, voltando pouco depois com os ditos pratos.

E-Z olhou de relance na direção de Lia quando bebeu a sua bebida. Ainda a conseguia ver como uma menina, embora já não o fosse. O cabelo dela estava mais comprido.

A mãe de Lia parecia ainda mais desconfortável do que o Tio Sam. Mexeu numa bolacha, mas não a mordeu. Mexe o copo de bebida para a frente e para trás, mas não bebe. Olha de vez em quando na direção do Tio Sam, mas não por muito tempo. Depois suspirou muito alto e voltou a mexer na comida.

"Como foi o teu voo? perguntou E-Z.

"Foi fácil - fácil comparado com voar contigo", disse Lia. Ri-se e o refrigerante quase lhe sai pelo nariz. Em breve estavam todos a rir e a sentir-se mais à vontade.

Alfred conversou livremente, sabendo que só Lia e E-Z o conseguiam entender. "Agora estamos juntos, Os Três. Como estava destinado a ser."

Lia e E-Z trocaram olhares.

Alfred continuou. "Continuo a perguntar-me porque nos juntaram. E-Z, tu consegues salvar pessoas e és super-duper forte, além de conseguires voar e a tua cadeira também. Lia, os teus poderes estão na tua visão. Consegues ler pensamentos. Pelo que o E-Z me disse, tens os poderes da luz e podes parar o tempo.

"Eu, eu posso viajar, voar no céu e às vezes consigo saber quando as coisas vão acontecer antes de acontecerem. Também consigo ler mentes, mas nem sempre. Além disso, a maior parte das pessoas gosta de cisnes. Há quem diga que somos angelicais. Há até quem acredite que os cisnes têm o poder de transformar as pessoas em anjos. Não sei se isso é verdade. Eu sou capaz de ajudar todos os seres vivos a curarem-se a si próprios".

A última parte era nova para E-Z. Quer saber mais.

Alfred ofereceu-se para dizer: "Render-se é o primeiro passo."

E-Z e Lia ficaram perdidos em pensamentos sobre a confissão de Alfred.

"O que é que fazemos agora?", perguntou Lia. pergunta Lia.

"Todas as equipas precisam de um líder, um capitão. Eu nomeio o E-Z", disse Alfred.

"Eu apoio a tua nomeação", diz Lia.

Lia e Alfred levantam os seus copos para o E-Z. O tio Sam e a mãe da Lia, Samantha, juntaram-se ao brinde. Embora não fizessem ideia do motivo pelo qual estavam a brindar.

E-Z agradeceu-lhes a todos. Mas, por dentro, perguntava-se como é que tudo iria funcionar. Como é que ele ia guiar uma menina e um cisne trompetista? Como é que os ia manter seguros e fora de perigo?

O Tio Sam e a Samantha ofereceram-se para limpar, enquanto o trio voltava para a sala de estar.

"É uma boa oportunidade para eles se conhecerem um pouco melhor", disse Alfred.

"Sim, a tua mãe nunca esteve tão nervosa. Com o seu trabalho, conhece muitas pessoas e fala com elas, mesmo com estranhos, como se as conhecesse desde sempre. Acho que é um dos segredos do seu sucesso. Mas com o Sam, fica calada como um rato e nervosa."

"Talvez seja o jetlag", sugeriu E-Z.

Alfred riu-se. "Não, eles sentem-se atraídos um pelo outro. És demasiado novo para reparar, mas havia uma vibração no ar."

"A sério, a minha mãe tem um fraquinho pelo Sam?

"O tio Sam também era muito estranho - mas hoje em dia não conhece muitas raparigas, porque trabalha em casa e passa a maior parte do tempo a ajudar-me. Eu voto, mudamos de assunto".

"Eu também", disse Lia.

"Vocês os dois não têm piada nenhuma.

"Acho que está na altura de convocarmos o Eriel", disse E-Z. "Ele deve ser a pessoa que nos juntou a todos. Tens de nos contar o plano. Para saberes o que se espera de nós e quando."

"Quem é o Eriel?" Lia perguntou-te. "Lembro-me de me teres perguntado se o conhecia."

"Ele é um Arcanjo e tem sido o mentor das minhas provas. Bem, pelo menos as últimas".

"O meu anjo, aquele que me deu o dom de ver com as mãos, chama-se Haniel. Ela também é um arcanjo. Cuida da terra."

Isto surpreendeu E-Z. Se estavam todos a trabalhar para os seus próprios anjos, porque é que os juntaram? Será que um anjo era mais poderoso do que o outro? Quem era o anjo chefe? Quem respondia a quem?

"Gostava de saber o que se está a passar", disse Alfred.

"Tudo o que sei", disse Lia, "é que depois do acidente me perguntaram se eu seria um dos três. E agora, voilá, aqui estamos nós."

O tio Sam e a Samantha entraram na sala. Conversam mais um pouco até que a Samantha, cansada do voo, vai para o seu quarto. O tio Sam também foi para o seu quarto.

"Vamos para o meu quarto conversar", diz E-Z.

Lia e Alfred seguiram-no. Depois de algumas horas de discussão, o trio apercebeu-se de que tinha muitas perguntas mas poucas respostas. Lia foi para o seu quarto, que partilhava com a mãe. Alfred dorme na beira da cama de E-Z. E-Z não pára de ressonar. Amanhã era outro dia - nessa altura, descobririam tudo.

CAPÍTULO XIII

Na manhã seguinte, Lia leva tigelas de cereais para o jardim das traseiras. O sol estava a nascer no céu, era um dia sem nuvens e aproximava-se das 10h00. O Alfred comia na relva perto do caminho.

Lia entrega a E-Z a sua tigela, depois senta-se debaixo do guarda-sol no pátio e come uma colherada de Cornflakes.

"Os cornflakes norte-americanos têm um sabor diferente dos que temos nos Países Baixos."

"Qual é a diferença?", pergunta E-Z. pergunta E-Z.

"Aqui tudo tem um sabor mais doce.

"Ouvi dizer que usam receitas diferentes em países diferentes. Queres mais alguma coisa?" Ela recusou com um abanar de cabeça. "Não consegui dormir a noite passada", disse E-Z, pegando noutra colherada de Captain Crunch.

"Desculpa, estava a ressonar muito?" perguntou Alfred enquanto empurrava a cara para a relva molhada de orvalho.

"Não, estiveste bem. Não, estiveste bem. Quero dizer, estamos todos aqui. Os três - e eu já não tenho um julgamento há algum tempo... Desde que Hadz e Reiki foram despromovidos, não sei o que se passa. Depois da última batalha com a Eriel - que eu ganhei, já agora - não ouvi nada da Eriel. Isso está a deixar-me nervoso. Imagina o que ele estará a sonhar para tornar a minha vida miserável."

Alfred afastou-se ainda mais no jardim, enquanto um unicórnio pousava na relva.

"Ao teu serviço," disse Little Dorrit.

O unicórnio aconchegou-se a Lia, enquanto ela se levantava e lhe dava um beijo na testa.

Acima deles, começou uma faixa azul de escrita no céu. Escreve as palavras:

SEGUE-ME.

A cadeira de E-Z levantou-se: "Anda!", gritou ele.

A pequena Dorrit baixou-se, permitindo que a Lia a montasse.

Alfred bateu as asas e juntou-se aos outros.

"Tens alguma ideia para onde vamos? pergunta Alfred.

"Tudo o que sei é que temos de nos despachar! As vibrações estão a aumentar, por isso devemos estar perto.

"Olha para a frente," gritou Lia. "Acho que precisam de nós no parque de diversões."

Imediatamente, ficou óbvio para E-Z porque é que eram precisos. A montanha russa tinha descarrilado. Os carros estavam meio pendurados e meio fora dos carris. E os passageiros de todas as idades estavam a gritar. Um miúdo estava pendurado de forma tão precária com as pernas por cima do carrinho que era óbvio que ia cair primeiro.

"Vamos agarrar o miúdo," disse Lia, levantando voo. Ela e a Pequena Dorrit foram directas ao rapaz. Ele soltou-se, caiu e aterrou em segurança à frente de Lia, em cima do unicórnio.

"Obrigado", disse o rapaz. "Isto é mesmo um unicórnio, ou estou a sonhar?"

"É mesmo", disse Lia. "Chama-se Pequena Dorrit."

"A minha mãe tem um livro com esse nome. Acho que é de Charles Dickens."

"Tens razão", disse a Lia.

"Há unicórnios em Little Dorrit? Se sim, vou ter de o ler!"

"Não te posso dizer com certeza," disse a Lia. "Mas se descobrires, avisa-me."

E-Z agarrou os carros pendentes um a um. Foi preciso um pouco de esforço para o equilibrar, pois ao princípio parecia um carrossel todo inclinado numa só direção. Mas a sua experiência com o avião ajudou-o e inspirou-o enquanto levantava os carros de volta para os carris. Mantém-nos firmes até que todos os passageiros estejam em segurança.

Graças à ajuda do Alfred, este processo foi fácil. O Alfred, usando as suas asas, o seu bico e o seu tamanho, conseguiu levá-los para um lugar seguro.

"Estão todos bem?" E-Z chama-te para um aplauso retumbante de todos os passageiros.

A tarefa foi concluída com sucesso e Alfred voou até onde estavam Lia e os outros. Era um local excelente para observar.

"Podes levar o rapaz para baixo agora?" Pergunta a Lia.

E-Z fez-lhe um sinal de positivo.

Em baixo, uma grua foi trazida com o objetivo de ser levantada para um salvamento. Ainda não estava quase pronta. Observa enquanto os trabalhadores se movimentam com os seus capacetes amarelos.

E-Z assobiou para o tipo que operava a montanha russa para a pôr a funcionar.

O operador da montanha-russa ligou o motor. Primeiro, os carros avançaram um pouco, depois pararam. Os passageiros gritaram, com medo que voltasse a descarrilar. Alguns seguraram os seus pescoços, que tinham sido sacudidos no evento original.

E-Z posicionou a sua cadeira de rodas à frente das carruagens para ver se a sua posição não se alterava. Repara que o vento estava a aumentar e que o cabelo dos passageiros era varrido para dentro das carruagens. Um idoso perdeu o seu boné de basebol dos LA Dodgers. Todos viram o boné cair no chão.

"Tenta outra vez", gritou E-Z, esperando o melhor, mas pensando num plano B para o caso de acontecer.

O operador acelerou o motor. Mais uma vez, a montanha-russa avançou. Desta vez, avançou um pouco mais, mas voltou a parar completamente.

O adolescente chamou a Pequena Dorrit: "Podes pôr a Lia no chão? Depois agarras numas correntes com ganchos em ambas as pontas e trazes-mos até mim?"

O unicórnio acenou com a cabeça, descendo ao som de "oohs" e "ahhs" da multidão que se tinha juntado lá em baixo. Um tipo tentou agarrá-la e apanhar boleia, ela afastou-o com o nariz e a polícia avançou para isolar a área.

"Toma!", diz um operário da construção civil. Ouve o que E-Z pediu. Coloca parte da corrente na boca de Little Dorrit e coloca o resto à volta do seu pescoço.

"Não é muito pesada?", perguntou ele, enquanto a Pequena Dorrit levantava voo sem qualquer problema e subia em asas até onde Alfred estava agora à espera ao lado de E-Z.

Alfred, usando o seu bico, colocou o gancho na parte da frente do carro da montanha russa. Segura-o no lugar e prende-o à cadeira de rodas de E-Z.

"Por favor, fica sentado", disse E-Z. "Vou fazer-te descer, devagar mas com segurança. Tenta não te mexeres muito, quero que o peso seja colocado de forma consistente. Quando disseres três, vamos lá", disse ele. "Um, dois, três." Puxa, dando tudo o que tinha, e o carro rola com ele. Descer era fácil, subir, ele tinha que garantir que o carrinho não ganhasse muita velocidade e se deslocasse novamente. A Pequena Dorrit e o Alfred voavam ao lado do carro, prontos para agir se alguma coisa corresse mal.

Lia estava tão assustada, nervosa e excitada.

"Tu consegues, E-Z!" gritou ela, esquecendo-se que podia dizer as palavras na sua cabeça e que ele as ouviria.

"Obrigado", disse ele, mantendo o ritmo lento e constante. Embora E-Z estivesse cansado, tinha de completar a tarefa que tinha em mãos. Quando o carro dobrou a esquina e parou completamente, voltou a entrar no túnel. Volta para onde começou a sua viagem.

"Obrigado!", diz o operador.

Os bombeiros, paramédicos e enfermeiros preparam-se para o ataque dos passageiros. Desembarcando ao mesmo tempo.

"E-Z! E-Z! E-Z!", cantava a multidão, com os telemóveis levantados a filmar todo o incidente.

"Achas que temos tempo para comprar algodão doce?" pergunta a Lia.

"Achas que temos tempo para comprar rebuçados? disse Alfred. "Não sei se vou gostar, mas estou disposto a experimentar!

"Claro", disse E-Z, "vou buscar os dois para ti, não te preocupes! Até posso comprar uma Maçã Doce para mim".

Quando foi fazer as compras, reparou que tinham chegado os jornalistas. Quando vai fazer as compras, repara que os jornalistas chegaram. O homem segurava uma cartola à sua frente e parecia-se com Abraham Lincoln. Quando o vê mais de perto, percebe que é o Eriel disfarçado. Aproxima-se para ouvir.

"Sim, fui eu que juntei este trio dinâmico. O líder é E-Z Dickens, tem treze anos e é uma superestrela. Para além de ser o membro mais experiente dos Três, é o líder. Como deves ter reparado, ele consegue lidar com quase tudo. É um miúdo fantástico!"

E-Z sentia as suas bochechas a aquecer.

"E a rapariga e o unicórnio?", perguntou um repórter.

"O nome dela é Lia e esta foi a sua primeira aventura no mundo dos super-heróis. O unicórnio dela é o Little Dorrit, e os dois formam uma equipa fantástica. Ela salvou aquele rapaz", agarrou no rapaz. Coloca-o à frente e no centro das câmaras.

Quando todos os olhares se viram para ele, termina a frase. "Com facilidade. A Lia e o pequeno Dorrit são uma adição maravilhosa à equipa, e vão ser uma ajuda imensa para o E-Z em todos os seus futuros empreendimentos."

"Como é que foi?", pergunta um jornalista ao rapaz.

"A Lia foi muito simpática", diz o rapaz.

A figura escura afasta o rapaz. Limpa o pó.

"O cisne trompetista chama-se Alfred. Esta foi a sua primeira oportunidade de ajudar o E-Z. Corajosamente, coloca-se em risco. Alfred é outro excelente membro desta equipa de super-heróis dos Três. Vais ver muitos deles no futuro". Hesitou: "Ah, e o meu nome é Eriel, caso me queiras citar no teu artigo".

Agora, E-Z desejava não ter concordado em colecionar guloseimas de carnaval. Encolhe-se, para o lado, na esperança de não dar nas vistas.

"Ali está ele!", gritou alguém.

Outros que estavam na fila atrás dele, empurram-no para a frente da fila.

"É por conta da casa", disse o vendedor, entregando-lhe um de cada.

"Obrigado", disse ele, enquanto levantava voo.

"É ele! O rapaz da cadeira de rodas! O nosso herói!", grita alguém por baixo dele.

"Ali está ele, tira-lhe uma fotografia."

"Volta para tirar uma selfie, por favor!"

E-Z olhou para o local onde Eriel estava, mas agora que tinha sido visto, ninguém estava interessado nele. Quando deu por si, a Eriel tinha desaparecido.

"Toca a sair daqui!" disse E-Z, perguntando-se para onde deveriam ir exatamente. Se fossem para casa dele, os repórteres e os fãs iriam, muito provavelmente, seguir-te. De certa forma, sente falta dos dias em que Hadz e Reiki limpavam as mentes de todos os envolvidos. Descomplicava as coisas.

No caminho de volta, E-Z não pôde deixar de se perguntar o que Eriel estaria a fazer. Afinal de contas, não era suposto ninguém saber das suas provações.

Era muito estranho - mas ele estava demasiado exausto para falar sobre isso com os seus amigos. Em vez disso, perguntava-se porque é que já não era importante manter as suas provações escondidas - e como é que isso ia mudar as coisas. Era bom que as suas asas já não estivessem a arder e que a sua cadeira não parecesse interessada em beber sangue.

"Bem, isso foi muito fácil", disse Alfred.

Lia riu-se: "E até foi divertido ver-te em ação, E-Z."

"Olha, e eu, também ajudei!"

"Claro que ajudaste", disse E-Z. "E a Pequena Dorrit, obrigado! Não o teria conseguido sem ti!"

A Pequena Dorrit riu-se. "Fico contente por te ter ajudado."

"Foste fantástica!" disse Lia, acariciando-lhe o pescoço.

Mas algo as estava a perturbar. Era óbvio que o E-Z podia ter feito tudo sozinho. Não precisava de ajuda.

Alfred sentia que, sendo um cisne trompetista, tinha feito tudo o que podia. Mas ele não era grande ajuda neste tipo de salvamento. Não como se alguém que tivesse mãos pudesse ajudar. Ele tinha dado o seu melhor, mas será que era suficiente? Será que ele era a melhor escolha para ser um membro dos Três?

Lia estava a pensar que a Pequena Dorrit podia ter aterrado debaixo do rapaz e tê-lo salvo sem ela estar no seu dorso. O unicórnio era esperto e podia ter seguido as indicações e instruções de E-Z. Sentia-se como se tivesse vindo de tão longe, e para quê? Não fazia sentido nenhum.

Voltaram novamente para casa. Apesar de terem feito algo maravilhoso juntos, o seu espírito estava em baixo.

A Pequena Dorrit foi-se embora e foi para o sítio onde vivia quando não era necessária.

E-Z foi imediatamente para o seu escritório, onde trabalhou um pouco no seu livro. Queria atualizar a lista de julgamentos para ver em que ponto se encontrava. Decide escrever tudo de novo, desde o início:

1/ salvaste a menina

2/ salva o avião de se despenhar

3/ deteve o atirador no telhado

4/ deteve a rapariga na loja

5/ deteve o atirador à porta de casa

6/ duelou com a Eriel

7/ escapaste da bala

8/ salvaste a Lia

9/ põe uma montanha-russa de novo nos carris.

Não tem a certeza se salvar o Tio Sam foi uma provação ou não. Hadz e Reiki tinham-lhe limpado a mente. A sensação de E-Z era que salvar o Tio Sam não tinha sido uma provação.

Senta-se na cadeira. Pensa no prazo que se aproxima. Tinha de completar mais três provas num período de tempo limitado. Por um lado, queria terminá-los, acabar com eles. Por outro lado, o facto de ter terminado o seu compromisso assustava-o.

Entretanto, Alfred decide ir dar um mergulho no lago.

Enquanto isso, Lia e a sua mãe foram dar um passeio.

✳✳✳

"Então, como é que foi?" perguntou a Samantha.

"Foi extremamente excitante e assustador ao mesmo tempo. O E-Z é extraordinário. Não tens medo", explica Lia.

"E qual foi a tua contribuição?

Viraram a esquina e sentaram-se juntas num banco de jardim. As crianças brincavam, corriam para cima e para baixo e gritavam. Mãe e filha lembram-se de como Lia costumava brincar assim, despreocupada, quando tinha sete anos. Agora que tinha dez anos, o seu interesse em brincar tinha diminuído muito.

"Tens saudades? perguntou Samantha.

Lia sorriu. "Sabes sempre o que estou a pensar. Na verdade não, mas um dia, em breve, gostava de tentar dançar outra vez. Para ver como e se me consigo adaptar".

Sentam-se juntos a observar, sem dizerem nada.

"Quanto à minha contribuição, um rapazinho estava pendurado no carro e, sem a ajuda da Pequena Dorrit, podia ter caído.

"Podias ter caído?"

"Sim, acho que E-Z o teria resgatado, e depois teria conseguido o resto, se nós não estivéssemos lá. Ele está habituado a fazer as provas sozinho."

"Achas que tu ou o Alfred não eram necessários?"

"Talvez o facto de estarmos lá para te dar apoio moral tenha sido útil, não sei. Parece que os arcanjos se deram a muito trabalho para nos juntarem. Para nos trazerem da Holanda, a nossa casa. Quando, com base neste julgamento, não me parece que sejamos realmente necessárias."

Samantha pegou na mão da filha, levantaram-se do banco e voltaram para casa.

"Acho que ter uma equipa, um apoio, é uma coisa boa e tenho a certeza de que o E-Z sabe e aprecia isso. Não me parece que seja o tipo de miúdo para ser um solitário. Jogava basebol e ainda joga, pelo que o Sam me disse. Sabe que as equipas trabalham bem em conjunto, aproveitando os pontos fortes de cada jogador. Quanto a ti, não me preocuparia se não fosses o fator mais crucial neste julgamento. E nunca subestimes o teu valor."

"Obrigada, mãe", disse Lia, enquanto dobravam a esquina da sua rua. "Agora, vamos falar do Sam. Gostas mesmo dele, não gostas?"

Samantha sorriu, mas não respondeu.

✳✳✳

A o mesmo tempo, o Sam estava a verificar o E-Z. "Está tudo bem?", pergunta, entrando no gabinete do sobrinho.

"Não tenho a certeza. Podemos falar?"

"Claro que sim, miúdo."

"Fecha a porta, por favor."

"O que é que se passa? O teste da primeira equipa não correu bem?"

"Primeiro, quero perguntar-te o que se passa entre ti e a mãe da Lia?"

Sam baralhou os pés e limpou os óculos. "Não faças disto uma questão entre mim e a Samantha. Isso é entre nós."

"Oh, então, há um E.U.A.?", ele sorriu.

"Muda de assunto - disse Sam.

"Está bem, como queiras. Quanto ao julgamento, correu bem e não penses mal de mim. Não estou a dizer isto porque sou um cabeça dura, mas eu podia tê-lo feito sem os outros.

"Conta-me exatamente o que aconteceu. Qual era a tua tarefa? E devo dizer que isto me surpreende, pois sempre foste um jogador de equipa.

"Eu sei. É isso que me incomoda também. Foi no parque de diversões. Uma montanha russa saiu da pista. A parte da frente estava pendurada na borda e os passageiros estavam a cair. Só um estava em perigo - um miúdo que a Lia apanhou com a ajuda do unicórnio Dorrit.

"Parece que esse salvamento foi útil."

"Foi, porque o miúdo estava quase sem tempo, mas eu estava lá e podia tê-lo salvo. Depois puseste a carroça no caminho certo e ajudaste os outros a entrar. Foi como se o tempo tivesse parado para mim - por isso, podia facilmente ter resolvido esta situação sem a ajuda de ninguém."

"Parece que o Alfred não te serviu de muito. Estás a dizer que podias passar sem ele?"

E-Z passou os dedos pelo meio do seu cabelo escuro. A sensação de cerdas de alguma forma fazia-o desestressar.

"O Alfred ajudava-te. Mas eu estava à procura de formas de ele te ajudar. Esforça-se tanto. Nós queremos tanto ajudar, mas, sinceramente, ele é suficientemente esperto para saber que eu fiz trabalho para ele. Por isso, ele podia ajudar, e eu não me sinto bem com isso."

"É isso que os jogadores de equipa fazem. Olha uns pelos outros. Ajudam-se uns aos outros."

"Eu sei, mas quando há vidas em jogo, cabe-me a mim garantir que ninguém morre. Se estou a arranjar tarefas para os outros para que se sintam necessários, isso é uma desvantagem e não uma ajuda." Suspira profundamente, estalando os dedos no teclado. Envergonhado, evita o contacto visual com o tio.

Depois de alguns minutos de silêncio, E-Z voltou a trabalhar no seu livro e deixou o tio a pensar nas coisas. Recapitula os pormenores dos acontecimentos do dia.

Como se estivesse a fazer um debriefing. Desmembra as coisas. Desmonta o julgamento e volta a montá-lo, teve uma revelação. Isto era algo que ele nunca tinha feito antes. Ele podia discutir o assunto com a sua equipa. Eles podiam dizer-lhe como se tinha saído, fazer sugestões para que ele pudesse melhorar. Sim, havia muitas vantagens em ser um dos três. Sente-se relaxado e mais feliz com este conhecimento.

"Acho que devias dar mais tempo a esta situação de equipa antes de decidires alguma coisa. Deve ser benéfico para ti saberes que cada um deles tem os seus próprios poderes especiais, para te ajudar. Nesta situação, as tuas capacidades estavam em primeiro plano. Não quer dizer que seja sempre assim. As coisas podem mudar para a tua próxima tarefa. Tudo acontece por uma razão".

"Estás a pensar da mesma forma que eu agora. Tudo é sempre melhor se não tiveres de o enfrentar sozinho. Foste tu que me ensinaste isso.

"Há mais alguém nesta casa a morrer de fome?" Alfred chamou-te enquanto caminhava pelo corredor.

E-Z empurrou a cadeira para trás e respondeu: "Eu!"

Sam disse: "Tu o quê?"

"Oh, o Alfred perguntou-te se alguém tinha fome.

"Eu também!" disse Sam.

"Eu tenho", diz a Lia. "O que é que queres para o jantar?

A Samantha sugeriu que encomendassem uma pizza. Todos aplaudiram, exceto o Alfred. Ele não era fã de queijo fibroso.

Passaram a noite juntos, a encher a cara e a ver uma série sobre zombies.

"Não é muito assustador para ti, pois não, Lia?" perguntou E-Z

"É demasiado assustador para mim! respondeu Samantha. Sam pôs o braço à volta dela, enquanto Lia se ria e segurava a mão da mãe.

CAPÍTULO XIV

Na manhã seguinte, Alfred acorda com um grito. Se nunca ouviste o grito de um cisne, então tens sorte. Foi tão alto que acordou toda a gente.

E-Z tenta acalmar o Alfredo. O cisne só bateu mais as asas e fez um som terrível. Parecia que estava a ser torturado. Ou isso ou o mundo estava a chegar ao fim.

O Tio Sam chega para ver o que se passa.

"É o Alfred, mas não te preocupes. Não te preocupes, eu trato disto", disse E-Z.

Logo a seguir, Lia e Samantha vieram investigar. Lia convenceu Samantha a voltar a dormir.

Lia ficou para ajudar E-Z a confortar Alfred. Este foi imediatamente para a janela, abriu-a com o bico e voou para a noite.

Acima deles, E-Z e Lia ouviam as patas palmadas de Alfred a bater no telhado.

"De que é que vocês estão à espera?", gritou ele. "Temos de ir - AGORA!"

Lia saiu pela janela e ficou a tremer no parapeito. Espera até que o E-Z consiga entrar na cadeira de rodas e colocá-la em posição de pairar.

"Espera, acho que o unicórnio está finalmente a caminho", disse Alfred. "É por isso que estou aqui em cima. Para ver se ela estava a chegar."

A Pequena Dorrit aterrou, pôs o nariz debaixo da Lia e atirou-a para as suas costas.

Voaram com o Alfred à frente.

"Abranda!" gritou E-Z. Alfred ignora-o. Continua a voar, ganhando altitude e velocidade. Continua a voar, ganhando altitude e velocidade. As asas da cadeira de E-Z começaram a bater, tal como as suas asas de anjo. Tinha de trabalhar depressa para manter Alfred à vista.

Lia arrepiou-se. "Quem me dera ter uma camisola comigo."

"Aconchega-te ao meu pescoço," disse a Pequena Dorrit. "Eu mantenho-te quente."

E-Z acelerou o passo, aproximando-se, depois percebeu que Alfred estava a abrandar. Ou assim pensou. Em vez disso, vê uma imagem que nunca mais se apagará da sua mente. Alfred estava congelado em pleno ar, com as asas e os pés estendidos. Como se estivesse a modelar um X.

Depois, todo o seu corpo começou a tremer, o que se transformou num tremor. Parecia que estava a ser eletrocutado. E o seu rosto, com uma expressão de dor insuportável, fez cair uma lágrima nos olhos dos seus amigos.

"O que é que lhe está a acontecer? pergunta a Lia. "Não consigo ver mais. Não consigo", choramingou ela.

"É como se ele estivesse a levar um choque. Quem faria uma coisa destas?" Enquanto o dizia, ele sabia. Só Eriel poderia ser tão cruel. A Eriel estava a convocá-los. Usando esta técnica de eletrocussão para os obrigar a seguir o seu amigo Alfred. Só que, e se ele não sobrevivesse aos choques? Enquanto dizia isto, uma mão cheia de penas de Alfred desligou-se do seu corpo e flutuou no ar. Pára de tremer e começa a voar. Por cima do ombro, disse: "Vamos, mantém o ritmo antes que me atinja outra vez."

"Estás bem?" Perguntou-te a Lia.

"Este foi o terceiro, e cada vez fica pior. Temos de ir para onde eles querem que estejamos e depressa. Não sei se consigo aguentar outro - não pior do que o último. Foi uma loucura".

Eles voaram, conversando enquanto iam.

"Desculpa por ter acordado toda a gente," disse Alfred agora que os choques tinham parado.

"A culpa não foi tua." E-Z disse. "Tenho a certeza que sei de quem é a culpa - e quando o virmos, vou-lhe dar o que fazer."

"O que é que queres dizer?" Lia perguntou, aconchegando-se no pescoço de Little Dorrit. Estava tão escuro e frio que ela não conseguia parar de tremer.

Alfred disse: "Fomos convocados através de choques eléctricos no meu corpo. Parecia que as minhas penas estavam a arder de dentro para fora. És tão malcriado. Muito rude e, por um minuto, pensei que estava de novo no meio do caminho.

Todo o seu corpo de cisne tremeu ao pensar nisso. "Vou dar a quem fez isso o que merece quando o vir também!"

Alfred continuou a voar ao lado dos outros. "Antes, a Ariel sussurrava-me ao ouvido para me acordar. Depois, falava comigo sobre um plano. Até fazia isso quando eu estava no meio do caminho. Sempre foi gentil e amável comigo. Esta convocação foi diferente."

"Parece coisa de Eriel", admitiu E-Z. "Ele não tem muito tato e pode ser um pouco melodramático e insensível. Já para não falar que tem um sentido de humor doentio."

"Um pouco melodramático, nem sequer arranha a superfície", disse Alfred.

"Vais ter de nos contar mais sobre este entremeio um dia destes. O nome até parece giro, mas tenho a sensação de que é um oximoro", disse E-Z.

"Não gosto de falar sobre isso", responde Alfred.

"Estou ansioso por conhecer esta Eriel. NÃO." Lia confessou. "É como se estivesses ansiosa por conhecer o Voldemort. A sua reputação precede-o."

"Ah, és fã do Harry Potter, então?" disse Alfred.

"Sem dúvida", admitiu Lia.

As estrelas no céu em cima emitiam um calor imaginário. Ainda assim, eles tremiam despreparados no ar da noite.

"Estás quase lá? perguntou E-Z.

"Não sei ao certo", disse Alfred. "O choque não disse para onde fomos convocados, e eu não consigo captar nenhuma vibração no ar. A única coisa que te vai indicar que não estamos a fazer o que se espera de nós é outro choque. Infelizmente."

"Não queremos que isso aconteça. Vamos acelerar o passo."

"Mas parece que estamos a aproximar-nos." Alfred parou em pleno ar, com as asas totalmente estendidas. "Oh não!", diz, à espera que o novo choque o atinja. Espera e espera, mas nada acontece. "Acho que estamos quase..."

Desta vez, o corpo do cisne não se limitou a abanar e a tremer. O corpo de Alfred rebolou uma e outra vez. Como se estivesse a dar cambalhotas no céu.

As penas soltas voavam à sua volta, dançando ao vento enquanto o cisne entrava em queda livre.

E-Z voou por baixo do cisne trombeteiro e apanhou-o. "Alfred? Alfred?" O pobre cisne tinha desmaiado. "Eriel! Tu! Tu, grande abutre peludo!" gritou E-Z, levantando o punho para o céu. "Não tens de matar o Alfred. Diz-nos onde estás e nós estaremos lá, mas só se concordares em parar com as cargas eléctricas. É bárbaro. Ele é um cisne, por amor de Deus. Dá-lhe um desconto".

"O que ele disse", respondeu Lia, com as palmas das mãos abertas viradas para o céu.

Por um segundo, elas pairam, ainda no lugar.

Depois, um choque atingiu a cadeira de rodas. Depois atinge Dorrit, o unicórnio. E todos caíram em queda livre.

O riso de Eriel encheu o ar à volta deles. O mundo era o seu Sensurround, e ele gozava com Os Três como mais ninguém podia. Ou faria.

CAPÍTULO XV

Continuaram a cair durante algum tempo. Nenhum deles tinha qualquer controlo sobre os seus poderes ou atributos especiais.

Esperavam que os seus corpos se esborrachassem no chão. O pavimento que parecia estar a subir para os receber.

De repente, a descida termina. É como se estivessem todos ligados a um titereiro invisível.

Após alguns segundos, o movimento recomeça, mas desta vez é suave.

Guia-os, até que possam cair em segurança aos pés dos arcanjos Eriel, Ariel e Haniel.

"Fizeste uma boa viagem?" Pergunta a Eriel. Solta uma gargalhada. Os seus companheiros olham para ele sem se rirem ou falarem.

Alfred, já acordado, voou e aterrou, seguido por Little Dorrit, o unicórnio que transportava Lia.

O unicórnio fez uma vénia, agradecendo aos outros convidados, e depois retirou-se para o outro lado da sala.

Eriel era o mais alto dos outros três e estava de pé com as mãos nas ancas, certificando-se de que não havia dúvidas sobre quem mandava.

Ariel, pelo contrário, era como uma fada.

Haniel era uma estátua, irradiando beleza.

Eriel deu um passo em frente, erguendo-se do chão para ficar acima deles. E gritou: "Demoraste muito tempo a chegar aqui! No futuro, quando eu ordenar a tua presença, estarás aqui num instante!"

Haniel voou para junto de Alfredo. Toca-lhe na testa. Depois vira-se para E-Z e faz o mesmo. Sorri. "Prazer em conhecer-te aos dois." Vira-se para a Lia. Lia abre a palma da mão e os dois trocam toques de dedos com a palma da mão aberta. Lia atirou-se para os braços de Haniel. Haniel envolveu-a com as suas asas, observando a aparência da nova menina de dez anos.

Ariel aproximou-se de E-Z. Pisca-lhe o olho e sorri. Pisca-lhe o olho e sorri para a Lia. Voa até Alfred e toca-lhe, aliviando-o da sua dor.

"Pára de fazer barulho!" Eriel ordenou com a sua voz a trovejar tão alto que E-Z temeu que ele levantasse o telhado.

"Espera um minuto", disse Alfred, caminhando com o som dos seus pés com membranas a bater no chão de cimento. "Eu quase fui eletrocutado, e gostaria de um pedido de desculpas".

Eriel abriu as suas asas, mais e mais, o mais que podia. Paira sobre Alfred, que tremeu mas se manteve firme. Os seus olhos fixaram-se.

E-Z sentiu que Alfred, o cisne trombeteiro, ou era muito corajoso ou muito tolo. De qualquer forma, precisava de ajuda.

E-Z avançou e colocou a sua cadeira entre eles. "O que está feito, está feito." Dirige-se a Alfred: "Baixa-te." Alfred fê-lo. Depois dirigiu-se a Eriel: "Sei que és um rufia e o que fizeste ao nosso amigo foi imperdoável e cruel. Estamos a meio da noite, por isso vai direto ao assunto - diz-nos porque estamos aqui? Qual é a grande emergência?"

Eriel aterrou e as suas asas dobraram-se atrás do seu corpo. Ele gritou: "As minhas tentativas de te contactar pessoalmente, meu protegido, ficaram sem resposta. Não importava o que eu fizesse, o teu ressonar impedia-te de acordar. Mandei Haniel chamar Lia, mas ela não conseguiu acordá-la sem incomodar a mãe que dormia ao seu lado. Por isso, chamámos o Alfredo, que também não respondeu durante algum tempo. A sua mentora tentou aproximar-se dele, como de costume, mas os seus sussurros não foram suficientemente fortes para o acordar".

"Estava preocupada contigo," disse Ariel.

"Desculpa", disse Alfred. "A cama do E-Z é maravilhosamente confortável, e ele ressona muito alto. Já há muito tempo que não dormia numa cama a sério."

"SILÊNCIO! gritou Eriel.

Alfred deu um passo atrás, enquanto E-Z aproximou a sua cadeira da criatura.

Eriel baixou o tom de voz. "O Haniel pensou que estavas morto, cisne. E, por isso, eu aproveitei esta oportunidade para testar a nossa mais recente tecnologia."

"Não tinha sido testada em humanos antes", admitiu Haniel.

"Pensámos que seria melhor experimentar em alguém que não fosse humano - Alfred, tu encaixaste no perfil e funcionou lindamente. É verdade que todos vocês chegaram atrasados, mas chegaram. Como se costuma dizer, mais vale tarde do que nunca".

"Usaste-me como cobaia?" disse Alfred, balançando o pescoço para trás e para a frente com o bico bem aberto e avançando pelo chão.

E-Z posicionou mais uma vez a sua cadeira de rodas entre eles. "Fica quieto", disse ele a Alfred.

Eriel, Haniel e Ariel formaram um semi-círculo à volta do trio.

"Tens razão, E-Z. Tens razão, E-Z. O que está feito está feito. É melhor que o tenham testado em mim, do que em vocês os dois. Agora despacha-te com isso", disse Alfred.

"Sim, Eriel," disse E-Z, "mais uma vez pergunto-te, porque é que estamos aqui?"

"Antes de mais," disse o arcanjo, "o plano era que vocês os três formassem uma espécie de trio."

"Já descobrimos isso por nós próprios," disse Lia. Ela estava com as palmas das mãos abertas para que pudesse ter uma visão completa dos três arcanjos ao mesmo tempo. Ela também olhava ao redor da sala de vez em quando para ver o que os cercava. Parecia familiar, com paredes de metal como aquela em que ela conhecera E-Z. Só que muito mais espaçosa.

E-Z olhou à volta e olhou para Lia. Estava a pensar o mesmo. Quanto mais olhava para as paredes, mais elas pareciam fechar-se sobre ele. Sente-se frio e claustrofóbico, apesar de o espaço ser enorme. Deseja que a sua cadeira de rodas tivesse um botão como em alguns carros, onde o assento pudesse ser aquecido.

"Silêncio! grita Eriel. Como todos estavam em silêncio, pareceu-lhe descabido. Claro que não tinham tido em conta que ele também conseguia ler os seus pensamentos.

Alfred riu-se.

A Eriel fechou a distância entre eles e o Alfred recuou. Eriel volta a fechar o espaço. E assim por diante, até o Alfred ficar encostado à parede. O Alfred levantou voo. Eriel apanhou-o com os seus pés em forma de garras. Segura-o acima dos outros.

"Eriel, por favor", disse Ariel. "O Alfred é uma boa alma.

Eriel pousou-o no chão, depois levantou os punhos. Raios de luz saíram deles e fizeram ricochete no teto metálico do contentor. Todos, exceto Eriel, brincaram ao dodgem com as cargas eléctricas voadoras. Eriel observou. Ri-se.

Quando se cansou dessa forma de entretenimento. Quando a confiança dos Três foi testada, ele apanhou os relâmpagos. Faz um grande espetáculo disso, enquanto os coloca nos bolsos.

"Agora, então", disse ele. "Um novo julgamento vem na tua direção. Hoje. Um de ti vai morrer."

E-Z levantou-se na cadeira. Alfred deu um grito involuntário de "Hoo-hoo!" e Lia deu um grito de menina.

Eriel continuou, ignorando as suas reacções. "Estás aqui para escolher. Qual de vocês vai morrer hoje? Depois de escolheres, vou explicar-te as consequências que terás com essa morte. Eriel voou a alguns metros de distância e os outros dois anjos estavam ao seu lado, um de cada lado.

Primeiro, Ariel descreveu a morte de Alfredo:

"Não te posso contar pormenores sobre este julgamento. Tudo o que te posso dizer é que Alfred, se morreres hoje, não cumprirás o teu acordo contratual. Por isso, não voltarás a ver a tua família, nem agora nem nunca. A tua morte, no entanto, seria bela. Porque, tal como na vida, a morte de um cisne é sempre bela. Majestosa. Porque quando um cisne morre, transforma-se num anjo. A tua transformação seria um novo começo para ti. O teu propósito seria para o bem dos humanos e dos animais. Ser-te-ia dado um novo nome e um novo propósito. Serias verdadeiramente valorizado em todos os sentidos. E a tua alma regressaria ao seu lugar de descanso eterno."

As lágrimas escorriam pelas bochechas do cisne trompetista de Alfred. Ariel confortou-o, envolvendo as suas asas à volta das dele.

Em segundo lugar, Haniel falou da morte de Lia:

"Criança, que em breve se tornará mulher, tal como Ariel, não te posso dar qualquer informação sobre a tarefa que tens pela frente. Tudo o que te posso dizer, querida Cecelia, também conhecida por Lia, é que, se morreres hoje, já não existirás. Em qualquer forma. A tua morte será apenas isso, uma morte. A tua morte será apenas isso, uma morte. Será como quando a lâmpada explodiu, tu terias morrido. A tua pobre vida teria acabado nessa altura. E, no entanto, estás aqui agora, e tens muito para oferecer ao mundo. Ainda nem sequer arranhaste a superfície dos poderes que tens à tua disposição. No entanto, se morresses hoje, esses poderes ficariam por gastar. Irias para o chão, pó para pó. Uma mera memória para aqueles que te conheceram e amaram. Mas a tua alma também regressaria ao seu lugar de descanso eterno."

Lia fecha as mãos para conter as lágrimas que caem delas. Também te caíam dos olhos. Os teus velhos olhos. O seu corpo estremecia quando ela soluçava. Estava demasiado emocionada para conseguir falar.

A Pequena Dorrit aproximou-se e deu uma palmadinha no ombro da menina. Haniel também tentou confortá-la, dando-lhe um beijo na testa.

E depois Eriel começou a contar a história de E-Z:

"E-Z, conseguiste muitas coisas desde que os teus pais morreram. Foram-te dadas provações. Por vezes, tarefas muitas vezes intransponíveis para um humano. No entanto, tens sido bem sucedido a ultrapassá-las. Salvaste vidas. Não me desiludiste. No entanto, nós sentimos. Ela hesitou, olhando de um lado para o outro. "Sinto especialmente que tens frustrado os teus poderes. Por vezes, até os negaste. Aproveitaste o tempo que te demos para fazeres do mundo um lugar melhor e desperdiçaste-o."

E-Z abriu a boca para falar.

"Cala-te!" Eriel gritou. "Não tentes justificar-te. Temos estado a ver-te jogar basebol e a perder tempo com os teus amigos, como se tivesses todo o tempo do mundo para cumprir as tuas tarefas. Bem, o tempo acabou. Se morreres hoje, as tuas provas ficarão incompletas".

E-Z tinha uma ideia bastante boa do que viria a seguir, mas tinha de esperar que Eriel o dissesse. Que dissesse as palavras para que fosse verdade.

Como ele supunha, Eriel ainda não tinha terminado. "Deixar-nos com provas incompletas para as quais a tua vida foi salva. Isso seria imperdoável. Se morresses hoje, perderias as tuas asas. Isso é para começar. As provas que ainda não te tinham sido dadas - nunca o seriam. Porque tu eras o único que podia cumprir as tarefas. A nossa única esperança.

"Por isso, aqueles que terias salvado não serão salvos por ninguém, em tempo algum. Eles morrerão por tua causa. Todos os que salvaste durante as tuas provações morrerão.

"Seria como se nunca tivesses existido. As suas mortes seriam definitivas. Completa. Não terias oportunidade para uma vida após a morte para nenhum deles. Nem mesmo mandá-los para o meio termo seria uma opção. A tua morte então, E-Z, causaria estragos e traria o caos ao mundo. Como no dia em que tu e eu duelámos. Lembras-te como era o mundo nesse dia? É assim que a Terra seria - em todos os dias." Eriel virou as costas. Viram-no estender as asas, como se se preparasse para partir.

Todos ficaram em silêncio. Contempla os seus destinos.

Depois de algum tempo, Eriel quebra o silêncio. "Ariel, Haniel e eu vamos deixar-te por agora. Podes falar entre ti e decidir. Mas sê rápido. Não temos o dia todo.

O trio de arcanjos desapareceu através do teto.

CAPÍTULO XVI

Depois de os arcanjos se terem ido embora, Os Três estavam demasiado atordoados para dizerem alguma coisa. Até que E-Z quebrou o silêncio.

"Não faz sentido para mim, eles trazerem-nos aqui todos juntos. Para eles torturarem o Alfred. Trazer-nos aqui. Depois diz-nos que um de nós tem de morrer. E nós temos de escolher qual. É bárbaro - até para a Eriel."

Lia caminhava com os punhos cerrados. Estava demasiado zangada para falar, e não se importava de chocar com alguma coisa. Na verdade, quando o fazia, dava-lhe um pontapé.

O Alfred respondeu. "Acho que se alguém tem de morrer, devo ser eu. Os meus poderes são extremamente limitados. É mais do que provável que me transformem em sopa de cisne, dada a complexidade das provas. Como no último teste. Eu sei que me estavas a ajudar E-Z. Foi simpático da tua parte, mas eu sabia que era um risco".

E-Z tentou interromper-te, mas Alfred continuou. "Já para não falar que eu podia meter-me no caminho. Colocar um de vocês em risco. Eu tenho vivido uma vida triste e solitária desde que a minha família me foi tirada. Um dia, a solidão é avassaladora. Ser um membro dos Três tem ajudado, mas...

"Mesmo como um cisne, eu conseguia pensar neles. Lembra-te deles, ama-os. Só de saber que morreram juntos e que estão algures juntos, dá-me paz. Mesmo que não esteja com eles, mas talvez esteja hoje, se for eu a morrer. Estou disposto a correr esse risco. Além disso, quando eu partir, ninguém na Terra sentirá a minha falta."

"Nós vamos sentir a tua falta!" disse Lia.

"Claro que vamos sentir a tua falta!" E-Z concordou, enquanto atravessava o chão, reparando numa mesa que antes se tinha misturado com a parede. Aproxima-se dela, onde descobre uma pilha de papéis que folheia.

"Agradeço-te o sentimento", disse Alfred. "O que estás a fazer, E-Z? De onde é que vieste?"

Lia estendeu as duas mãos à sua frente para poder ver E-Z e Alfred ao mesmo tempo.

E-Z continuou a folhear as páginas. Em breve estavam a voar por toda a sala. Giravam no ar como se tivessem sido apanhadas no olho de um tornado.

Os Três juntaram-se e observaram o turbilhão de papel. Depois, de um momento para o outro, caem no chão.

Lia agarrou num deles e leu-o enquanto E-Z e Alfred observavam.

"O que é isto?", exclama. "Diz os nossos nomes. Conta as histórias. As nossas histórias. Conta as histórias. As nossas histórias.

"Diz que já estamos mortos!" E-Z disse, lendo um dos papéis que tinha roubado.

"Oh," disse Lia, com uma lágrima a correr-lhe pela face. "Também diz que a minha mãe está morta, assim como o teu tio Sam."

E-Z abanou a cabeça. "Não pode ser verdade. Não é verdade. Estão a brincar connosco. Olha em volta. Alguma coisa na sala tinha mudado. As paredes. Agora estão vermelhas. "Será que entrámos noutra dimensão ou assim? Olha para as paredes? Estamos noutro lugar, onde o futuro já é passado?"

Alfred pega em mais uma das páginas caídas. Fala da morte da sua mulher, dos seus filhos e da sua própria morte. E, no entanto, quando olha para si próprio, quando se sente, está vivo, com penas: um cisne trombeteiro. "Quero sair", disse ele.

Lia sorriu. "Queres dizer, sair deste quarto, ou desta vida? Eu também quero sair, quero dizer, sair deste contentor de metal assustador, mas não quero morrer. Ver o mundo através das palmas das minhas mãos é estranho e fixe ao mesmo tempo. Ser capaz de ler pensamentos, também é fixe. Mas quando parei o tempo, isso foi espetacular. Imagina poder invocar esse poder, como se alguém estivesse em perigo, ou se houvesse um desastre. Imagina quantas vidas podiam ser salvas? E agora tenho dez anos e quem sabe que outros poderes me estão reservados".

"És divina", disse E-Z. "Eu sei como te sentiste, Lia. Foi assim que me senti também, quando salvei a primeira menina, quando salvei as outras e quando te salvei a ti."

Os três formaram um círculo e deram as mãos enquanto recitavam as palavras: "Nós temos o poder. Ninguém morre hoje. Não importa o que digam." Deram voltas e mais voltas, entoando o seu novo mantra. Até que estivessem prontos para convocar os arcanjos de volta.

CAPÍTULO XVII

E riel chegou primeiro, com as sobrancelhas erguidas e o lábio torcido em desdém. Depois chegaram Ariel e Haniel. Os dois ficaram atrás dele, à sombra das suas enormes asas. Eriel cruzou os braços, enquanto os outros dois arcanjos subiram. Pairam em lados opostos dos seus ombros.

"Nós decidimos", disse E-Z. "Ninguém vai morrer hoje.

O riso de Eriel trovejou à volta do recinto de metal. Levanta-se no ar, depois cruza os braços sobre o peito. Ariel e Haniel ficaram em silêncio, enquanto o riso de Eriel aumentava de tom, suficientemente alto para magoar os ouvidos de Alfred.

Alfred desmaiou, mas recuperou rapidamente. Lia e E-Z ajudaram-no a levantar-se. Seguraram-no até a Pequena Dorrit voar. Momentos depois, o Alfred estava sentado no unicórnio, muito acima deles. Estava quase frente a frente com o Eriel.

"Obrigado, companheiro", disse Alfred.

"Fico contente por te poder ajudar," disse a Pequena Dorrit.

"Chega!" Eriel gritou, movendo-se mais acima deles. Intimidando-os com o seu tamanho, a sua morbidez, a sua voz estrondosa. "Achas que podes mudar o que vai acontecer? Eu disse-te o que tem de acontecer, e tu não tens outra escolha senão obedecer-me. Não foi um inquérito. Nem uma democracia. Foi uma certeza. Porque está escrito..."

Repara então que o chão está coberto de papéis. Voa para baixo e apanha um. Depois levanta-se e fica frente a frente com o Alfred. Segura na mão a história de Alfred.

"Vejo que leste o futuro. Agora sabes a verdade, que estás a viver num universo paralelo. O que acontece aqui, repercute-se nos outros universos. Em lugares onde tanto o futuro como o passado existem."

Lia deixa cair a mão direita e levanta a esquerda. Os seus braços não eram fortes, pois ainda se estavam a habituar a ter de os segurar.

Eriel voou pela sala até um sofá vermelho, onde se sentou. Os outros anjos juntaram-se a ele, um em cada um dos braços. Eriel sentou-se confortavelmente, com as asas nem totalmente para dentro nem para fora.

Depois de se ter posto à vontade, continua. "Num dos mundos, todos os três já estão mortos. Tu leste a verdade. Neste mundo, ainda tens esperança. A esperança existe, por causa de nós, ou seja, eu, Ariel, Haniel e Ophaniel. Nós escolhemos vocês, três humanos, para trabalharem connosco. Demos-te objectivos, e ajudámos-te onde e quando pudemos. Enquanto estivermos contigo, só nós permitimos que a tua existência continue. Só nós estamos a dar um propósito à tua vida. Se te recusares a seguir o caminho que escolhemos para ti, também não existirás mais neste mundo. Serás apagado, como nunca foste nem nunca serás".

E-Z cerrou os punhos e a sua cadeira deu um salto para a frente. "No documento, o documento sobre a minha outra vida, diz que o Tio Sam também está morto. Não estava no acidente com os meus pais. Não faz parte deste acordo. Mataste-o, Eriel, para me manteres aqui?"

Sem esperar por uma resposta, Lia responde. "No meu documento, diz que a minha mãe está morta. Como é que isso pode ser verdade? Por favor, diz-me que não é verdade!"

Alfred, sentindo-se agora melhor, saltou das costas de Little Dorrit. Aproxima-se do sofá e volta a ficar cara a cara com a Eriel.

E-Z olhava com orgulho para o seu amigo Alfred, o destemido cisne trompetista.

"E nos documentos, as minhas preces são atendidas. Já estou morto. Morri com a minha família, como devia ter sido. Preferia ter morrido. Ter morrido com eles, em vez de reencarnar como um cisne trombeteiro. Isso foi depois de Haniel me ter salvado do entre e do entre."

Eriel afastou Alfred. "Ah, sim, o entre e o entre. Já me tinha esquecido que tinhas sido enviado para lá. Não gostaste muito, pois não?"

Alfred mexeu o pescoço e fez uma careta com o bico. Mostra os dentes pequenos e irregulares como se quisesse morder Eriel.

"Fica quieto", disse E-Z enquanto se dirigia para o sofá.

Alfred fechou o bico. Lia aproximou-se mais. Agora os Três estavam juntos em frente a Eriel. Eles esperaram que o arcanjo dissesse alguma coisa, qualquer coisa. Parecia que, por uma vez, ele estava sem palavras.

E-Z aproveitou a oportunidade para pôr a situação em ordem.

"Nos jornais, dizia que o tio Sam tinha morrido no acidente com a minha mãe, o meu pai e eu. Ele não estava no carro connosco, para que isso tivesse acontecido, teria de ter sido colocado no veículo connosco. Com que objetivo? Explica-nos, os chamados arcanjos. Porque é que mudas a história para te servires dos teus próprios propósitos? Já agora, onde está Deus no meio disto tudo? Quero falar com ele."

"Também eu!" Lia exclamou.

"Eu também!" diz Alfred.

Eriel cruza as pernas e abre as asas. Põe a mão no queixo e responde: "Deus não tem nada a ver connosco nem contigo - já não tem". Boceja, como se esta tarefa o estivesse a aborrecer.

"E se eu te dissesse que a tua casa está a arder neste preciso momento? E se eu te dissesse que nem o tio Sam, nem a tua mãe Samantha, Lia, viveriam para ver outro dia?"

"Tu b-b-bastardo!" exclamou E-Z.

"O mesmo para ti!" Disse Lia.

"Anda lá", disse Eriel. Anda lá, Eriel. "Aqui somos todos amigos. Amigos, não és? A tua casa pode estar a arder, tudo pode acontecer enquanto estivermos aqui, neste lugar, suspensos no tempo. Quanto mais demorares a escolher, mais caos crias no mundo." Levanta-se e as suas asas estendem-se, fazendo com que o trio dê alguns passos para trás.

E-Z, tu arriscarias a tua vida pelo teu tio Sam, certo? Ele acenou com a cabeça. "Claro que sim. E Lia, arriscarias a tua vida para salvar a vida da tua mãe, certo? Lia acenou com a cabeça.

"E o Alfred, o meu querido cisne trombeteiro. O meu amigo de penas e penas. Qual dos dois salvarias? Se pudesses salvar apenas um deles?" Eriel sorriu, orgulhoso das rimas que tinha feito.

"Eu salvaria os dois", disse Alfred. "Arriscaria a minha vida ou morreria a tentar."

"Tens um estranho desejo de morrer, meu amigo de penas."

Alfred avançou em direção a Eriel.

"Tu a-r-e n-o-t m-y f-r-i-e-n-d! Pára de fazer jogos connosco. Tu é que nos juntaste. Porque nos juntaste? Para nos provocares. Para fazeres chorar uma menina. Não passas de um, mas de um grande rufia."

"Sim," disse a Lia. "Pára de nos intimidar."

Pára de nos intimidar." "O que eles disseram", acrescentou E-Z.

Eriel, agora furioso, transformou-se de preto em vermelho, de preto em vermelho. Voa para o outro lado da sala e bate com os punhos na mesa.

"Queres a verdade? Não consegues lidar com a verdade". Sorriu. "Um pequeno aparte, adoro a atuação do Jack Nicholson em A Few Good Men."

Era uma coisa em que tanto Eriel como E-Z concordavam. A atuação de Nicholson nesse filme foi impecável.

"Pára com o melodrama e diz-nos o que queres de nós."

"Já te dissemos", disse Eriel. "Eu disse-te que um de vocês tem de morrer hoje. Disse-te para escolheres qual. Está escrito, um de vós tem de morrer. Tens de escolher. Tens de escolher. Agora."

Alfred deu um passo em frente, com o seu pescoço de cisne estendido. "Então serei eu."

Alfred ajoelhou-se, o seu corpo a tremer. Baixa a cabeça, como se esperasse que o arcanjo a cortasse.

Em vez disso, os três arcanjos aplaudiram. Andaram pela sala. Gritavam como se fossem palhaços contratados para uma festa de aniversário de crianças.

Depois de alguns minutos de completa loucura, os arcanjos pararam.

"Está feito," disse Eriel.

E depois foram-se embora.

CAPÍTULO XVIII

Com E-Z na sua cadeira de rodas, Lia em Little Dorrit e Alfred, o cisne, os Três continuam a voar pelo céu. Continuaram por alguns quilómetros, até que, por baixo deles, repararam numa enorme ponte de metal.

Um jovem balançava no parapeito, dando todas as indicações de que ia saltar.

E-Z pegou no telemóvel e preparou-se para ligar para o 112, enquanto Alfred, sem hesitar, voou até ao homem. Guarda o telemóvel e ele e Lia seguem-no.

Alfred pairou perto do homem, incapaz de falar e de ser compreendido por ele, tudo o que conseguiu dizer foi: "Hoo-hoo!"

"Afasta-te de mim!", grita o homem, acenando ao pobre Alfred, que só estava a tentar ajudar.

O homem aproximou-se da borda, descalçou os sapatos e ficou a vê-los cair no rio abaixo dele. Fica a ver como a água os apanha, puxando os sapatos para baixo com a sua boca esfomeada. Querendo ver mais, tira a t-shirt - que ironicamente dizia "The End" na parte da frente.

O jovem observava enquanto a sua camisola preferida balançava e dançava no seu caminho para baixo. Enquanto a água a engolia, o homem começou a cantar:

"Aqui vou eu à volta da amoreira.
Anda à volta da amoreira, anda à volta da amoreira.
Aqui vou eu à volta da amoreira,
"Numa manhã de sol."

O Alfred ouviu-o cantar. Conhece a rima. Espera que o homem cante mais um verso. Na verdade, queria que ele cantasse mais. Mas tem medo de o incomodar. O homem não compreenderia, mesmo que tentasse falar com ele.

Por esta altura, E-Z estava à espera de um sinal de Alfred. Finalmente, recebeu um - Alfred disse-lhe a ele e a Lia para não se aproximarem mais.

Alfred desejou que o jovem o compreendesse. Talvez, se ele se aproximasse mais, o conseguisse apanhar. Aproxima-se, abre as asas ao máximo.

O jovem vê-o. Diz: "Cisne". Depois salta.

O cisne trombeteiro era maior do que o cisne comum. Mas não o suficiente para apanhar um homem adulto. Tenta, no entanto, amortecer a queda. Pôs a sua vida em risco para o salvar. Mas, independentemente do que fizesse, o homem continuava a cair como um balão de chumbo. Cai na foz faminta do rio.

Alfred, sem pensar em si próprio, mergulhou atrás dele. Como tencionava levar o homem, ninguém sabia. Há quem diga que o que conta é o pensamento. Neste caso, Alfred foi puxado para baixo pelo peso do homem.

Por esta altura, E-Z pairava sobre a água, à espera que o homem ou Alfred viessem à superfície para os poder ajudar. Nem a Lia, nem a Pequena Dorrit sabiam nadar. E o E-Z não podia ir buscá-las com ou sem a sua cadeira.

Exasperado, voou em direção à costa, à procura de qualquer sinal de vida. Por fim, viu-o, algo a balançar do outro lado. Corre para lá, carrega o homem para onde Lia o esperava e, quando ele já estava a tossir, vai procurar sinais de Alfred, o cisne.

Então vê-o. Meio dentro e meio fora de água. Balança ao sabor da maré.

"Alfred!", grita ele, levantando a cabeça do cisne, e repara imediatamente que tem o pescoço partido. Alfred, o cisne trombeteiro, o seu amigo já não existe. A obra de Eriel estava feita.

Lia, que tinha estado a observar todos os movimentos de E-Z, viu o pescoço de Alfred e gritou "Nãooooooo!".

E-Z levantou o corpo sem vida do cisne para a sua cadeira de rodas e segurou-o. Ele também começou a chorar. Também ele começa a chorar.

Atrás deles, o homem que Alfred salvou gritou,

"Não estou morto! Sou eu, Alfred".

CAPÍTULO XIX

P AUSA NA TERRA.

Os pássaros pararam em pleno voo. Tal como os aviões. E outros objectos voadores, como balões e drones. As balas deixaram de disparar depois de saírem da câmara. A água deixou de correr sobre as cataratas do Niágara. Os insectos deixaram de zumbir. O ar ficou parado.

Aparece Ophaniel, ao lado de Eriel, Ariel e Haniel. Com as mãos nas ancas e o queixo para a frente, era mais do que óbvio que estava irritada.

Em vez de falar, vira-se na direção de E-Z.

Ele estava congelado, com a boca aberta. A sua última palavra falada tinha sido: "NOOOOOOOOOOOOOOOOOOOO!"

Agora observa a Lia. A rapariga tinha uma lágrima congelada na bochecha. Tinha escorrido do seu velho olho.

Agora volta para E-Z. Carrega um corpo. Carrega um corpo, o corpo de um cisne morto.

Agora, olha para o Alfred, que já não era um cisne. Assumiu a forma de um homem. Um homem afogado.

O mesmo homem que o iria substituir nos Três.

"O que há de errado com esta imagem?" perguntou Ophaniel, o governante da lua das estrelas.

Ninguém se atreve a falar.

"Eriel, és tu quem manda aqui. Primeiro, estragas o teste de ligação com o E-Z e o Sam, fazendo com que sejas, perdoa-me a expressão, atirado para fora do parque.

"Agora, devido à tua estupidez, Alfred, o cisne, apoderou-se de um corpo humano. O corpo da pessoa que, como te disse, devia ser um membro dos Três.

"Sabes o que estamos a enfrentar. Sabes o que o futuro nos reserva se não pusermos as coisas em ordem. Tu sabes!"

Eriel fez uma vénia aos pés de Ophaniel, depois levantou-se do chão antes de falar. "Eu disse as palavras, está feito."

"Sim, disseste as palavras e depois não conseguiste assegurar que a tarefa fosse concluída, imbecil!"

Ela pairou perto do novo Alfred. "Desculpa, mas isto complica as coisas, mesmo para nós. Mesmo com os nossos poderes, tirá-lo deste corpo humano e colocá-lo de novo na sua forma de cisne não vai ser tão fácil. Talvez tenhamos de o mandar de volta para o meio e o entre! E ele não merece isso. De facto,"

Ariel voou para o lado de Ophaniel e perguntou: "Posso falar?"

"Podes, se tiveres alguma ideia sobre Alfred que nos possa ajudar a sair desta confusão."

"Eu conheço Alfred, melhor do que qualquer um aqui. Ele concordou em ser o tal, em sacrificar-se. Fá-lo-ia de novo sem hesitar - mesmo que não houvesse nada para ele. É um sacrifício enorme para qualquer criatura viva fazer, dar a sua vida para salvar outra. Além disso, deves ter em conta o quanto Alfred foi obrigado a sofrer, tanto na sua existência humana como enquanto cisne. Ele é uma alma excecional e deve ser-lhe dada uma segunda oportunidade, e uma terceira, e uma quarta se for preciso."

Eriel zombou: "Ele deveria ir embora, voltar para o entre e o entre por toda a eternidade. Ele não é digno de..."

"Eu não te dei permissão para interromper!" Ophaniel gritou-te. Para que ele não te interrompesse no futuro, ela fechou-lhe os lábios com um botão.

"É verdade o que estás a dizer, Ariel", disse Ophaniel. "O Alfred trabalha bem tanto com a Lia como com o E-Z. Talvez devêssemos dar-lhe uma segunda oportunidade neste novo corpo. Afinal de contas, ele não foi feito para estar entre os dois. A culpa foi do Hadz e do Reiki. Depois disso, tê-los-íamos banido de imediato para as minas. Em vez disso, demos-lhes outra oportunidade com o E-Z.

"Mesmo assim, a Eriel mandou-os para as minas. Por isso, tudo está bem quando acaba bem. Talvez o Alfred mereça outra oportunidade. Vamos ver o que acontece, como dizem os humanos, toca de ouvido. Se resultar, ótimo. Se não, este corpo pode ser reciclado, uma vez que o espírito já abandonou o edifício."

"Obrigada", disse Ariel, fazendo uma vénia a Ophaniel. "Muito obrigada a ti. Vou ficar de olho na situação. Não vou deixar que Alfred te desiluda."

Ophaniel acenou com a cabeça, levantou voo e disse as palavras:

TERRA RETOMADA.

O tempo começou a passar e o mundo voltou a ser o que era antes.

Ophaniel desapareceu primeiro, os outros três esperaram alguns segundos antes de te seguirem.

CAPÍTULO XX

"**N**em penses!" exclamou E-Z, aproximando-se do novo Alfred. "Alfred, és tu? Podes mesmo ser tu?"

Lia não precisou de perguntar porque já sabia. Corre para o Alfred e abraça-o.

Alfred disse, com o seu sotaque inglês: "A Eriel deve ter feito uma troca de roupa."

Alfred, que só tinha umas calças de ganga vestidas, tremeu. "Apesar de ter muito frio, sabe bem estar de novo num corpo." Flexiona os músculos e corre no local para se aquecer. Depois dá umas cambalhotas pelo relvado, enquanto E-Z e Lia ficam a olhar de boca aberta.

"Que espetáculo!" disse a pequena Dorrit.

O Alfred, que tinha acabado de reparar nela, aproximou-se e passou a mão pelo pelo dela. Ela era tão macia e quente que ele se aconchegou a ela.

"Isto é uma reviravolta muito estranha", disse E-Z, aproximando-se. "Não sei bem o que pensar disto.

"Eu também não sei", disse Alfred, "mas podemos falar disso enquanto comemos? Estou cheio de fome e um hambúrguer de queijo com ketchup e cebolas e umas batatas fritas gigantescas iam fazer-me bem".

"Espera um minuto", disse E-Z. "Se és este tipo, este tipo cujo nome nem sequer sabemos, e se alguém te reconhece?"

Alfred baixou-se e tocou nos dedos dos pés. Sente a pele da cara. O teu cabelo. "Atravessamos essa ponte quando chegarmos a ela." Sorriu, levantou a cabeça na direção do céu e disse: "Obrigado Eriel, onde quer que estejas."

Um avião sobre as suas cabeças escreveu as palavras no céu:

Mais uma vez para a brecha, queridos amigos.

"É uma frase muito estranha para escrever no céu", observou Lia. "Algum de vocês sabe o que significa?"

E-Z abanou a cabeça: "Posso procurar no Google." Puxa do telemóvel.

"Não precisas", disse Alfred. "É de Shakespeare, atribuído ao rei Henrique. Literalmente, significa: "Vamos tentar mais uma vez", e creio que foi dito durante uma batalha. Por isso, presumo que esta seja uma mensagem da minha Ariel, que me diz que me foi dada outra oportunidade." As lágrimas brotaram-lhe nos olhos.

E-Z estava desconfiado com esta mudança de acontecimentos. Estava feliz por Alfred ainda estar com eles, mas perguntava-se a que preço. "Estou preocupado", admite E-Z.

Lia disse que também estava.

"Ah, não te preocupes. Se a Ariel me enviou esta mensagem, então ela está do nosso lado. Além disso, o homem em cujo corpo estou - ele não o queria mais. Tentei salvá-lo, mas ele saltou na mesma. Talvez seja o destino, para eu te ajudar com as tuas provações E-Z. Seja o que for, eu aceito. Vou dar-te o meu melhor. Isso depois de vestires uma camisa e uns sapatos."

"Pergunto-me quais serão os teus poderes agora, Alfred. Quero dizer, se ainda os tens, ou se tens outros poderes. Ou nenhum. Já que voltaste a ser humano", pergunta Lia.

Alfred coçou a cabeça de cabelo louro. "Não sei. A única coisa que precisa de uma cura por aqui é o meu antigo corpo de cisne. Não quero correr o risco de, se o curar, acabar por voltar a ele."

"É justo," disse Lia. "Mas não podemos deixar lá o teu antigo corpo de cisne, pois não? Temos de o enterrar."

Enquanto olhavam para o corpo sem vida, este desapareceu no ar.

"Bem, isso resolve o problema", disse E-Z.

"Sinto que devo dizer algumas palavras, pela passagem do meu velho corpo. Alguém se importa?"

Tanto o E-Z como a Lia baixaram a cabeça.

Alfred recitou um excerto do poema de Lord Alfred Tennyson intitulado:

O Cisne Moribundo:

A planície era relvada, selvagem e nua,

Larga, selvagem e aberta ao ar,

Que por todo o lado se tinha construído

Um teto de cinzento triste.

O rio corria com uma voz interior,

"E nele flutuava um cisne moribundo,

E lamenta em voz alta.

Aqui o Alfred Hoo-Hoo'd e Hoo-Hoo'd até as lágrimas encherem todos os seus olhos enquanto o poema continuava:

Era o meio do dia.

E o vento cansado continuava,
E leva os canaviais à sua passagem.
Ficaram juntos num momento de silêncio.

Depois a Lia disse: "Agora vamos arranjar-te roupa fresca e seca, e depois vamos todos a um restaurante de hambúrgueres. Agora vamos arranjar-te roupas frescas e secas e depois vamos todos a uma hamburgueria.

E-Z abanou a cabeça. "Um pouco de comida seria bom, mas continuo a desconfiar da Eriel. Há aqui qualquer coisa que não bate certo".

"Talvez descubramos - depois de comermos! Leva-me ao paraíso dos cheeseburguers".

Começam a andar pelo passeio marítimo. Continuam a andar durante algum tempo. Antes de se aperceberem que estavam perdidos.

"Sou uma excelente navegadora", diz a pequena Dorrit, o unicórnio, enquanto voa para os cumprimentar. "Sobe a bordo, Alfred e Lia. E-Z, podes seguir-me."

Alfred meteu a mão no bolso das calças de ganga e tirou uma carteira. Lá dentro encontrou algumas notas e a identificação do corpo em que se encontrava. O nome do jovem era David, James Parker, de vinte e quatro anos. Mostra a carta de condução.

"Tens uma bela fotografia", disse Lia.

"Sim, sou bastante bonito."

"Oh, irmão," disse E-Z, empurrando-o para a frente.

Os passageiros de Little Dorrit voaram para cima, para o ar. E-Z seguiu-os até saber onde estava. Decide pedir um GPS para a sua cadeira de rodas. É pena que não tenham pensado nisso quando a modificaram.

Depois da descida, passa rapidamente por uma loja de artigos em segunda mão. Alfred vestia agora uma t-shirt nova, calças de ganga, ténis e meias. Segue-se uma pequena fila antes de começarem os pedidos de comida.

A pequena Dorrit fez-se escassa, enquanto o trio se deliciava com a comida. Estavam todos com muita fome.

O Alfred fazia barulhos de gemidos, demasiados para serem descritos em pormenor. Quando acabaram de comer, depositaram o lixo nos caixotes apropriados. E voltam para casa.

Quando estavam quase a chegar, o Alfredo chamou o E-Z: "Temos de falar!

"Isto não pode esperar até aterrares?" perguntou a Pequena Dorrit. "Depois de acabar aqui, tenho sítios onde ir e pessoas para ver."

"Que malcriado," disse E-Z. "Vai em frente, Alfred ou David ou qualquer que seja o teu nome agora."

"Era sobre isso que eu queria falar contigo", disse Alfred. "Como é que vais explicar a minha transformação ao Tio Sam e à Samantha? Tio Sam e Samantha, apresento-te o Alfred, o cisne trompetista. O teu nome agora é David James Parker. Graças ao corpo em que entrou e onde reside atualmente. Desde que o jovem que era o anterior dono do corpo se suicidou. Na ponte da Rua Jones".

"Oh, caramba", disse E-Z. "É cem por cento a verdade, tal como a conhecemos, mas não lhes podemos dizer a verdade."

"A minha mãe desmaiava se te disséssemos isso. Porque não lhes dizemos que o cisne Alfred voou para sul? Para um tempo mais solarengo. Ou que encontrou uma companheira? Depois podemos apresentar o Alfred como D.J., que soa muito mais amigável do que David James."

"És um génio", disse E-Z "Embora, como o meu amigo se chama PJ, as coisas possam ficar um pouco confusas com um DJ e um PJ. O que achas, Alfred? Tens alguma preferência?

"Não gosto de DJ. Soa demasiado vulgar. Preferia que me chamasses Parker. Parker, o mordomo, era uma das minhas personagens preferidas em Thunderbirds.

"Então, será Parker", acaba de dizer E-Z, enquanto Lia solta um grito e Alfred desmaia - a sua casa desapareceu. Queimada até ao chão.

CAPÍTULO XXI

"Oh não!" E-Z gritou enquanto corria em direção aos restos em chamas. "Tenho de encontrar o Tio Sam e a Samantha. Tenho mesmo de o fazer".

A sua cadeira pairou sobre os restos mortais; estava tudo negro e carbonizado. Uma confusão indistinguível de destruição, sem qualquer sinal de vida humana. Esporadicamente, os objectos estavam encharcados de água. Sinais intermitentes de fumo erguiam-se aqui e ali por entre as brasas extintas.

E-Z ergueu os punhos no ar. "Anda cá, Eriel, sua gigantesca...

"És um idiota voador!" Parker terminou o insulto.

Lia tentou acalmar toda a gente.

"Porque é que tinhas de fazer isto? Porque fizeste isso? Porquê?" E-Z gritou.

Lia caiu no chão. Apoia a cabeça no joelho de E-Z e Parker abraça-a no momento em que um carro pára atrás deles.

Duas portas abriram-se: Sam e Samantha.

Correram e agarraram-se um ao outro, como se nunca tivessem esperado voltar a ver-se. Toda a gente derramou uma ou duas lágrimas, antes de se separarem. Quando se aperceberam que o abraço de grupo incluía um homem que não conheciam.

O estranho era um homem alto, que não teria problemas em conseguir um lugar nos Raptors se fosse mais novo. Vestia-se da cabeça aos pés com um fato preto escuro às riscas e sapatos a condizer.

Os botões do casaco abertos revelavam um fato preto com um tecido brilhante, possivelmente seda. Os seus olhos negros e as suas madeixas de cabelo contrastam com a sua tez de hera. Parecia um cruzamento entre um agente funerário e um mágico.

Estende a mão: "Olá, sou o tipo do seguro do Sam."

O Tio Sam explicou que ele e a Samantha tinham saído para ir comer qualquer coisa. Ao ver a expressão de E-Z, justifica: "Ela não tinha conseguido dormir devido ao jet lag". A Samantha e o Sam trocaram olhares e acenaram com a cabeça. "A Samantha e eu...".

"Oh, mãe!

E-Z disse: "A Samantha e o tio Sam sentados numa árvore, k-i-s-s-i-n-g."

"Pára", disse o Parker. "Estás a envergonhá-los."

Todos os olhares se dirigiram para o tipo dos seguros. O seu nome era Reginald Oxworthy. Ele estava ao telefone. Gritava. "O que queres dizer com ele não se qualificar?"

"Oh não!" Disse o Sam.

"Ele é nosso cliente há anos, primeiro quando vivia noutro estado e depois quando se mudou para cá. Está coberto, tenho a certeza disso." Fez uma pausa. "Bem, olha outra vez!" Fecha o telefone com um estalido. "Desculpa-me por tudo isto.

Sam aproximou-se e todos os outros o seguiram. "Qual é exatamente o problema?

"Oh, não há problema, por assim dizer.

"A mim pareceu-me um problema", disse a Samantha. Os outros acenaram com a cabeça.

Oxworthy limpou a garganta. "Eu disse-lhes para verificarem a tua apólice outra vez. Dá-me um," o telefone dele tocou. "Um segundo", disse ele, afastando-se deles. Eles o seguiram como um grupo de jogadores de futebol em um grupo, ouvindo cada palavra que ele dizia. "Uh, sim. Tens razão. Então confirma. Não há problema, acontece.

Sorriu na direção de Sam e depois fez-lhe um sinal de positivo. Afasta-se da comitiva e continua a sua conversa.

Ficaram de pé num grupo, olhando para o que restava da sua casa. Uma casa onde E-Z tinha vivido durante toda a sua vida. O que é que vai acontecer agora? Teriam de a reconstruir neste local? Uma casa nova, sem história nem significado. Uma nova casa que nunca seria um lar para ele. Nunca seria um lugar onde os fantasmas de seus pais, se é que os fantasmas existiam, pudessem vir e visitar.

Oxworthy dirigiu-se para eles. "Bem, agora. Peço-te desculpa pelo atraso. Mas as tuas reservas de hotel foram confirmadas. Podemos ir andando. Instalar-te, quando estiveres pronto."

"Obrigado", disse o Sam. "Já sabes qual foi a causa do incêndio?

"Depois de uma investigação preliminar, há noventa por cento de certeza de que a explosão foi causada por uma fuga de gás. Mas não te preocupes com isso agora. A tua apólice cobre todos os custos da estadia no hotel. Reservei-te três quartos. Deve ser suficiente, não achas?"

"Não te preocupes", disse Sam. "Obrigado, Reg.

"A tua apólice também cobre as despesas, para artigos de substituição, necessidades, comida. Não terás de pagar um cêntimo no hotel. Se comprares alguma coisa, manda-me os recibos. Faz cópias, tu ficas com os originais. Eu farei com que sejas reembolsado."

Sam e Oxworthy apertaram as mãos.

"Alguém precisa de uma carona para o hotel?" Oxworthy perguntou, e Lia e Samantha subiram para o banco de trás do seu Mercedes preto.

E-Z e Parker entraram no carro do tio Sam.

"Acho que ainda não fomos apresentados", disse o Tio Sam, estendendo a mão a Parker, que estava no banco de trás.

"Prazer em conhecer-te", disse Parker.

"Oh, também és britânico", disse o Tio Sam. "Por falar nisso, onde está o Alfred?"

E-Z abanou a cabeça. "Eu explico-te de manhã. E tu podes continuar o que nos ias contar, sobre ti e a Samantha.

"É justo", disse Sam, olhando pelo espelho retrovisor para ver que Parker estava a dormir profundamente. Liga o carro e arranca a toda a velocidade.

"Tivemos todos um dia bastante agitado", disse E-Z.

"A quem o dizes.

Desculpa Eriel, por te culpar por isto, pensou E-Z. Embora um indício no fundo da sua mente sugerisse que o júri ainda não tinha decidido sobre o assunto.

CAPÍTULO XXII

Quando todos chegaram ao hotel, entraram nos seus quartos, com o plano de se encontrarem mais tarde para jantar às 18 horas.

O tio Sam tinha um quarto só para ele, mas entre o seu quarto e o do sobrinho havia uma porta adjacente. O Parker também estava no quarto do E-Z, enquanto a Lia e a mãe partilhavam um quarto algumas portas abaixo.

Depois de se instalarem, Lia e Samantha decidiram fazer as compras necessárias. A prioridade máxima era roupa nova, uma vez que tudo o que tinham trazido se tinha perdido no incêndio.

"E os nossos passaportes? pergunta Lia.

"Ainda bem que os levo sempre comigo na mala.

"Ufa!" As duas entraram numa loja de estilistas e começaram imediatamente a experimentar as últimas novidades da moda norte-americana.

"Isto deve ser muito divertido, já que a companhia de seguros paga tudo!" Samantha exclamou através da parede para a filha que estava no vestiário ao lado.

"Não há nada que gostemos mais do que uma ida às compras! disse Lia. "Vou mesmo comprar isto, e isto e isto.

✳✳✳

De volta ao hotel, Parker estava a ressonar na cama. E-Z andava de um lado para o outro do quarto a pensar no seu computador perdido. Ainda bem que não tinha ido muito longe no seu romance Tattoo Angel, mas o que mais lhe preocupava eram as coisas dos pais. Não conseguia acreditar que tinham desaparecido. Não ajudava o facto de não ter olhado para eles durante muito tempo. Mas porque é que ele se culpava a si próprio? O pessoal do seguro disse que a causa foi uma fuga de gás. Disseram que tinham noventa por cento de certeza. Porque é que ele continuava a achar que a culpa era toda dele, porque ele podia ter impedido aquilo, ter impedido a Eriel quando teve oportunidade?

Sam meteu a cabeça dentro do quarto. "Estás decente?"

Parker esticou-se.

"Sim, estamos decentes. Entra."

"Vou às lojas comprar algumas coisas essenciais. Vocês os dois querem dar-me uma lista do que precisam, ou querem juntar-se a mim?"

"Se isto envolve comida - conta comigo!" disse o Alfred.

"Estás sempre com fome!"

"O que queres que te diga, já há algum tempo que só como erva".

E-Z viu o olhar de Sam e fingiu fumar um cigarro imaginário.

O Tio Sam zombou, perguntando-se como é que o seu sobrinho de treze anos sabia dessas coisas. Para mudarem de assunto, trancaram os quartos e dirigiram-se para o corredor.

"Onde é que vamos exatamente? perguntou E-Z.

"É verdade, não vamos muitas vezes às compras na cidade. Há um centro comercial fantástico, ao qual quero ir desde que me mudei para cá. Não é longe, por isso pensei que podíamos conversar pelo caminho."

"Podes contar-nos o que aconteceu?" perguntou Parker.

"Sim, como é que tu e a Samantha se conheceram tão depressa?" perguntou E-Z.

Como é que tu e a Samantha se juntaram tão depressa?", perguntou E-Z. "Hmmm", disse Sam.

"Referia-me ao incêndio", disse Parker, lançando a E-Z um olhar cruzado por cima do ombro.

Chegaram à loja. Parker e Sam entraram pelas portas giratórias, enquanto E-Z usou o botão de abertura da porta para entrar.

Uma vez lá dentro, Parker baixou-se para voltar a calçar os sapatos. E-Z tirou um casaco de ganga elegante do cabide e experimentou-o. Rodou em frente a um espelho para ver se lhe ficava bem. "Fica-te muito bem."

Sam aproximou-se para avaliar a situação: "Concordo, fica-te muito bem. Parece que foi feito para ti."

"O que achas, Alfred?"

O Sam olhou para ti duas vezes. Parker disse: "Pára de me chamar Alfred! Quem é esse Alfred, afinal?"

"Desculpa, é o sotaque britânico. Ele também tinha um. O Alfred era, bem, um amigo nosso."

Sam voltou a olhar para as roupas. Estava a encher um cesto com roupa interior e artigos de higiene.

"O que achas Parker?"

Atravessa o chão para ver melhor. "Achas que te fica bem. Acho que devias ficar com ela. Mas vai ser uma pena quando as tuas asas rebentarem e ele se estragar."

Sam passou e E-Z atirou o casaco para o seu cesto. "Acho que vocês também deviam comprar algumas coisas necessárias, como cuecas. A não ser que tenciones ir de comando."

"Eww!" exclamou E-Z.

"Oh, conheço bem essa expressão. A sua origem, tenho a certeza, é no Reino Unido."

"Já percebi porque é que o meu sobrinho te chama Alfred. É o tipo de coisa que ele te teria dito."

E-Z olhou para Parker durante um segundo. Depois seguiu o tio a caminho da caixa registadora, onde parou, experimentou um chapéu e atirou-o para o cesto.

"Agora, onde é que o Parker se meteu?", pergunta. Sam continuou a olhar para os alfinetes de gravata, enquanto E-Z procurava na loja o seu amigo desaparecido.

Parker estava parado no meio do corredor quatro, com o braço direito para cima e o esquerdo para baixo. A expressão na sua cara era inconfundivelmente de zombie.

"Oh, não!" disse E-Z enquanto se aproximava. "Uh, Parker," sussurrou ele. "O que é que se passa? É melhor teres cuidado ou alguém vai confundir-te com um manequim."

Parker ficou imóvel.

"Deixa-te disso", disse E-Z, batendo em Parker com a sua cadeira. O corpo de Parker inclinou-se e depois tombou. E-Z agarrou-o mesmo a tempo, segurando-o pela parte de trás da camisa. Tentou endireitar o amigo, para que não parecesse tão rígido e manequim, mas não foi uma tarefa fácil.

O tio Sam veio a correr ajudar-te. "O que é que se passa com o Parker?"

"Não sei. Temos de o tirar daqui.

"Toma drogas? Tem uma expressão estranha na cara, como se tivesse visto um fantasma ou assim."

"Não, nada de drogas, a não ser um pouco de erva de vez em quando. E os fantasmas não existem, já para não dizer que é de dia. Talvez eu possa transportá-lo na minha cadeira? Temos de o tirar daqui antes que alguém repare e chame a polícia.

"Concordas. Não sei que razão dariam à polícia se a chamassem. Há um tipo na nossa loja que está a imitar um manequim! Vem depressa."

"Tens piada", disse E-Z. "Tu vais e verificas e eu fico aqui. Vamos pensar como é que o podemos tirar daqui sem chamar muita atenção."

O Tio Sam foi pagar enquanto E-Z ficou com Parker. Os clientes que vinham pelo corredor tinham dificuldade em entrar e contorná-los. E-Z rodou a cadeira para a esquerda e depois para a direita, para acomodar os clientes.

No final, quando havia vários clientes ao mesmo tempo, empurrou Parker contra uma parede. Pelo menos, não o atrapalhava. Depois sentou-se à espera de Sam.

"Estamos aqui!" E-Z gritou quando o viu.

"Porque é que ele está virado para a parede? E o que é que estás a fazer aqui?

"Porque estás virado para a parede. Já pensaste como é que o podemos tirar daqui?"

"Sim, vou arranjar uma daquelas carrinhas", disse Sam.

"Porque não arranjas um carrinho?" perguntou E-Z. "Dá menos nas vistas."

"Nunca conseguiríamos metê-lo numa carroça. A não ser que queiras abrir as asas, pegá-lo e deixá-lo cair lá dentro.

"Preciso de pensar." Passados uns minutos, apercebeu-se de que arranjar um camião-plataforma era a melhor ideia. "Sim, arranja um camião-plataforma e eu ajudo-te a pô-lo lá dentro. Quando sairmos da loja, posso levá-lo de avião para o hotel. O único problema será, quando lá chegar, o que fazer com ele."

"Descobriremos isso quando sairmos da loja." Sam foi buscar um carrinho. Em vez disso, voltou com um carrinho de mão. Acabou por ser uma melhor opção. Puseram o Parker no carrinho e voltaram para o hotel.

"Vamos voltar a pé, devagar e com calma", disse E-Z. "Afinal, não preciso de voar. Vamos com calma, subimos para o nosso quarto e pomo-lo na cama dele."

"Depois devolvo a carrinha, tive de prometer que a devolvia pessoalmente."

"Parece-me um plano. Oops."

Um grupo de compradores ocupa a maior parte do passeio. Pararam, para os deixar passar, depois continuaram o seu caminho e em breve estavam de volta ao hotel.

Uma vez lá dentro, a caixa de carga não cabia no elevador normal, por isso tiveram de usar o elevador de serviço. Para isso, foi necessário convencer o porteiro, ou seja, suborná-lo. Assim que o dinheiro mudou de mãos, ele até os ajudou a tirar o contentor do elevador. Também se ofereceu para o devolver à loja quando terminassem. Uma oferta que Sam recusou educadamente.

Agora, fora do quarto de E-Z e Parker, o elevador abriu-se e saíram Lia e a mãe. Cada uma carregava vários sacos quando reparou nos rapazes e no camião.

"Não! O que é que aconteceu? pergunta a Lia.

"Não sei", diz E-Z. "Ele fez uma curva estranha."

"Vamos levá-lo para dentro", disse Sam.

Depois de pousarem as malas, as raparigas ajudaram E-Z e Sam a pôr Parker na cama.

"Talvez ele esteja sob um feitiço?" Lia sugeriu.

"Isso é um salto muito estranho para ti", disse Samantha. "Tens andado a ver demasiadas repetições de Charmed.

Lia riu-se. "Sim, era uma das minhas favoritas. Refiro-me à versão anterior, aquela com a rapariga do Who's the Boss.

"É bom saber que também vês o canal dos antigos na Holanda", disse E-Z. Depois aproxima-se de Parker. "Espera um minuto. Ainda respira?"

Eles observaram a subida e a descida do peito de Parker. Não aconteceu.

"Vê se há batimento cardíaco - ou pulso", sugeriu Samantha.

"Vê se o coração está a bater", disse Sam. "E respira, mas de forma esporádica.

A Samantha inclinou-se e apalpou a testa do Parker. "Oh, meu Deus, ele está a arder em febre!"

"Traz gelo!" Sam gritou e, seguindo a sua própria ordem, correu para o corredor com o balde de gelo a reboque.

"Não achas que devíamos chamar um médico? perguntou a Samantha.

CAPÍTULO XXIII

"Concordo com a tua mãe. Temos de chamar uma ambulância, ou talvez o hotel tenha um médico aqui hospedado", disse Lia.

E-Z fez uma careta, transmitindo a Lia a mensagem - temos de nos livrar do Tio Sam e da tua mãe.

Sam regressou, com um balde cheio de gelo. "Temos de o meter na banheira. Ele e a Samantha começaram a levantar o Parker.

"Espera!" Disse a Lia. "Sam e a mãe, porque é que vocês os dois não vão buscar montes e montes de gelo? Quero dizer, temos de encher a banheira antes de o metermos lá dentro, certo?"

"Acho que estão a tentar livrar-se de nós", diz Sam.

"Desculpa", disse E-Z. "Podes dar-nos uns minutos para tentarmos resolver esta situação do Parker?"

Samantha e Sam acenaram com a cabeça e saíram da sala.

E-Z recitou as palavras mágicas que convocaram Eriel: Roch-Ah-Or, A, Ra-Du, EE, El.

Mesmo assim, o arcanjo não apareceu. O facto de estar a ser ignorado irritava E-Z, agora que sabia que estava a ser constantemente vigiado por Eriel.

Lia tentou contactar Haniel, mas não obteve resposta.

E-Z e Lia não sabiam o que fazer quando o coração de Parker abrandou os seus batimentos e quase parou por completo.

Ariel chegou sem ser convocada nem fazer alarde. Voa diretamente para junto de Parker. Coloca as mãos na testa dele. Eles viram as lágrimas a cair dos olhos dela e a pousar nas bochechas dele. Ela entoou uma canção suave e esperou. Quando ele não se mexeu ou recuperou a consciência, ela virou-se para partir. Mas antes de partir, lamenta: "Ele foi-se". E segundos depois, ela também se foi.

Embora estivessem no 45º andar e embora Alfred/Parker estivesse morto. E-Z levantou-o do chão. E-Z levantou-o da cama e levou-o até à janela. Olha para a Lia por cima do ombro.

Ela estava a chorar enquanto ele e Parker caíam.

Caindo, caindo. Até que as asas da cadeira de rodas de E-Z saíram. Voaram, ele e o Alfred, ele e o Parker. Eram ambos iguais. Dois pelo preço de um.

Ele estava a delirar, à medida que subia cada vez mais alto. As partes metálicas da tua cadeira estavam cada vez mais quentes.

Temia que entrassem em autocombustão.

Tinha de corrigir isto. Simplesmente tinha de o fazer. Tinha de encontrar a Eriel.

A cadeira de rodas começou a ter convulsões, fazendo com que E-Z e Alfred/Parker caíssem.

Aterraram sem cadeira no silo, onde E-Z se agarrou ao corpo sem vida do seu amigo.

Não demorou muito até que Eriel chegasse e, suspensa no ar à frente deles, gritasse: "Eu disse-te que isto ia acontecer. Eu disse-te e ele concordou. Eu disse-te e ele concordou. O negócio estava feito".

E-Z sabia que isso era verdade, mas mesmo assim. "Porque é que lhe deste esperança então, e porquê a citação de Shakespeare sobre dar-lhe uma segunda oportunidade?"

Eriel olhou para o corpo mole que E-Z segurava. "Não fui eu que fiz isso.

"Então com quem é que eu preciso de falar?" perguntou E-Z. "Traz ele até mim. Deus, ou quem quer que esteja no comando. Eu exijo vê-lo!"

CAPÍTULO XXIV

E riel bufou e depois desapareceu.

E-Z e Alfred/Parker ficaram. O nome Parker não era nada nem ninguém para ele. Alfred era o seu amigo e, agora que ele tinha desaparecido, ia lembrar-se dele como Alfred e apenas Alfred.

Esperando por algo e nada ao mesmo tempo. E-Z embala a forma do seu amigo morto, desejando que ele volte à vida.

"Queres uma bebida?", pergunta a voz na parede.

"Gostava que o meu amigo voltasse a estar vivo. Podes trazê-lo de volta à vida? Podes ajudar-me a salvá-lo?"

"Por favor, fica sentado."

PFFT.

O aroma suave da lavanda enche o ar. Adormeceu, num estado de sonho em que revivia uma memória, uma memória que se tinha deslocado e alterado para se adequar à sua situação atual.

Ali estavam a mãe e o pai de E-Z, vivos e de boa saúde, mas mais novos. Regressavam do hospital num carro que ele nunca tinha visto antes. O seu pai, Martin, saiu apressadamente do lugar do condutor para ajudar a sua mãe, Laurel, a sair do carro.

E juntos, eles se esticaram no banco de trás e tiraram uma cadeirinha de bebê. Olharam com carinho para o bebé, que dormia profundamente.

"É como o teu irmão mais velho", disse Martin.

"Sim, o E-Z adormecia sempre no carro", disse Laurel.

"Anda para dentro", disse Martin.

"E conhece o teu irmão mais velho", disse Laurel, enquanto o bebé abria os olhos por breves instantes e voltava a adormecer.

E-Z que estava a olhar pela janela, com o seu tio Sam ao seu lado. Queria ir lá fora cumprimentar o seu novo irmãozinho ou irmãzinha.

"Espera que eles entrem", diz o tio Sam.

"Está bem", disse E-Z, de sete anos, com a cara encostada à janela, apoiada nas duas mãos.

A porta da frente abriu-se: "Estamos em casa!", chamou a sua mãe Laurel.

E-Z correu para a porta da frente, onde a mãe e o pai o abraçaram. Agacharam-se para apresentar o mais recente membro da família Dickens.

"É tão pequeno", disse E-Z.

"É um ele", disse o pai.

"Queres pegar nele?

"Queres pegar-lhe ao colo?", pergunta a mãe.

"Está bem", disse E-Z, segurando os braços para que a mãe pudesse colocar o irmão mais novo. "Mas não o quero acordar. Ele importa-se?"

"Não, ele não vai acordar", disse Laurel.

"Se acordar, é porque quer conhecer o irmão mais velho."

"Ele tem um nome?" perguntou E-Z, pegando no recém-nascido nos seus braços e embalando a sua cabeça.

"Ainda não, queres dar-lhe um nome?", pergunta a mãe. "Ótimo, segura-lhe no pescoço, assim... muito bem. Como é que sabes fazer isso? És um irmão mais velho tão bom".

"Bom trabalho, amigo", disse o pai.

E-Z olhou para a cara do gorgulho e disse: "Parece-me um Alfred".

As lágrimas rolaram pelas faces de E-Z quando os dois mundos colidiram. Num deles, embalava o seu irmão mais novo chamado Alfred. No outro, embala o corpo morto de Alfred no silo.

"O tempo de espera é agora de sete minutos", disse a voz na parede.

"Sete minutos", repetiu E-Z.

Pensa em Alfred, nos seus poderes. Sobre como ele podia curar outras formas de vida, incluindo humanos. Pergunta-se se o Alfred terá curado o jovem. Se ele próprio tivesse feito a troca? Teria isso sido possível?

"Alfred", disse E-Z. "Alfred, consegues ouvir-me? Abana o corpo do amigo. "Alfred!", disse ele, uma e outra vez, na esperança de que o seu amigo o conseguisse ouvir de alguma forma.

Quando o relógio da parede estava em contagem decrescente, Ariel apareceu. "Não podes tratar o corpo dessa maneira. Não podes tratar o corpo dessa maneira, é uma vergonha. Abre as asas e vai levantar o corpo mole de Alfred dos braços de E-Z, com a intenção de o levar.

"Não! disse E-Z. "Não o terás."

Ariel abanou as asas e depois o dedo indicador a E-Z.

"O Alfred deixou o edifício, tu estás a segurar a pele, o fato que o segurava. O Alfred está onde deve estar agora. Deixa o corpo dele ir.

E-Z sentou-se. Se Alfred estivesse algures com a sua família, se isso fosse verdade, então sim, deixava-o ir. Até lá, aguenta.

"Onde é que ele está exatamente? Está com a tua família?"

Ariel voou para perto, notavelmente perto, quase se sentando no nariz de E-Z. "Não te posso dizer."

"Então não o vou deixar ir."

"Está bem," disse Ariel. Ela bufou e desapareceu.

Acima dele, no silo, apareceram duas figuras - um homem e uma mulher. Movem-se em direção a ele e flutuam para baixo. Aproxima-se mais e mais.

Esfrega os olhos. Estaria a sonhar outra vez? Era a tua mãe e o teu pai. O Martin e a Laurel. Anjos, a virem cumprimentá-lo. Abana a cabeça. Não podiam ser eles. Não podias ser. Ele tinha sonhado com eles - com eles trazendo para casa um irmãozinho. Agora estavam aqui, com ele no silo. Tão claro como o dia - mas será que ele ainda estava a dormir? Sonha?

"E-Z", disse a tua mãe. "Esta pessoa, o teu amigo Alfred, está morto. Tens de o deixar ir e continuar o teu trabalho. Tens de completar as provas e o tempo está a passar. Estás a ficar sem tempo".

O pai de E-Z, Martin, disse: "É a única maneira de ficarmos todos juntos outra vez."

"Mas eles mentiram-lhe", disse E-Z. "Disseram-lhe que ia estar com a família. Agora não pode estar com a família, não desta forma. Como é que eu sei que eles não me estão a mentir, sobre estarem contigo? Como é que eu sei que não és uma manipulação de Eriel para me levar a fazer o que ele quer?

"Quem é o Eriel?", perguntou a mãe.

"Não conhecemos o Eriel", disse o pai.

Isto não faz sentido. Esta era a casa do Eriel. Não importava se o conheciam ou não, ele era o responsável por eles estarem ali. Ele sabia como puxar pelo coração do E-Z. Sabia como fazer com que ele fizesse o que ele queria que fizesse.

O que é que ele queria exatamente? E porque estava a usar os pais para o conseguir? Não tinhas vergonha. No ar, por cima dele, os pais pairavam, ligando e desligando os seus sorrisos como se fossem marionetas. Foi então que teve a certeza de que os dois fantasmas, ou o que quer que fossem, não eram os seus pais. Eram fruto da tua imaginação, ou possivelmente da de Eriel. O que ele não conseguia perceber era porquê. Porque é que estava a ser manipulado de forma tão cruel e descarada?

"Acorda E-Z!"

Volta a estar na sua cama. Na sua casa.

Vira-se e volta a dormir... e aterra no silo - outra vez.

CAPÍTULO XXV

Três coisas parecidas com silos flutuavam pela sala como se estivessem a jogar ao "Siga o Líder".

Não eram silos. Eram autênticos lugares de descanso eterno chamados Apanhadores de Almas.

Sempre que um ser vivo morria, desde que o corpo em que vivia tivesse nascido com uma alma, continuaria a viver um dia. Os Apanhadores de Almas eram muitos, demasiado numerosos para serem contados. Os seus números eram muito maiores do que nós humanos podemos compreender. Mais do que um googolplex, que é o maior número conhecido.

Quando E-Z chegou, tal como antes, foi depositado no seu Apanhador de Almas.

Alfred chegou a seguir, ainda morto, e o seu corpo foi colocado no seu recipiente de almas.

Lia chegou por último, ainda a dormir, no seu recipiente de almas.

Não demorou muito para que E-Z começasse a sentir-se claustrofóbico.

"Queres uma bebida?", perguntou a voz na parede.

"Não, obrigado", disse ele, tamborilando os dedos no braço da cadeira de rodas, quando um anjo apareceu. Um anjo novo, que ele nunca tinha visto antes.

Este anjo era uma mulher. Estava vestida com um vestido preto esvoaçante e um boné - como se estivesse a participar numa cerimónia de formatura. No seu rosto de ar severo, tinha um par de óculos. Semelhantes aos que Marilyn Monroe usava no cartaz do Café. A diferença é que estas armações pulsavam com um líquido vermelho que se assemelhava a sangue.

"E-Z", disse ela, com uma voz tremulamente alta. A sua voz reverbera. "Bem-vindo de volta ao teu Apanhador de Almas."

"Apanhador de Almas?" disse ele. "É esse o nome desta coisa? Para mim parece-me mais um silo. Então, o que é que é um Apanhador de Almas?"

"É um lugar de descanso eterno para as almas", disse ela, como se já tivesse respondido à mesma pergunta um milhão de vezes.

"Mas isso não é para quando as pessoas estão mortas? Eu não estou morto." Ele esperava bem que não estivesse morto!

"Espera!", gritou ela.

Mais uma vez, faz tremer as paredes quando fala. E os teus dentes também vibravam. Tanto que a sua preferência seria estar lá fora, na neve, e depois ter de a ouvir dizer mais uma palavra.

"Não te disse que era hora de perguntas e respostas. A meu ver, completaste a maior parte dos teus testes com sucesso. Apesar de o Alfred te ter ajudado no ensaio número dois. Como sabes, não é permitida a assistência não autorizada."

E-Z abriu a boca para defender Alfred, mas fechou-a novamente. Não queria arriscar que ela voltasse a levantar a voz. Gostava mesmo que aumentassem o aquecimento ali dentro. Mas, por outro lado, era um lugar para almas. Talvez as almas preferissem o frio.

TICK-TOCK.

Um cobertor estava agora à volta dos teus ombros.

"Obrigado."

"Tens razão, quando morreres a tua alma descansará aqui. Ou teria descansado aqui, se te tivéssemos deixado morrer. Mas nós mantivemos-te vivo. Tínhamos boas razões para o fazer. Mas as coisas mudaram. Não funcionou. Por isso, gostaríamos de rescindir o nosso acordo original."

"O que queres dizer com rescindir? Tens cá uma lata! Tentar cancelar um acordo, o que é isso só porque sou uma criança? Há leis contra o trabalho infantil. Além disso, fiz tudo o que me pediram. Claro, tive que aprender tudo na hora. Mas, apesar de tudo, consegui-o. Cumpri a minha parte do acordo e tu devias cumprir a tua."

"Oh sim, fizeste o que te foi pedido. Esse é o problema - falta-te iniciativa".

"Falta-te iniciativa!" exclamou E-Z enquanto batia com os punhos nos braços da cadeira de rodas. "O acordo era que me mandavas provas e eu descobria como as vencer. Já salvei vidas. Não podes mudar as regras a meio do jogo".

"É verdade, esse era o acordo original. Depois as coisas correram mal com Hadz e Reiki - esqueceram-se de limpar as mentes - e Eriel teve de se envolver."

"Ele mandou-me provas, eu completei-as. Até o derrotei num duelo.

"Sim, venceste. Tinha-lhe pedido para testar os laços entre ti e o teu tio Sam.

"Para nos testares?"

"Sim. Um arcanjo não é feito para CRIAR provações para um anjo em treinamento. Devido à tua, bem, falta de iniciativa, Eriel teve de se envolver mais do que devia."

"Espera só um minuto! Então, estás a dizer que era suposto eu sair e encontrar as minhas próprias provas? Porque é que ninguém me informou sobre estes requisitos?"

"Esperávamos que descobrisses por ti próprio. Houve pistas. Pistas sobre o panorama geral. Esperávamos que tivesses outras pessoas para te ajudar. Esperávamos que tivesses outros com quem discutir as provas. As provas que já completaste. Que te concentrasses no problema. Chegasses à mesma conclusão.

Que nos ajudasses. Talvez até o conquistasses - sem que tivéssemos de te dar a resposta. Demos-te todas as oportunidades, mas não o fizeste. Por isso, vamos por outro caminho."

"Pontos em comum? Talvez eu saiba o que queres dizer."

"Se descobrires e tomares a opção de super-herói... Isso funcionaria. Desde que tudo fosse muito claro. Tinhas a imagem completa. Sabias dos riscos."

"Então, vamos continuar a ser uma equipa? Porque não explicas tudo? Tornas as coisas mais fáceis para mim?"

"No passado, apesar de os teus companheiros terem recebido poderes que tu não possuías, não os utilizaste.

Em vez disso, vocês os três ficaram sentados - a perder tempo - à espera que tudo acontecesse.

Não achaste estranho quando o Eriel apareceu no parque de diversões? Ele estava a levantar o perfil dos Três. Isso não é o trabalho de um arcanjo. É o teu trabalho."

Abana a cabeça. "Eu não tinha cem por cento de certeza que era o Eriel, até ele se identificar no final. Antes disso, eu tinha as minhas suspeitas. Quem mais se vestiria como Abraham Lincoln?

"Além disso, pensei que não era suposto ninguém saber. Até então, pensava que os julgamentos eram secretos. Tinha medo de quebrar o meu acordo contigo. Ophaniel disse que se eu contasse a alguém, perderia a hipótese de voltar a ver os meus pais. Segui as regras que me foram impostas. Acho que não entendes o conceito de jogo limpo".

"Isto não é um jogo. Os arcanjos podem fazer o que quiserem!", exclamou ela, aproximando-se de onde E-Z estava sentado. Empurra o queixo para a frente. "Decidimos que eras mais adequado ao jogo dos super-heróis do que ao jogo dos anjos. Foi então que te ajudaram no departamento de relações públicas. Para te encorajar a encontrar a tua própria gente para ajudar. Deus sabe que a Terra está cheia deles. O que é que Shakespeare lhes chamou, aqueles que choram e vomitam nos braços da enfermeira?

"Não li Shakespeare, mas sou parente de Charles Dickens. Não que isso seja relevante. Mas, ok, então, queres que eu continue, como Super-Herói com o Alfred, se ele viver e com a Lia ao meu lado. Podes facilmente conseguir muito apoio e publicidade dos media.

"Ainda estou comprometido contigo. Se nos deixares ter rédea solta, o céu será o limite. Conhecemos muitos miúdos na escola e na indústria do desporto. Podemos criar uma linha direta para os super-heróis e um site. Podemos usar as redes sociais para nos ligarmos a pessoas de todo o mundo. As pessoas vão fazer fila para que as ajudemos. Vai ser um jogo totalmente novo."

"Ah, finalmente fala de iniciativa... mas, meu caro, é muito pouco e muito tarde. Como já disse, queremos deixar de ter obrigações para contigo. Já não estás ligado a nós. Já não tens uma dívida a pagar".

"Mas..."

"Todos os três provaram que só estão nisto por vocês próprios. Quando os anjos sugeriram pela primeira vez que nos podias ajudar, representar-nos aqui na Terra - nós tínhamos um plano. Com o Alfred, foi o mesmo. Depois, apareceu a Lia. Desde então, temos tido algum sucesso com vocês os dois. Incluímo-la no trio... mas agora tornaste-te obsoleta."

"Nós salvamos pessoas, ajudamos pessoas."

"Não me venhas com essa. Se eu te oferecesse a hipótese de estares com os teus pais hoje, aqui e agora. Atirarias a toalha ao chão. Irias embora sem te preocupares com as vidas que poderias ter salvo se as provas continuassem.

"O mesmo aconteceria com o Alfred, espero eu - isto se ele sobreviver. Iria para um campo de margaridas com a sua família sem pestanejar. E, por falar em olhos, se a Lia recuperasse a visão, também iria.

"Depois de uma cuidadosa consideração, percebemos que nenhum de vocês está comprometido com nada além de vocês mesmos, por isso, passamos ao Plano B."

"Espera um minuto. Espera um minuto. Vamos definir trabalho." Ele pesquisou no Google e ficou satisfeito por descobrir que tinha quatro barras. "De acordo com um dicionário online: fazer um trabalho ou cumprir deveres regularmente por um salário. Eu trabalhei para ti, sem pagamento. A não ser uma promessa de compensação. Tínhamos um acordo verbal.

"Não tenho a certeza dos detalhes do acordo que o Alfred ou a Lia tinham, mas aposto que os seus anjos lhes ofereceram incentivos semelhantes. Eu cumpri a minha parte do acordo, e tu deves cumprir a tua. Eu tenho treze anos e," ele pesquisou no Google. "Sim, como eu pensava, de acordo com o Departamento do Trabalho dos EUA, catorze é a idade mínima para trabalhar."

Ela riu-se e reajustou os óculos. Ele reparou que ela tinha sangue nas mãos. Limpa-as na sua roupa preta. "Não te preocupes, as leis primitivas não se aplicam a anjos ou arcanjos. É uma ingenuidade da tua parte pensares que sim." Ela fez uma pausa. "Estamos preparados para te oferecer duas opções. Opção número um: Ficarás aqui no teu Apanhador de Almas para o resto da tua vida."

"O quê?

As próprias fundações do teu Apanhador de Almas tremeram. A ideia de ser enterrado vivo dentro deste contentor de metal enojava-o.

"A vida que vais viver, os teus dias de vida, serão passados como prometido por aqueles arcanjos imbecis. Com os teus pais. Ou seja, vais reviver a tua vida com os teus pais desde o dia em que nasceste até ao momento exato em que as suas vidas expiraram. Nunca estarás numa cadeira de rodas, e eles nunca morrerão. Faz uma pausa. "Agora, podes falar."

"Queres dizer que vou reviver a minha vida com os meus pais, todos os dias que passámos juntos, por toda a eternidade, uma e outra vez?"

"Sim."

"Qual é a opção número dois?"

"Não consegues adivinhar?", perguntou ela com um sorriso de dentes.

O sorriso dela era tão falso que ele teve de desviar o olhar.

Espera.

"A segunda opção significaria que voltarias a viver a tua vida com o teu tio Sam. Ela hesitou, aproximando-se mais de E-Z. Ele já tinha frio, e agora ela estava a deixá-lo ainda mais frio com cada bater de asas. Cobre-se com o cobertor. Continua. "Como já deves ter adivinhado, não vais, nem nunca vais voltar a encontrar os teus pais com nenhuma das opções. Recriaríamos o passado. Seria como se estivesses a viver numa peça de teatro ou num programa de televisão."

"O quê! Não foi isso que eu concordei! exclamou E-Z. "Estás a dizer que Hadz. Reiki, Eriel e Ophaniel mentiram-me?"

"Mentiste é uma palavra forte, mas sim. Olha para o que te rodeia. As almas são depositadas em compartimentos individuais. Prepara previamente um compartimento para cada alma.

"Então, estás a dizer que os meus pais estão cada um num desses compartimentos?"

"Sim, as suas almas estão."

"E depois o que é que lhes acontece?

"Ora, ficam a flutuar nos céus."

"É triste. Sempre pensei que os meus pais estariam juntos, algures. Sei que isso era a única coisa que dava algum tipo de consolo ao Alfred. Que a mulher e os filhos estavam juntos algures. Ninguém gosta de pensar que o seu ente querido está a morrer sozinho. Muito menos passar a eternidade dentro de um contentor de metal à deriva de um lado para o outro."

"Sentimentalismo humano. As almas apenas existem. Não vivem nem respiram, nem comem, nem sentem demasiado calor ou demasiado frio. Os humanos não entendem o conceito."

Ele zombou.

"Não quero insultar a tua espécie. Mas quando um corpo morre, o que fica, a alma, é um conceito difícil de compreender para a tua mente. Os cérebros humanos são demasiado pequenos para compreenderem as complexidades do universo. Daí a criação de doutrinas religiosas. Escritas em termos leigos. Fácil de ser ensinado e seguido sem qualquer prova".

"Uma vez que as almas são mais valorizadas do que os humanos como eu, como é que eu poderia viver o resto da minha vida num destes contentores?"

"Fizemos ajustes, como agora e antes. Não tiveste problemas em viver aqui dentro quando te trouxemos, pois não?"

"A não ser a claustrofobia", disse ele. "E as vezes em que precisavam de me acalmar com aquele spray de lavanda."

"Ah, sim. A recorrência da claustrofobia dependerá, naturalmente, da opção que escolheres. Se escolheres a opção número um, o ambiente vai sustentar-te de todas as formas até que a tua alma esteja pronta. Depois, a tua forma terrena pode ser eliminada. Os humanos adaptam-se, e tu habituas-te a isso. Além disso, estarás com os teus pais, a reviver memórias. Isto vai fazer-te passar o tempo. Agora, escolhe o teu nome!"

"Espera, e as minhas asas, e as asas da minha cadeira? O que é que lhes vai acontecer?" E os poderes do Alfred e da Lia? Se escolhermos a opção número um, voltaremos a ser como éramos antes? Quero dizer, antes de tu e os outros arcanjos se envolverem nas nossas vidas?"

"Claro que não vamos arrancar-te as asas, meu querido rapaz, nem retirar os poderes que já te foram dados. Somos arcanjos, não somos sádicos."

"É bom saber, por isso, podemos continuar a ser super-heróis."

"Podem, mas vão ter de criar a vossa própria publicidade - porque quando nós saímos, saímos para sempre."

"Por favor, fica sentado", disse a voz na parede, embora E-Z não tivesse muita escolha no assunto.

A arcanjo não disse nada. Em vez disso, distraiu-se a limpar os óculos e a colocá-los de novo.

"Mais uma coisa," perguntou E-Z, "sobre o Alfred."

"Continua, mas despacha-te. Outro conceito que os humanos não entendem é que o tempo existe em todo o universo. Eu tenho outros sítios onde estar e outros arcanjos para ver.

"Está bem, vou tratar disso. O Alfred está agora noutro corpo humano. Se a alma permanece com o corpo, então, tens duas almas lá dentro? O apanhador de almas está à espera de duas almas?"

O anjo vira-lhe as costas. Limpou a garganta antes de falar: "Eu, nós, esperávamos que não fizesses essa pergunta. És mais esperto do que pensávamos." Ela fechou os olhos, acenou com a cabeça, "Mhmmm." Os olhos continuam fechados. E-Z olhou para ver se ela estava a usar tampões para os ouvidos, pois parecia estar a ouvir alguém. Ou talvez estivesse a imaginar. Acena com a cabeça. "Concorda", disse ela.

"Está mais alguém aqui connosco?", perguntou ele.

Uma nova voz ecoou à sua volta. Porque é que todos os arcanjos têm vozes tão altas?

"Eu sou Raziel, o Guardião dos Segredos. E-Z Dickens, deves prestar atenção às minhas palavras. Porque uma vez ditas, não te lembrarás delas. Nem que eu estive aqui. Os Apanhadores de Almas e os seus propósitos não são da tua conta. Ultrapassaste os teus limites e não vamos tolerar isso. Demos-te generosamente duas opções. Decide AGORA, ou o meu douto amigo tomará a decisão por ti".

E-Z começou a falar, mas depois a sua mente ficou em branco. De que é que eles estavam a falar?

O arcanjo fechou os olhos novamente, disse as palavras "obrigado", e a voz de Raziel não falou mais.

✳✳✳

É como se o tempo tivesse andado para trás. "Esperas que eu decida na hora, sem me dar tempo para pensar? Sem falares com o meu tio Sam ou com os meus amigos? Por falar nisso, e o Alfred, disseram-lhe que se ia reunir com a sua família? E a Lia, disseram-lhe que ia recuperar a visão."

"Uma vez que o Alfred se foi, a tua decisão - se ele sobrevive na Terra ou não - será a decisão dele. A opção número um dele será a mesma que a tua. Será que ele quer reviver a sua vida com a sua família repetidamente? Enquanto ele se vai, talvez já esteja a ter sonhos agradáveis com eles. Mas, mais uma vez, nunca se sabe que truques a mente pode pregar. Ele pode estar num ciclo de pesadelos e só tu o podes salvar a ele e à sua família, fazendo a escolha certa para ele."

"Estás a dizer que ele nunca vai sair dessa? Estás a dizer que ele nunca vai sair disto?

"Isso não te posso dizer. Tudo o que sei é que o apanhador de almas não está pronto para recolher a tua alma... ainda."

"E a Lia?"

"Os olhos humanos dela desapareceram nesta vida, tal como as tuas pernas. Ela pode reviver os seus dias de visão, mas talvez prefira que tu escolhas por ela também. Afinal de contas, não teve tempo para crescer e amadurecer como uma criança normal. Já perdeu três anos da sua vida e, com este episódio de envelhecimento, não temos a certeza se é um caso isolado ou se vai voltar a acontecer.

"Queres dizer que também não sabes o que lhe vai acontecer?"

"Não, não sabemos. Além disso, ela ainda está a dormir."

"Não posso decidir isto, para nós os três, com um limite de tempo. É uma decisão importante e eu preciso de tempo."

"Então vais tê-lo." Aparece um relógio com uma contagem decrescente de sessenta minutos. "O teu tempo começa agora. Dá-me a tua resposta antes que chegue ao zero. Caso contrário, tudo o que discutimos não será válido. E voltarás para o hotel com o cadáver do teu amigo". As suas asas bateram e ela subiu cada vez mais alto.

"Espera, antes de ires", gritou ele.

"O que é que se passa agora?"

"Há outros, quero dizer, outros miúdos como nós?"

"Foi bom conhecer-te", disse ela.

"O sentimento não é mútuo", respondeu ele.

CAPÍTULO XXVI

À medida que os minutos passavam, E-Z revia tudo o que lhe tinha sido dito. Desejava que o silo fosse suficientemente largo para se poder mexer mais. Pelo menos, ele estava sentado confortavelmente na sua cadeira de rodas. Juntos, eram como um duo dinâmico.

"Queres comer alguma coisa?", pergunta a voz da parede.

"Claro que sim", diz ele. "Uma maçã, umas pipocas - com sabor a queijo seria bom e uma garrafa de água.

"É para já", disse a voz, enquanto uma mesa metálica passava por uma fenda na parede em que ele não tinha reparado antes. Pousa à sua frente. Da fenda saiu um gancho, carregando primeiro a garrafa de água. Depois um segundo gancho com um copo. Segue-se um terceiro gancho com uma maçã. Antes de a pousar, o gancho poliu-a com uma toalha. Depois aparece um quarto gancho, com uma taça de pipocas.

"Obrigado", diz ele, enquanto os quatro ganchos acenam e desaparecem na parede.

"Não tens de quê.

"Há alguma hipótese de me trazeres o meu computador? Foi destruído no incêndio. Gostava muito de poder fazer uma lista das coisas para tomar esta decisão."

"Claro que sim. Dá-me só um minuto ou dois."

Enquanto ele acabava de comer a maçã e contemplava as pipocas, de uma outra ranhura na parede oposta apareceu o seu computador portátil. O gancho segurava-o no ar, à espera que E-Z movesse os outros objectos para o acomodar. Quando ele não o fez, apareceram ganchos do outro lado. Um apanhou o caroço da maçã e desapareceu na parede. Outro deitou o resto da água no copo. Depois leva a garrafa vazia de volta pela ranhura da parede. Como queria ficar com as pipocas e o copo de água, tira-os da mesa. O gancho pousou o portátil e voltou a passar pela ranhura na parede.

E-Z achou que os ganchos eram acessórios fixes. Podia facilmente vendê-los a uma grande cadeia sueca.

Agora que os ganchos tinham desaparecido, levantou a tampa do portátil e ligou-o. Primeiro, verifica o seu ficheiro Tattoo Angel, ainda lá estava tudo! Estava tão feliz que teria chorado se o relógio não estivesse a contar o tempo.

"Muito obrigado", disse ele, enfiando uma mão cheia de pipocas com queijo na boca. E depois começa a escrever. Decidiu pensar em si próprio em terceiro lugar. Primeiro, escreve os prós e os contras de Alfred. Logo à partida, sabe que Alfred não se importaria de reviver o seu passado com a família repetidamente. Talvez tivesse escolhido logo essa opção.

"Ainda assim, parece ao E-Z que não é uma opção que a família queira que ele tome. Porque estaria a reviver o que já foi e não a seguir em frente. Na vida, estás destinado a seguir em frente. Para continuares a aprender e a crescer.

Quanto mais pensava nisso, mais se apercebia de que seria como assistir à tua história de vida. Imagina a tua vida vinte e quatro horas por dia, sete dias por semana, em loop permanente. Nunca sabes quando vai acabar. Ou se alguma vez acabaria. Isso poderia transformar-se num tipo diferente de inferno. Um em que ele não suportava pensar.

Exceto, se ele tivesse a certeza que o Alfred estaria sempre em coma. O que o arcanjo tinha aludido. Então, para ele, fazer a escolha afastaria quaisquer sonhos maus ou pesadelos. Alfred estaria com a sua família, para sempre. Mesmo que não fosse a coisa real... poderia ser o suficiente. Será que ele escolheria isso?

Olha para as horas, faltam cinquenta minutos. Começa a pensar no caso da Lia. O seu sonho de se tornar uma bailarina famosa tinha sido interrompido. Será que ela quereria reviver a infância, sabendo que esse sonho nunca seria realizado? Para ela, valeria a pena arriscar no futuro. Os olhos nas palmas das suas mãos tornavam-na especial, única... e ela era simpática. Até podia ser a última versão de uma mulher-maravilha, se conseguisse aproveitar todos os seus poderes.

"E-Z?" disse Lia. "Consigo ouvir-te a pensar, mas onde estás?"

Oh não! Agora que ela estava acordada, ele teria de lhe explicar tudo, e isso levaria tempo e o tempo estava a esgotar-se. Teria de o fazer, rapidamente. "Ouve, Lia", começou ele, "tenho uma longa história para te contar, por favor não me impeças até que a história esteja completa.

O tempo está a esgotar-se." Explica-te tudo, demorou dez minutos. Mais dez minutos se passaram. Restam quarenta minutos.

"Ok, E-Z, tu pensas em ti, e eu penso em mim. Vamos fazer cinco minutos e depois voltamos a falar. O tempo começa agora."

"Bom plano."

Cinco minutos depois, o relógio mostrava que faltavam trinta e cinco minutos. E-Z pergunta a Lia se ela já se decidiu.

E-Z perguntou a Lia se ela já tinha decidido. "Já decidi", disse ela. "E tu?"

E tu?" "Eu também", diz ele. "Tu primeiro, em cinco minutos ou menos, se conseguires."

"Para mim, a decisão é muito fácil, E-Z. Não quero ficar nesta coisa e viver a minha vida aqui. Quando o Apanhador de Almas me trouxer para aqui, quando eu estiver morto. Não te preocupes. Mas não quero ficar confinado à força a este espaço. Não quando podia estar lá fora a sentir o calor do sol, a ouvir os pássaros, com o vento no meu cabelo. Já para não falar de passar tempo com a minha mãe, com o Tio Sam e, espero, contigo. A vida é demasiado curta para a desperdiçar e, na maior parte das vezes, gosto dos meus novos olhos." Ela riu-se.

"Concordo e, se fosse a ti, faria o mesmo."

"Obrigada, E-Z. Quanto tempo te resta agora?

"Mais vinte e cinco minutos", confirmou ele. "Agora, aqui tens o meu pensamento, espero que em menos de cinco minutos. Não me importo de estar aqui, não é muito diferente de estar lá fora. Aprendi que estar numa cadeira de rodas não é o fim do mundo. Na verdade, habituei-me bastante a ela. Posso fazer coisas que costumava fazer antes, como jogar basebol, e não sou totalmente mau nisso. Talvez um dia até jogues nos Jogos Paralímpicos.

"Os meus pais não gostariam que eu desperdiçasse a minha vida a viver no passado. Nem o Tio Sam. Não estou disposto a desistir de tudo, só porque aqueles arcanjos idiotas fizeram umas promessas indecorosas. Por isso, concordo contigo. Vamos livrar-nos destas coisas do Apanhador de Almas. Vamos viver as nossas vidas até acabarmos de viver. E depois podes vir e apanhar-nos. Anos mais tarde, depois de termos contribuído para a humanidade e de termos tido uma boa vida. Talvez possamos encontrar outros como nós. Podíamos criar uma linha direta de super-heróis e trabalhar juntos em todo o mundo. Podíamos usar os nossos poderes para tornar o mundo num lugar melhor. Podíamos viver as nossas vidas ao máximo; criar vidas inspiradoras de que nos orgulhássemos e que as nossas famílias também o fizessem."

"Bravo!" exclamou Lia. "Mas há outros, como nós?"

"Perguntei ao anjo que me explicou tudo, mas ela não respondeu. Isso faz-me pensar que existem. Olha para o relógio. "Só faltam vinte e um minutos."

"E o Alfred? Será que ele vai acordar?"

"O anjo disse que não sabia, só o apanhador de almas sabe... mas disse que ele pode estar a ter pesadelos. Se há uma hipótese, ele está num inferno, então talvez seja melhor deixá-lo ir. Talvez a opção número um, ele reviver a vida com a família em loop, seja a melhor para ele?"

"Não concordo. Nenhum de nós sabe ao certo quando é que o apanhador de almas virá atrás de nós. O Alfred não quereria perder tempo aqui, porque os pesadelos podem encontrá-lo. Não onde há uma hipótese de ele poder ajudar alguém ou inspirar alguém. Entrámos aqui juntos e devemos sair daqui juntos. Na minha opinião, é isso."

Catorze minutos e não pára.

Ela tinha abordado o problema de Alfred de uma forma única. Estaria ela certa? Será que Alfred desejaria, de facto, abandonar a sua família neste cenário por um futuro desconhecido? Afinal, não vivemos todos num mundo desconhecido? Mudando de rumo, esquivando-nos e mergulhando. Abre janelas, fecha portas. Deixa que as nossas emoções nos desviem e depois voltem a desviar. É tudo uma questão de viver. Sim, a Lia tinha razão. Estava feito.

Faltam oito minutos no relógio.

"Acho que tens razão, Lia. É tudo por um e um por todos", disse E-Z. "O arcanjo disse-me que eu tinha de dizer as palavras antes que o tempo acabasse. Depois, voltaríamos todos para o hotel... como se este interlúdio do Apanhador de Almas nunca tivesse acontecido."

"Achas que ainda nos vamos lembrar dos apanhadores de almas? Achas que ainda nos vamos lembrar dos Apanhadores de Almas? Mesmo que não a tenhamos partilhado. Não te esqueças que isso deita por terra tudo o que sabemos sobre o céu e a vida depois da morte."

Faltam cinco minutos.

"Dá, mas vamos discutir isso do outro lado." Cerra os punhos enquanto o relógio marca quatro minutos. "Já decidimos!", grita. "Tira-nos aos três daqui, destes apanhadores de almas - AGORA!"

As paredes do silo de E-Z começaram a tremer. "Estás bem, Lia?", gritou ele. Ela não respondeu. O chão debaixo dos teus pés parecia chocalhar e estrondear. Depois começou a rodar, primeiro no sentido dos ponteiros do relógio, depois no sentido contrário, depois no sentido dos ponteiros do relógio.

Dentro dele, o estômago revirava-se. Vomita pipocas com queijo e mastiga pedaços de maçã vermelha por todo o lado.

Eram as únicas recordações que o Apanhador de Almas teria dele. Espero que durante muito tempo.

Agradecimentos

Caros leitores,

Obrigado por teres lido o primeiro e o segundo livro da série E-Z Dickens. Espero que tenhas gostado da adição destas novas personagens e que estejas ansioso por saber o que acontece a seguir.

Assim que este livro for publicado, vou traduzir o próximo livro. Deverá estar disponível em breve!

Mais uma vez, obrigada aos meus leitores beta, leitores de provas e editores. Os teus conselhos e encorajamento mantiveram-me no caminho certo com este projeto e o teu contributo foi/é sempre apreciado.

Obrigada também à família e aos amigos por estarem sempre ao meu lado.

E, como sempre, boa leitura!

Cathy

Sobre o autor

Cathy McGough vive e escreve em Ontário, Canadá

com o marido, o filho, os dois gatos e um cão.

Se quiseres enviar um e-mail à Cathy, podes contactá-la aqui:

cathy@cathymcgough.com
.

A Cathy adora receber notícias dos seus leitores.

Também por:

JOVEM ADULTO
E-Z DICKENS SUPER-HERÓI LIVROS TRÊS: SALA VERMELHA
E-Z DICKENS SUPER-HERÓI LIVROS QUATRO: SOBRE O GELO